平民の身で、最年少満点での
官吏登用試験合格を果たしたマルティナ。
「マルティナ、国への多大な貢献を期待する」
「はい！」
図書館の天才少女
〜本好きの新人官吏は膨大な知識で国を救います！〜

ロラン
マルティナの上司。
「……凄い部下を持ったかもしれないな」
（仕事中もたくさんの新しい本や書類を読めて、
仕事終わりに新たな本がある図書館に行けるなんて、
幸せすぎる一日だ。やっぱり官吏になって良かったよね！）
マルティナ
政務部の新人官吏。
見聞きした全てを覚えている記憶力を持つ。

「何かお探しの書物がおありですか？」
ソフィアン
王宮図書館の司書。
「あなた、あの試験で満点を取ったの？」
「お前は平民なのだから、
身分相応の態度を心掛けろ」
ナディア
マルティナの同期。
シルヴァン
マルティナの同期。

「――実は一つだけ、気になっていることがあります。
騎士の方が仰っていた黒いモヤについてなのですが……」
（今まで読んできた何千冊もの本の中で、
数冊の歴史書に記述があった瘴気溜まり。
あれは黒いモヤから魔物が生み出されるという話だった。
今までは眉唾物の話だと思ってたけど……）

# 図書館の天才少女

～本好きの新人官吏は膨大な知識で国を救います！～

蒼井美紗
Misa Aoi

ill. 緋原ヨウ
Yoh Hihara

口絵・本文イラスト
緋原ヨウ

デザイン
coil

# CONTENTS

本書は、二〇二三年にカクヨムで実施された「賢いヒロイン」中編コンテストで優秀賞を受賞した「図書館の天才少女～王宮の本を読むため官吏になりました～」を改題・加筆修正したものです。

# 第一章　マルティナ、官吏になる

王都の外れにある職人街。その一角に店を構えるこぢんまりとした古着屋に、この辺りで見かけることはない王宮からの馬車が止まっていた。

通りを歩く人々は、珍しい来客に何事かと興味津々だ。

「王宮からのお届けものです。マルティナ嬢はいらっしゃいますか？」

馬車から降りた官吏服姿の男が古着屋に呼びかけると、店の中からドタバタと慌ただしい足音がして、小柄な少女が顔を出した。

癖っ毛なのか所々が跳ねた金髪をハーフアップにした、ごく普通の少女だ。

「はい！　私がマルティナです！」

「こちらをお届けに参りました」

男が差し出したのは豪華な封書だ。マルティナはその中身が分かっているのか、大きな瞳《ひとみ》を輝かせながら震える手で受け取る。

「も、も、もしかして……受かったんですか⁉」

「はい。こちらが届いているということは、合格だと思われます。おめでとうございます」

「ありがとうございます……！」

マルティナは封書を大切そうに胸に抱き、ガバッと勢いよく頭を下げた。

「では中の書類をよく確認し、手続きなどを済ませるようお願いします」

「分かりました。わざわざ届けてくださってありがとうございます！」

男が馬車に乗って去っていくと、マルティナはぐるんっと体を回転させて店の中に駆け戻った。

そしてカウンターの中で服のほつれを直していた母親に、満面の笑みで封書を掲げて見せる。

「お母さん、受かった！　官吏登用試験！」

マルティナのその言葉が聞こえたのか、店の奥からドタバタと激しい足音がして、壊れるんじゃないかという勢いで開いた扉から父親が顔を出した。

「マルティナ、今なんて言った⁉」

「お父さん！　私、官吏登用試験に受かったよ！」

顔を出した父親にもマルティナが封書を掲げて見せると、父親はマルティナが掲げる封書を呆然《ぼうぜん》と見つめ……その場に膝《ひざ》をついた。

「まさか受かるなんて。平民は受からないって、聞いてたのに」

この国では二十年ほど前に貴族と平民の垣根をなくそうという宣言がなされ、それからは平民でも差別されることなくどんな仕事にも就けるようになった。

それは国に仕える官吏も例外ではなく、今までは貴族しか受けることができなかった官吏登用試験を、平民も受けることができるようになったのだ。

しかし試験に合格するにはかなりの知識が必要なため、貴族と比べて主に資金不足が理由で教育を受けるハードルが高い平民では、ほとんど合格者が出ないのが一般認識となっていた。

「これで、王宮図書館の本が読める……！」

マルティナは落ち込んでいる様子の父親には全く気づかないまま、嬉《うれ》しさのあまり頬を赤く染めた。そんなマルティナを見て、父親とは対照的に母親は優しい笑顔だ。

「マルティナはそのために試験を受けたんだものね。良かったじゃない」

「うん！」

「司書さんに、マルティナは自分より図書館の本に詳しいって伝えられた時には、驚いたのを覚えているわ。でもあんなに毎日通っていたら、それも当たり前よね。うちにいるより図書館にいる時間の方が長いんだもの」

「司書さん、そんなこと言ってたの？」

「そうよ。マルティナが平民街の図書館にある最後の本を読み終わった時には、相当落ち込んでたってことも教えてくれたわ。あの時は手伝い代わりに読ませてもらってた中古本屋の本も全て読み終わってた時で、この辺りにマルティナが読んでない本はなくなってたのよねぇ」

その言葉を聞いたマルティナは、ハッと何かに気づいたように父親に視線を向けた。

「もしかしてお父さん、その話を聞いて官吏になれば王宮図書館の本が読めるって教えてくれたの？」

「あ、ああ、マルティナは家でも落ち込んでたし、司書さんにも言われたらな……」

「そっか……お父さん、本当にありがとう！　お父さんのおかげで新しい本が読めるよ！」

マルティナの満面の笑みに、父親は引き攣《つ》った笑みを返した。そしてマルティナが父親から視線を外したところで、ポツリと誰の耳にも届かない声量で呟《つぶや》く。

「……絶対に落ちると思ってたから、勧めたのに」

父親は落ち込んでいたマルティナが可哀想《かわいそう》で、王宮図書館のことを教えたのだ。しかし家庭教師も付けていないマルティナが、本当に官吏になんてなれるとは思っておらず、落ちたら諦《あきら》めがつくだろうと勧めた試験だった。

「やっぱりマルティナは頭がいいわね」

「うん。一度見たもの、読んだものは絶対に忘れないよ」

「その力を国のために役立てなさい」

「もちろん！　そしてたくさんの本を読むんだ。王宮図書館にはね、平民街の図書館の三倍以上の蔵書があるらしいよ。それに平民図書館にはあまりなかった、魔物に関する本だったり歴史書、貴重な研究書もたくさんあるんだって！　物語も新しいものがたくさんあるのかな。私は一昔前を舞台にした物語が好きなんだけど、新しいものが読めるかな～」

「ふふっ、楽しそうね」

マルティナと母親が笑顔で話している中、父親は未《いま》だに衝撃から立ち直れていない。

なぜなら……。

「マルティナがうちから出ていくなんて、悲しすぎて父さんは耐えられない！」

娘のことが大好きなのだ。溺愛《できあい》しすぎるあまり嫁にも行かせたくなく、婿を取ろうとまで計画していたのが台無しになった父親は、茫然自失《ぼうぜんじしつ》としている。

「お父さん、諦めなさい。マルティナはもう王宮図書館しか見えてないわ」

父親の嘆きが聞こえていないマルティナは、まだ見ぬ王宮図書館を脳裏に描き、瞳を輝かせていた。

まるで恋するようなその表情に父親は涙したが——マルティナが気づくことはなかった。

◇◇◇

それから数週間後。王宮では官吏の入庁式が開かれていた。緊張した面持ちで並ぶ新人官吏たちの中に、キラキラと瞳を輝かせたマルティナがいる。

「……貴族らしくない、小さいのがいるな」

そんなマルティナを見て、入庁式を見に来ていた先輩官吏がそう呟いた。

貴族の子女は髪を綺麗《きれい》に伸ばしていたり、そうでなくても丁寧に整えているのに対し、マルティナはあまり手入れをしていない髪を、さらに肩に付くぐらいで切り揃《そろ》えてしまっているのが奇異に映るのだろう。

「ああ、あれは平民だぞ」

人事部の男が発したその言葉に、周囲にいた官吏が一斉に瞳を見開いた。

「え!? マジか……平民が受かるなんて、三年ぶりじゃないか？」

「いや、正確には四年ぶりだ。それに聞いて驚くなよ。あいつの試験結果、満点なんだぜ」

「…………マジかよ。あの試験で満点とか、貴族でも無理だろ」

百点満点で平均は六十点程度の試験だ。満点なんて一人も出ないことが普通の試験で、平民の少女が満点。これは王国が始まって以来の快挙だった。

「それにあの子、かなり若くないか？」

「ああ、十五歳らしいな。受験可能年齢になってさっそく受けたんだろう」

「……十五歳の平民の少女が満点で官吏になる。意味が分からん」

マルティナの存在に皆が呆然としていると、壇上に内務大臣が上がり入庁式が始まった。これから始まる官吏としての生活に期待と不安を抱いた新人たちが、内務大臣に視線を向ける。

「ここにいる十二人の皆は熾烈《しれつ》な試験を潜り抜けた者たちだ。国が認めたその頭脳を、我が国のために惜しみなく使って欲しい。ではこれから国のために働く皆に、我が国の建国の歴史を――」

それから例年通りの内務大臣による長話が始まり、三十分ほどでやっと終わったところで、新人官吏がそれぞれ名前を呼ばれて壇上に上がることになった。

名前を呼ばれた者は壇上で官吏の証《あかし》であるマントと、マントの留め具であるブローチを手渡される。このマントの色によって自分の配属先が決まるので、新人官吏たちは緊張の面持ちだ。

「次、マルティナ」

内務大臣によって名前を呼ばれたマルティナは、少し緊張しながらも期待がそれを上回っているのか、瞳の輝きはそのままに壇上へと上がった。

「マルティナ、国への多大な貢献を期待する」

「はい！」

大きく頷《うなず》きながらマントとブローチを両手で受け取ったマルティナは、その場で少し手間取りながら官吏服の上にマントを身につけた。

マルティナのマントの色は若草色。それは、政務部への配属を示すものだった。


入庁式が終わってから数分後。マルティナたちは先輩官吏に連れられて、配属先の政務部に向かっていた。政務部に配属される新人はマルティナの他に二人だ。

「俺は官吏五年目のロランだ。一応子爵家の生まれだが、官吏に家名は関係ないから省略な。基本的に名前で呼び合うことになってる」

マルティナたちを連れている先輩官吏のその挨拶《あいさつ》に、新人の三人は三者三様の反応を示した。まず口を開いたのは、眉間《みけん》に皺《しわ》を寄せた青年だ。

「私はシルヴァン・カドゥールです。貴族は家名に誇りを持つべきだと思います。それを名乗りもしないというのは……」

「ああ、分かった分かった。……また面倒なやつが来たなぁ」

「なっ、私はカドゥール伯爵家の人間ですよ！　どこの家だか知りませんが、子爵家の人間が伯爵家の私にそんな態度を……」

先輩官吏のロランにさっそく噛《か》みついているシルヴァンを、ロランは心底面倒だとでも言うように、片手をひらひらとゆらめかせて止めた。

「官吏登用試験の時にも伝えられてると思うが、官吏に身分は関係ないんだ。それに二十年前ならともかく、今は貴族だから爵位が上だからと威張るのは、白い目で見られるぞ」

「我が家の教えでは、貴族はその家名に誇りを持ち、皆を従えるべきだと！」

「分かった、お前が貴族至上主義の主張をするのは別に構わない。ただ仕事をしてる間は役職が全てで、お前は新人でヒラの官吏だ。今のところは一番下っ端だから、そこを間違えないようにしろよ」

ロランの言葉にシルヴァンは官吏の原則を思い出したのか、全く納得していないような表情だが一応口を閉じた。

「……貴族と平民の区別はあれど、貴族が威張る時代は終わったっていうのに、未だにこういう家が残ってるんだよなぁ」

ぼそっと呟かれたロランの言葉は、誰の耳にも届かず宙に消えた。そのすぐ後に、今度は気の強そうな綺麗な女性が口を開く。

「わたくしは、身分関係なく仕事をするというのには賛成ですわ。いくら身分が高くても、無能を敬いたくはないですもの。今は良い世の中になりましたわね」

「……お前も癖が強そうだな」

つんっと顎《あご》を上げながら言葉を発した女性に、ロランは疲れた表情を向けた。

「そんなことはありませんわよ？」

「それで、名前は？」

「ナディアと申します。ロランさんとお呼びすればよろしくて？」

「呼び方はなんでもいい。とりあえず『さん』を付けとけば問題はねぇな」

「かしこまりました」

ナディアが綺麗に微笑《ほほえ》んで頷いたところで、ロランは最後にマルティナへと視線を向けた。

「お前は平民だったな。名前は？」

マルティナは癖も気も強い二人に萎縮《いしゅく》して体を縮こまらせていたが、何とか勇気を出して緊張しつつも一歩前に出る。

「わ、私はマルティナです。よろしくお願いします」

（王宮図書館の本を読みたいって一心で官吏になったけど、もしかして早まった……？）

「マルティナだな。お前は純粋で素直そうでいいなぁ」

「はい！　あの……精一杯頑張ります」

「おう、期待してるぞ。お前は官吏登用試験で満点だったからな。満点なんて十年以上ぶりで、平民では初めてらしいぜ」

ロランからの素直な称賛が嬉しくて、マルティナは少し緊張が和らぎ頬を緩める。

（この人は優しくて接しやすそうかも。そういう人がいて良かった）

するとナディアも、マルティナに好意的な視線を向けた。

「あなた、あの試験で満点を取ったの？」

「はい、そうみたいです」

「信じられないわ……わたくしだって何年も家庭教師に習って勉強したはずなのに、二割は分からなかったのよ。どんな勉強をしたら満点が取れるの？」

（あの試験って、そんなに難しかったっけ？　平民図書館にある本を全部読んでれば、簡単に答えられた気がするけど……）

「図書館で本を読んでたら、ですね」

マルティナのその答えが信じられなかったナディアは、自分の理解が及ばないところにいる天才とマルティナのことを位置付けたらしい。

嬉しそうな表情を浮かべ、マルティナの手を取る。

「マルティナと言ったわね。わたくしとお友達になりましょう。あなたに色々と教えて欲しいわ」

「も、もちろんです！　ナディアさんみたいな綺麗な人と友達なんて……」

えへへとマルティナが照れたように笑うと、その表情を見たナディアはマルティナに抱きついた。

「何この子、よく見たら可愛《かわい》いわ！　マルティナ、わたくしのことはナディアと呼び捨てで良いわ。同期なのだから敬語もいらないわよ」

「じゃあ……ナディア、って呼ぶね。よろしくね」

「ええ、よろしく」

そうして二人が友好を深めているところを、シルヴァンは蔑《さげす》みの眼差しで見つめている。しかしロランがいるからか、口を出すことはしないようだ。

「お前たち、政務部に着いたぞ。他の官吏にも紹介するからな」

「分かりました」

政務部は王宮の比較的中心に位置していて、所属している官吏の数は他の部署よりも多い。そんな部署が収まる部屋はかなり広く、入り口から端がなんとか確認できるほどだ。

「おっ、今年の新人か？」

マルティナたちが室内に入ると、近くにいた何人かの官吏が声を上げた。

「はい。皆さん集まってもらっていいですか？　軽く紹介したいので」

「ちょっと待ってろ」

人当たりが良さそうな官吏が笑顔で奥に向かい、それから数分でほとんどの官吏が入り口近くに集まった。

「じゃあ俺から紹介します。右からシルヴァン、ナディア、マルティナです」

ロランのその言葉の後に三人がそれぞれ自己紹介をすると、ほとんどの官吏は友好的な笑みを浮かべて拍手をした。しかし何人かの官吏は、マルティナに微妙な視線を向けている。

官吏に身分は関係なく、近年は貴族と平民の垣根をなくそうという方針を国がとっているとは言っても、やはりシルヴァンのように貴族であることに強い誇りを持ち、平民が踏み込んでくることを嫌がる者はいるのだろう。

「先輩たちの名前はさすがにすぐ覚えられないだろうから、追々《おいおい》紹介してくな。じゃあ、さっそく仕事内容について説明するか」

ロランのその言葉で他の官吏たちは自分の机に戻り、マルティナたちは政務部にいくつかある休憩用のソファーセットに誘導された。

「まずは、この部署の役割からな」

ロランは近くにあった棚から数枚の紙を取り出すと、マルティナたちにそれぞれ手渡していく。そこには王宮の組織図が書かれているようだ。

組織図には細かい部署なども全て明示されていて、官吏となった者にしか明かされない情報のため、マルティナは瞳《ひとみ》を輝かせた。

(平民図書館では絶対に読めなかった書類だ……！)

「こんなにも複雑な組織なのですね」

「ああ、そうだ。そしてここ政務部の仕事だけどな、一言で言えばこの膨大な組織の折衷役だな。国家運営に関わる仕事をする部署なんだが、実際にやる仕事は様々な場所を回って了承を取り付け、上がやりたい政策を実現できる段階まで持っていく、言い方は悪いが雑用だな」

ロランのその言葉に、ちょうど近くを通った官吏が笑い声を上げた。

「ははは、確かに的を射た表現だなぁ。でもその雑用、相当やりがいあるけどな」

「分かります。俺たちの仕事で段々と政策が形になっていくのはぶっちゃけ楽しい。だからまあ、嫌がらずに頑張ってくれよな」

それからもいくつか説明を受けた三人は、それぞれ直属の上司に付いて仕事を教えてもらうことになった。マルティナの上司は、本人たっての希望でロランだ。

「俺でいいか？」

「もちろんです」

マルティナは平民だということを全く気にしてなさそうなロランが上司で、心から安堵《あんど》した。王宮図書館の本を心置きなく楽しむためにも、仕事の充実感は大切だ。

「じゃあまずはお前の机だが、俺の隣な。ここにあるものは全部使っていい」

机の上には筆記用具や本、紙束など仕事をするのに最低限必要なものは全て揃《そろ》っている。マルティナの視線は……もちろん本に釘付《くぎづ》けだ。

「ありがとうございます！」

（読んだことない本がたくさんあるよ……！）

キラキラと輝くマルティナの瞳を見て、ロランは口を開いた。

「さっきから思ってたんだけどよ、お前って本が好きなのか？」

「大好きです。本を読むために官吏になりました」

「……どういうことだ？」

「官吏になれば、王宮図書館に出入りできると聞いて……あっ、こういうことってあまり言わない方がいいのでしょうか」

やってしまったと顔を強張《こわば》らせて声を潜めたマルティナを見て、ロランは呆気《あっけ》に取られたような表情を段々と苦笑に変化させた。

「別に言っても大丈夫だけどな……そんな理由で官吏になったやつは初めてじゃないか？　確かに

あの図書館は凄《すご》いけどよ」

「凄いのですね！　官吏は自由に入れると聞いたのですが」

　王宮図書館の話とあっては我慢しきれず、マルティナはずいっとロランに顔を近づけた。

「そうだな。官吏のマントかブローチがあれば休日でも入れる。ただお偉いさん方も使うから、無礼がないように気をつけろよ。今は平民だからと差別するやつはかなり減ったが、まだ残ってることは確かだからな」

　その忠告を聞き、マルティナはシルヴァンの態度や自分を見て眉《まゆ》を顰《ひそ》めた数人の官吏を思い出し、嬉《うれ》しそうな表情を引っ込めた。

「やっぱり今でもあるんですか？」

「完全になくなるまでは、まだ時間が掛かるだろうな。でも下手《へた》なことをしなければ大丈夫だ。例えば高位貴族に突然タメ口で話しかけるとか、危害を加えるとかな」

「そんなことはしないです」

「それならそこまで心配はいらないはずだ」

　ロランのその言葉を聞き、マルティナは安心して頬を緩めた。

「よしっ、じゃあさっそく仕事をするぞ。俺がやってる仕事は主に騎士団の出動に伴う各所との連携だ。まず、騎士団がどんな仕事をしてるのか知ってるか？」

「はい。近衛騎士団が王族の警護、第一騎士団が王国領の魔物討伐、第二騎士団が各地の私兵団には荷が重い魔物の討伐です」

「正解だ。この中で特に調整が必要なのは第一と第二騎士団だな。出動する時には王都内を騎士が移動することになるから道の封鎖、国民へのアナウンス、また危険地域の封鎖などが必要になる。第二騎士団の場合は貴族との連絡も行う。また騎士団の出動予算に関して財務部に掛け合ったり、法に反する特例措置を認めてもらう場合には法務部に掛け合ったり、とにかくいろんな場所を駆け回るのが仕事だ」

マルティナはさわりの説明を聞いただけで分かる仕事の大変さに、僅《わず》かに眉間《みけん》に皺《しわ》を寄せた。

「ははっ、まだまだ説明は長いが、付いてこられてるか？　まあ覚えきれなかったら何度でも教えるから、そんなに心配はいらないけどな」

「ありがとうございます。ただ記憶力にはかなりの自信があるので大丈夫です。それよりも……体力面に不安があります。部署を駆け回るのって、歩いてですよね？」

図書館に籠《こも》ってばかりの子供だったマルティナは自分でも体力がないと自覚していて、不安げにロランへと問いかけた。

マルティナの的外れな心配に、ロランは苦笑を浮かべつつ口を開く。

「体力の心配かよ。それはそのうち慣れるから大丈夫だ。最初はたくさんの仕事は振らないしな。それよりも本当にこのまま説明を進めて大丈夫か？　メモとか取らなくてもいいのか？」

そっちの方が心配だと問いかけたロランの言葉に、マルティナは今度は別の不安を抱えてロランを見上げた。

「問題ないのですが、メモを取った方がいいでしょうか？　不真面目だと見られてしまいますか？」

「いや、別に仕事がちゃんとできれば何も言われねぇけど」

「それなら良かったです。この程度の分量なら記憶に問題はありません。というよりも、私は一度聞いたこと、読んだもの、見たものは絶対に忘れませんので」

マルティナがさらっと発したその言葉に、ロランは自分の耳を疑ったのか眉間に皺を寄せる。

「絶対って、本当に絶対か？」

「はい。今まではそうでした」

（やっぱり私の能力って、王宮でも驚かれるものなんだね）

断言するマルティナに、ロランはどう判断して良いのか戸惑っている様子だ。

これが普通の新人官吏だったら一笑に付するところだが、試験を満点で合格したマルティナの言葉だ。

「……じゃあ、ちょっと試してみていいか？　これは第一騎士団の団員リストだ。名前と年齢、性別の他に得意武器や魔法属性、魔法の習熟度、性格なども書かれてる。仕事をする上でできれば覚えた方がいいものだ。これを今から読んで覚えて欲しい」

そのリストは分厚い冊子になっていて、よく使い込まれている様子からロランの仕事に対する真面目さが窺《うかが》えるものだった。そんな冊子の一ページ目を開き、マルティナは上から文字を目で追い瞳を輝かせる。

「騎士の方って、こんなに攻撃魔法を使える方がたくさんいるのですね！」

この世界で魔法属性を持つ者は全体の三割ほどだが、その中で攻撃魔法を使えるほどの適性と魔力量があるのは一割未満で、ほとんどの者は日常を便利にする程度の魔法が使えるのみ。そんな中で騎士団では半数以上が何かしらの攻撃魔法を使えるので、マルティナが驚くのも無理はない。

「攻撃魔法が使えるほど魔法に適性があると、騎士団でその分の給与が上乗せされるからな。それに攻撃魔法を使えるだけで、よほど他の部分に問題がない限り採用される」

「そうなのですね。私は魔法を使えないので知りませんでした。──色々な方がいて読んでいるだけで楽しいです。この人は槍《やり》が得意なんだ……この人は火属性持ち、こっちの人は水属性で使える攻撃魔法が五種類も。あっ、光属性の方も騎士団にいるのですね」

光属性はかなりの希少属性で、攻撃魔法はなく治癒に特化しているので、マルティナは騎士団に光属性の魔法使いがいることを不思議に思った。

「騎士団に光属性の団員がいると、その場で治癒してもらえるから凄くありがたいらしい。最近は魔法学校に騎士が訪問して、光属性の学生を勧誘してるらしいぞ。とは言っても光属性は希少で、その年の入学生に一人いたら幸運ってほどだから難しいみたいだが」

「光属性なら、わざわざ危ない騎士団に入らなくても引く手数多《あまた》ですもんね」

それから冊子を二十ページほど捲《めく》ったところで、マルティナは僅かに落胆の様子を見せながら顔を上げた。

「ロランさん、闇属性の人って騎士団にもいないのですか？」

その問いかけに、ロランは数秒間だけ固まる。

しかしすぐに不思議そうに首を傾《かし》げ、マルティナに問いかけた。

「なんでそんなこと聞くんだ？　闇属性は普通いないだろ。光属性以上に希少だって話だし、皆から恐れられてるからわざわざ明かさないだろうし」

闇属性は探査や隠密など犯罪に使用できるような性質の魔法が多く、過去に何度か闇魔法を使ったストーカーによる誘拐や殺人などの事件が起き、皆から恐れられ嫌われているのだ。

かなり希少で身近にいないというのも、闇属性の迫害に拍車をかけた。それによって今では、闇属性ということを公にする者はほとんどいない。

「やっぱり王宮でもそういう認識なのですね」

「……マルティナは、違うのか？」

「はい。過去の事件は知っていますが、それは闇属性が悪いんじゃなくて、その事件を起こした人が悪いんですから。なのに闇属性自体が恐れられていて接する機会がないので、もし騎士団にいるなら話をしてみたいと思っていたんです。闇属性って、それに関する書物もほとんど手に入りませんし」

マルティナの言葉を最後まで聞いたロランは、数拍おいてからニッと口元に笑みを浮かべ、マルティナの頭に手を置いた。

「お前はいいやつだな」

そしてその手を冊子に伸ばし、マルティナの手から取り上げる。

「あっ、もう終わりですか？」

（もっと読みたかったのに……久しぶりに新しい情報が載ってる本を読んだから、今まで以上に名

残惜しい)

取り上げられた冊子を目で追うマルティナに苦笑しつつ、ロランはマルティナが冊子の中身を読めないように一歩後ろに下がった。

「今はここまでな。俺と話してたが、ちゃんと読んで覚えたか?」

その問いかけに、マルティナは名残惜しい気持ちを振り切って頷《うなず》く。

「もちろんです。三十ページほどは読みました」

「分かった。じゃあ俺から質問をするから、それに答えてくれ」

全く気負いないマルティナの様子に、ロランはなぜか少し緊張してごくりと生唾《なまつば》を飲み込むと、パラパラと何ページか捲った。

「第一騎士団の団長の名前は?」

「セドリック・ランバート様です」

「得意武器と魔法属性。性格は?」

「剣が得意で火属性。とても親しみやすく皆さんに慕われています。一度お会いしてみたいです」

「……副団長の名前と各種情報は?」

「フローラン・ラヴァン様です。レイピアが得意で風属性。攻撃魔法を三つも高いレベルで使いこなせるとか。それから、とても冷静な方だと書かれていました」

全くつかえることなく動くマルティナの口に、ロランは本当に一度読んだだけで覚えてるのかと驚きながらも、まだ主要な二人だからだと気持ちを落ち着かせる。

「……マルティナが読んだ三十ページまでの間に、火属性の騎士は何人いた？」

さすがにこれは答えられないはずだと思いながらロランが難しい質問をすると、マルティナは少しだけ考え込むようにして口を開いた。

「えっと……一、二、三……六、七人ですね！」

その答えは合っていて、ロランが唖然《あぜん》とした表情を見せる。

「――マジかよ。じゃ、じゃあ、水属性は？」

「五人です」

「その中で平民は何人だ？」

「一人ですね。ラシャ様というお名前で、剣が得意で甘いものがお好きだと書かれていました。私も好きなので、仲良くなれたら嬉しいです」

「激辛料理が好きなのは？」

「ニコラス様ですね。弓が得意で光魔法が使えるお方です」

マルティナのその言葉を聞いたところで、ロランは頭を抱えてその場にしゃがみ込んだ。そして目の当たりにした現実離れした現実をなんとか受け入れるように深呼吸をして、その場にまた立ち上がる。

「お前、これはマジで凄《すご》いぞ。いや、凄すぎるだろ。頭の中どうなってるんだ？」

「えへへ、ありがとうございます。今までこの能力があんまり役に立たなかったので、ここで役立つのなら官吏になって良かったです」

「いや、お前……これは役立つどころの話じゃないだろ」

ロランはどこか疲れた表情でそう呟《つぶや》いてから、マルティナの能力を最大限に活用しようと思ったのか、机の上に様々な書類を置いた。

「とりあえず、マルティナの今日の仕事は、それをできる限り読むことにしよう。さすがにそれ全部を読んだだけで覚えられるとは……思わないが、大部分を覚えてくれるだけでもかなりこれからの仕事で役立つはずだ。それで明日からはさっそく騎士団に顔出しに行くぞ。その情報を覚えてればすぐに打ち解けられるだろ」

(仕事が書類を読むことだなんて……素敵すぎる‼)

マルティナは瞳《ひとみ》を輝かせると、ガバッと頭を下げた。

「ありがとうございます！　ロランさんが上司で良かったです！」

マルティナからの真っ直ぐな言葉と純粋な瞳に、ロランは少しだけ頬を赤らめたが……それにマルティナが気づくことはなかった。

マルティナの全意識は、すでにたくさんの活字に向かっている。

「……凄い部下を持ったかもしれないな」

ロランのその呟きは、政務部の空気を少しだけ揺らしたが、誰の耳にも入ることはなかった。

初日の仕事が終わり政務部を出たマルティナは、ロランに場所を教えてもらった王宮図書館にさっそく向かっていた。王宮図書館は貴重な書物がたくさん納められているので、王宮の奥にあって政務部からは少し距離がある。

「どんな本があるのかな。楽しみだな」

（今日は仕事中もたくさんの新しい本や書類を読めて、仕事終わりに新たな本がある図書館に行けるなんて、幸せすぎる一日だ。やっぱり官吏になって良かったよね！）

満面の笑みを浮かべたマルティナは軽やかな足取りで廊下を進み、目的地に到着した。王宮図書館の重厚な扉に手をかけ、そっと開くと……そこには数えきれないほどの書物が所狭しと並べられていた。

フロアにある本棚だけでは入り切らず、壁面にも天井に届くほどまで本棚が設置され、その本棚にも余すことなく書物が詰められている。

「……楽園だ」

（平民街にあった図書館の何倍の広さだろう……！）

蝶々《ちょうちょう》が花の蜜《みつ》に引き寄せられるように、マルティナは近くの本棚にふらふら～と足を進めた。そしてずらっと並ぶ背表紙に目を向けて、瞳をこれでもかと輝かせる。

（あの本も、あれもこれも、全部初めて見る本だ！　本当に、本当に官吏になって良かった。ここには毎日来る。絶対に来る。休みも入り浸る！）

「どうしよう、どれから読もう、たくさんありすぎて選べない」

贅沢《ぜいたく》な悩みを口にしたマルティナに、ゆっくりと近づいてくる男性がいた。長い髪を一つにまとめて片方の肩に流しているその人は、誰もが見惚《みと》れるほどに美しい。

「何かお探しの書物がおありですか？　新人の官吏さんでしょうか？」

本しか見えていなかったところに突然声を掛けられ驚いたマルティナは、ガバッと後ろを振り返った。そして失礼のないようにというロランの忠告を思い出し、ビシッと背筋を伸ばす。

「は、はい！　あの、本日から政務部で働いているマルティナと申します。仕事ではなく、プライベートで本が読みたくて来たのですが……」

その言葉に男性は、優しい微笑《ほほえ》みを浮かべた。

「読書好きの官吏さんとは嬉《うれ》しいですね。私はここの司書を務めております、ソフィアンと申します」

「司書のソフィアンさんですね。これからは頻繁にここへ来ると思いますので、よろしくお願いします」

図書館で働く司書は基本的に本が好きで、今までの経験上仲良くなれる可能性が高かったため、マルティナは少し体から力を抜いて笑みを浮かべた。するとソフィアンにそれが伝わったのか、先ほどまでの笑みに親しみを僅《わず》かに乗せる。

「マルティナさんは、どのような本を好まれますか？　もしご要望がありましたら、おすすめの一冊をお渡しいたしますが」

「本当ですか！　ありがとうございます。ただ私はどんな本も好きでして……本というよりも活字というか、情報がまとめられたものが好きで、新しいことを知るのが好きなんです。なので物語も図鑑も伝記も、何でも読みます。あっ、ただこれから私がする仕事が騎士団に関わるものなので、魔物に関する図鑑のようなものがあれば読んでおきたいです」

「かしこまりました。では本日は魔物に関するおすすめの本をお選びいたします。そしてこれからは、様々なジャンルのおすすめ本を選定しておきますね」

「ありがとうございます。よろしくお願いします」

マルティナの嬉しそうな笑みを見たソフィアンは小さく頷くと、顎《あご》に手を当てて少しだけ悩み、右手の人差し指をくるっと動かして一冊の本を手元に引き寄せた。

「い、今のって魔法ですか⁉」

本が飛んでくるという普通は見ることがない光景に、マルティナはかなり驚く。

「風魔法です、便利ですよ」

「凄いですね……」

(こんなに高度な魔法が普通に使われてるなんて、さすが王宮だね)

魔法への適性が高くないと不可能である緻密《ちみつ》な発動に、マルティナはソフィアンに尊敬の眼差しを向けた。

「いえいえ、そこまではございませんよ。ではマルティナさん、こちらをどうぞ」

「ありがとうございます」

マルティナに手渡された本のタイトルは、『木の棒で魔物を倒すには』というものだった。魔物の弱点が細かく説明されている一冊だ。

「読んだことがない本です……！　とても面白そうですね。あっ、この作者の本は平民街の図書館で三冊読んだことがあります。どれもユーモアに溢《あふ》れていて、それなのに凄くためになるんですよね。その三冊はすでに五回ずつは読んでるので、新作を読めて嬉しいです！」

テンションが上がり前のめりで語るマルティナに、ソフィアンは一瞬呆気《あっけ》に取られたような表情を浮かべたが、すぐに頬を緩めた。

「ふふっ、嬉しそうですね」

「はい。平民図書館にある本は全て読破してしまったので、新しい本を読むのは本当に久しぶりなんです。その上で、読みたいと思っていた作者の本でしたので……」

「そうでしたか。ではこれからおすすめする本は、平民図書館には置かれていないものにいたしましょう」

「ありがとうございます！　では、読みますね」

期待と興奮が全く隠せていないマルティナの瞳を見たソフィアンは、僅かに苦笑を浮かべながら一歩下がった。

「ごゆっくりとお楽しみください」

興奮から頬が上気したマルティナは近くのテーブルに本を置くと、そっと椅子に腰掛ける。そして目の前にある本をじっと見つめ、緊張しながらまずは装丁を確認した。

(同じ作者の他の本より凝ってるね……それに本が結構厚くて、読み応えがありそうだ)

そっと表紙を捲《めく》ると、読んだことのない文章がマルティナの目に飛び込んできた。

(新しい本だ……！)

感動と嬉しさで心臓が高鳴る中、さっそくマルティナは最初から文章を目で追う。

全ての魔物がイラスト付きで解説されているその本は新たな知識の宝庫で、マルティナがまさに欲していたものだった。

周囲の声が全く耳に入らなくなるほどにのめり込み、無意識のうちにページを捲っていく。そして読んだページの方が残りのページよりも多くなったところで、マルティナの肩を叩《たた》く者がいた。

顔を上げたマルティナの視界に映ったのは、申し訳なさそうに眉《まゆ》を下げるソフィアンだ。

「マルティナさん、そろそろ閉館時間です」

「……え、もうそんな時間ですか⁉」

「はい。もしよろしければ、また明日いらしてください。そちらは他の方に貸し出さずに取っておきますので」

「そんなご配慮までありがとうございます。仕事が長引かなければ、また明日来ます」

基本的に本は図書館からの持ち出しが禁止されているので、マルティナは続きを今すぐにでも読みたい気持ちを抱えながら、本を閉じて椅子から立ち上がった。

「また明日、お待ちしております」

「はい。閉館時間を知らせてくださってありがとうございました」

そうしてソフィアンに見送られながら王宮図書館を出ると、図書館前の廊下は少し薄暗く、窓の外は完全に日が落ちていた。

「夢中になりすぎちゃったね……まあ新しい本だったし、仕方ないよね！」

（そんなことより続きを読むのが楽しみだ。そしてあの本を読み終わっても、まだまだ読んでない本が何千冊、もしくは何万冊も存在している。なんて素晴らしいんだろう……！）

うきうきと軽い足取りで寮に向かっているると、廊下の角を曲がろうとしたところで、マルティナの方へと歩いてきていた人物に思いっきりぶつかってしまった。

「すみません！　あっ、シルヴァン……さん」

ぶつかった相手は政務部の同期である男、シルヴァン・カドゥールだ。シルヴァンは相手がマルティナだと分かると、あからさまに眉間《みけん》に皺《しわ》を寄せた。

「今はもう勤務時間外だろう？　私のことはシルヴァン様と呼べ」

カドゥール伯爵家は貴族至上主義を唱えている家で、貴族と平民は明確に区別するべきだ、平民は貴族を敬い両者は馴《な》れ合うべきではないと主張している家だ。

したがってシルヴァンもその考えが強く、マルティナを同期として受け入れられていない。

「……申し訳ございません。シルヴァン様」

「ふんっ、それで良い。お前は平民なのだから、身分相応の態度を心掛けろ」

シルヴァンのその言葉にマルティナが膝《ひざ》をつくと、それを見てやっと溜飲《りゅういん》を下げたのか、シルヴァンは機嫌良くその場を立ち去った。

シルヴァンが見えなくなるまで膝をついたまま見送ったマルティナは、顔を曇らせながら立ち上がり、息を吐き出す。

（仲良くできたら嬉しいんだけど……）

「――平民ってだけで嫌われるのは、ちょっと悲しいね」

誰にも聞こえないその声を口の中で転がしたマルティナは、眉を下げながらシルヴァンが消えた廊下の先をじっと見つめた。しかしいつまでも落ち込んではいられないと、気持ちを切り替え一歩を踏み出した。


寮に戻ると夕食の時間が終わりに差し掛かっていて、寮の食堂は人もまばらだった。

「あの！　今からでも食べられますか？」

「まだ時間内だから大丈夫よ」

食堂のカウンター内にいる優しげな女性がマルティナに対応し、すぐに今夜のメニューを手渡してくれる。

マルティナが住む官吏専用の独身寮は、朝食と夕食が無料で食べられるのだ。ちなみに昼食は、王宮の食堂に行けば無料で食べられる。

「ありがとうございます」

食事を受け取って空いている席に腰掛け、美味《おい》しい食事に頬を緩めていると……マルティナの前の席に一人の男性が腰掛けた。

シャワーを浴びたところなのか、濡《ぬ》れた髪をタオルで拭《ぬぐ》いながら緩い部屋着を着ているロランだ。

「ロランさん、どうされたんですか？」

「お前な～どうされたんですか？　じゃねぇよ！　初日から夕食を食いっぱぐれるんじゃないかと

思って、こっちは心配してたんだからな！」

「……それは、本当にすみません。王宮図書館で本を読んでいたら、いつの間にか閉館時間で」

マルティナのその言葉にロランは「はぁ」と深く息を吐き出し、椅子の背もたれに体を預けた。

「勤務時間外に何してても自由だけどよ、もう少し早く帰ってこいよな。……日が暮れてから女一人は危ないし、お前は王宮の中では珍しい平民なんだから」

少しだけ照れたのか視線を横に向けたロランに、マルティナは深く頭を下げた。

「ありがとうございます。明日からは気をつけます」

(ロランさんって、やっぱり優しい人だよね)

「そうしろよ。――それで、何か嫌なことでもあったのか？」

「……え、何でですか？」

「本を読んで来たにしては、楽しそうな表情には見えないからな。昼間はもっと瞳《ひとみ》が輝いてた」

マルティナはロランのその言葉に、カトラリーを置いて両手で頬を触る。

「そんなに違いますか？」

「お前は分かりやすいからな。仕事の書類を読んでる時でもあまりにも楽しそうだから、何の仕事をさせてるんだって他の官吏に聞かれたぞ」

他の人から見ても楽しそうだと分かる表情をしているという事実に、マルティナは恥ずかしくて少し頬を赤らめた。

(まさかそんなに顔に出てたなんて。ニヤニヤして見えるのかな……これからは気をつけよう)

「それで、そんなお前が王宮図書館で好きな本を読んできたにしては、楽しそうじゃないのはなんでだ？」

「えっとですね……」

顔を覗《のぞ》き込んでくるロランに、なんて答えれば良いのかマルティナは戸惑う。さっきのことを伝えたら、シルヴァンのことを告げ口するようになってしまうだろうか。

そんなマルティナの様子を見て、ロランは顔を近づけて周囲には聞こえない声音で問いかけた。

「もしかして、シルヴァンか？」

その言葉を聞いた瞬間に、マルティナはガバッと顔を上げて瞳を見開いた。

「ははっ、お前そんなんじゃバレバレだぞ」

「あっ……あの、なんで分かったんですか？」

「ちょうど近くの席で夕食を食べててな、あいつがこれから大臣補佐官をやってる兄貴のところに行くって話をしてたから、もしかしたらすれ違って嫌味でも言われたのかと思ったんだ」

シルヴァンの兄が大臣補佐官であるという事実と、その少ない情報だけで何が起きたのか推測したロランの洞察力にマルティナは驚く。そして隠してもしょうがないと思い、体の力を抜いて口を開いた。

「王宮図書館から出たところの廊下でぶつかってしまって、業務時間外はシルヴァン様と呼んで身分相応の態度をと言われたんです。身分が違うのは事実ですが、同期とは仲良くなりたいなと漠然と思っていたので、少し悲しいというか……」

マルティナが心の内を正直に明かすと、ロランは優しい表情でマルティナの頭を軽く撫《な》でた。

「そうか、これは難しい問題だよなぁ。貴族至上主義を掲げる家はまだいくつもある。平民であるマルティナが王宮で平穏に過ごしていきたいなら、その家のやつらとは距離を取るのが正解だな」

「そうですよね……悲しいですが、受け入れようと思います。幸いナディアは仲良くしてくれそうでしたので、積極的に話しかけてみます！」

拳《こぶし》を握りしめて宣言したマルティナに、ロランは安心したのか頬を緩めた。

「頑張れよ。何かあったら俺がいつでも話は聞くし、助けてやれることも……まあ俺も子爵家の生まれだから微妙なんだが、あるかもしれないからな」

「はい。ロランさん、本当にありがとうございます。ロランさんが私の上司で良かったです」

「おっ、それは嬉《うれ》しいな。俺は直属の部下を持つのってお前が初めてなんだよ」

人差し指で頬を掻《か》きながらそう言ったロランは、照れているのか耳の先が赤くなっている。

それからはなんだか微妙な空気になって、無言のままマルティナが夕食を食べ進めていると……そんな二人の空気に割って入る人物がいた。

「マルティナ！　やっと見つけたわ。今までどこに行っていたの？　ずっと捜していたのよ」

ナディアだ。ナディアはまだ官吏服姿のままで、バッチリと化粧もしている。

「ナディア、捜してくれてたの……？」

「そうよ。一緒にお夕食を食べようかと思っていたの。せっかく同期になったのだから、交流したいでしょう？　それに満点の秘訣《ひけつ》も教えてもらおうと思っていたわ」

「そうだったんだ、ごめんね。実は王宮図書館に行ってて」

「それならば、わたくしのことも誘ってくれれば良かったのに」

唇を尖《とが》らせて拗《す》ねた様子のナディアを見て、マルティナは心からの笑みを見せた。

「次は誘うね。毎日仕事終わりには行こうと思ってるんだけど……」

「では、明日は一緒に行きましょう」

「もちろん！」

「じゃあマルティナ、俺は部屋に戻るな。ナディア嬢も失礼いたします」

二人のやりとりを見てホッとしたような表情を浮かべていたロランは、椅子から立ち上がりナディアに向かって綺麗《きれい》な礼をした。

「あら、さっきまでと態度が違うのですね」

「今は勤務時間外ですから。令嬢には相応の礼儀が必要です」

「わたくしに対して気にする必要はないですわ。伯爵家の三女なんて何の権力もないし、あなたとも仲良くなりたいと思っていましたの。これからは共に仕事をする仲間でしょう？」

「そうか？　じゃあ普通にするな。ナディアも勤務時間外は俺に敬語は必要ないぞ」

「……分かったわ」

ロランはナディアに対する態度をすぐに切り替えて、手をひらひらと振りながら食堂を出ていった。そんなロランのことを、ナディアは少し呆《あき》れたような視線で見つめる。

「器用な人ね」

「あの……ナディアって伯爵家の人だったの？」

マルティナはロランのことよりもナディアの実家のことが気になって、緊張の面持ちで口を開いた。するとナディアはすぐに頷《うなず》いたが、気にしないでと笑みを浮かべる。

「わたくしは貴族とか平民とか、あまり気にせず仲良くしたい人と仲良くするわ」

「そっか、それなら良かった」

「ええ、これからもよろしくね。ただわたくしの実家は、特にお父様は凄《すご》く古臭い人なの。平民を差別するだけじゃ飽き足らず、女なんて学ぶ必要はない、良い家柄の男に嫁ぐことが一番の幸せだろう、って真顔で言える人なのよ。時代遅れでしょう？　このままだと馬鹿で尊敬できない男に嫁がされそうになったから、家出同然で官吏登用試験を受けたわ。性別で決めるなんて馬鹿馬鹿しいし、身分でその人の価値を決めるのはもっと馬鹿らしいもの。だってあのお父様が伯爵なのよ？マルティナの方が何倍も優秀なのに」

ナディアはよほど実家への不満を溜《た》め込んでいるのか、饒舌《じょうぜつ》に語っている。そんなナディアの様子にマルティナは呆気《あっけ》に取られた表情だ。

「確かに……学べることは幸せだよね」

伯爵の娘本人が実家への不満を口にすることは問題ないとしても、平民のマルティナがそれに同調したらさすがに現代でも問題になるかもしれない。でも友達のナディアの気持ちにも寄り添いたい……そんな気持ちで色々と考えた結果、マルティナの口から出てきたのは簡潔な言葉だった。

しかしナディアはそれで満足したのか、マルティナの言葉に大きく頷いている。

「そうなのよ。わたくしも学ぶことは素晴らしいと思っているわ。それをお父様は——あっ、ごめんなさい。こんな話をされても困るわよね」

「いや、あの、嫌ではないよ。でも私の立場だと何も言えないというか……」

「そうよね。ごめんなさい」

「ううん、気にしないで。話を聞くだけならいつでもできるよ。——ナディアは連れ戻されたりはしないよね？」

実家との関係性を聞いて不安に思ったマルティナの質問に、ナディアはにんまりと楽しそうな表情を浮かべて頷いた。

「もちろんよ。官吏は国に所属していることになるから、お父様でも容易に手出しはできないわ。それに近年は家よりも個人が尊重される世の中になったもの」

「そっか、それなら良かったよ。ナディアとはずっと一緒に働きたいから」

「マルティナ……！」

それから二人は食事を食べ終わっても他愛《たわい》ない雑談に花を咲かせ、心の距離を一気に縮めて仲を深めた。

「ではマルティナ、また明日会いましょう」

「うん！　ナディア、おやすみ」

「おやすみなさい」

それぞれの部屋に戻った二人の表情は、晴れやかな笑顔だった。

# 第二章　緊急事態とマルティナの真価

マルティナが官吏になって一週間が過ぎた。この一週間でロランに様々な場所を連れ回されたマルティナは、段々と官吏服とマントが様になるようになっている。また図書館にも毎日入り浸っているので、次々と新たな知識を吸収していた。

「マルティナ、仕事に行くわよ」

「うん！」

ナディアがマルティナに声を掛け、二人は共に官吏の独身寮を出た。

「昨日は一緒に行けなかったけれど、王宮図書館には行ったの？」

「もちろん。昨日はナディアがいなかったし、たまには王宮図書館にどんな本があるのかを見て回ろうと思って、図書館中を歩き回ったんだ。そしたら私が読んだことがない本が本当にたくさんあって……！　やっぱり王宮図書館って凄いね」

マルティナがうっとりとした表情で王宮図書館に想《おも》いを馳《は》せていると、そんなマルティナを見たナディアが苦笑を浮かべつつ口を開いた。

「最近はマルティナがいなかったら確実に図書館だって、政務部全体に広がっているわよ」

「え……政務部全体？　一週間で？」

「そうよ。それほどにマルティナの行動が目立って極端ということね」

（それはさすがに、恥ずかしいかも）

予想外なほど自分の行動を皆に知られているとあって、少し顔を赤らめたマルティナだったが、図書館通いをやめることはできないとすぐに悟り、諦《あきら》めたように遠くを見つめた。

「私を捜す手間が省けると考えたら、いいことだよね」

「……凄く前向きに捉《とら》えればね」

「いっそ図書館に住めればいいのに。そうすればいくら本を読んでも目立たないよね」

突拍子もないことを言い出したマルティナに、今度はナディアが遠くを見つめた。

「図書館に住んでいる時点で、目立ちまくっていると思うわよ」

「……そっか。確かに平民街の図書館に入り浸ってた時には、図書館に住み着いてるマルティナって近所の人に言われてたかも」

「昔からブレてないのは凄いわ」

そんな話をしているうちに政務部に到着し、二人は中に入った。中ではすでに大勢の官吏が仕事の準備をしていて、二人もそれぞれの上司の下へ向かう。

「ロランさん、おはようございます」

自分の席で書類に目を通していたロランにマルティナが声を掛けると、ロランは僅《わず》かに眉間《みけん》に皺《しわ》を寄せながら顔を上げた。

「おはよう。マルティナ、今日は朝イチで第一騎士団のところに行くぞ。財務部から巡回の予算を少し減らせって要望が来てて、そのことに関する相談だ」

「分かりました。昨日ロランさんが必死に作ってた書類ですよね？」

「そうだ。これが了承されれば少しは予算を減らしても回るだろう。ただなぁ……無理やり感は否めない。そもそも魔物被害を減らすための巡回は国の安全のために必須《ひっす》なのに、そこを減らせってのが間違ってるんだ」

ロランは苦虫《にがむし》を噛《か》み潰《つぶ》したような表情で、自分が作った書類にまた目を向ける。

「なんで減らせ、なんてことになったのでしょうか」

「ここ数年は魔物の被害が少ないからだろうな」

「そうなのですか？」

基本的に街から出ることなく毎日を過ごす平民には、魔物被害の詳細が伝わっていなく、マルティナはあまりピンと来ていない表情で首を傾《かし》げた。

「そもそも数年前に巡回の頻度を増やしたんだ。それによって魔物がこの街の周辺は危険だと本能で察したのか、街や街道に寄りつかなくなった。だからこのまま続けるのが一番なのに、上は魔物の被害が減ったんだから元に戻してもいいだろって思ってるんだ。元に戻したらまた魔物が戻ってくると思わないか？」

「……思います。魔物にとって危険な場所じゃなくなるってことですもんね。その上？　を説得できないんですか？」

マルティナの純粋な疑問に、ロランは大きく息を吐き出した。

「これは俺の予想も込みだしここだけの話にして欲しいんだが、多分今回の要望は財務大臣から発されてる。財務大臣は陛下からの評価を得てより重要なポジションを狙っててな、必要ない業務を削減して余った予算で新たな政策を始めようとしてるんだ。財務大臣からの無茶な要望に財務部がなんとか応えようとして、今回の巡回予算削減の要望だろうな」

ロランが小声で発したその言葉に、マルティナは微妙な表情で口を開く。

「色々と複雑なんですね……」

「ああ、最近は魔物の被害がかなり減ってることは事実だし、書類上では削りやすい部分だと見られるから仕方がない。この方針が変わることはないだろうし、俺らにできるのは予算を減らしつつ、効果を維持する最適な案を考えることぐらいだな」

「それは、難しいですね」

マルティナとロランは眉間に皺を寄せながら顔を見合わせた。しかし上の方針を変えられるほどの力は持っていないので、知恵を絞って少しでも良い折衷案を模索するしかない。

「そうだ、マルティナ。数日以内にやってくれればいいんだが、ここ数年の王都周辺の魔物被害をまとめた書類を使って、被害が多い場所と少ない場所をピックアップしてくれないか？　後で騎士団に渡そうと思ってるんだ」

「分かりました。……ただ数日以内じゃなくて十分ほど時間をもらえればすぐにできますが、どうしますか？」

さらっと告げられた言葉にロランは反射で頷きそうになったが、言葉の意味が理解できたところで瞳《ひとみ》を見開いた。

「お前……本当に凄いな。この一週間で慣れてきたとはいえ、まだ驚くぞ。魔物被害をまとめた書類、全部読んだのか？」

「はい。三日前にロランさんから渡された書類は、全て昨日で読み終わりました」

「全て⁉　読む速度も速いのかよ……それであれだろ、全部内容は覚えてるんだよな」

「もちろんです」

「……もうお前のその言葉を俺は疑えないぜ」

この一週間でマルティナの規格外の能力を見せつけられていたロランは、感心を通り越して呆れた表情だ。

「もうお前には必要な知識が書かれた書類を、全部読んでもらうのがいいかもしれないな。他の部署の人員や法律、過去の事例とか、必要な知識は山ほどあるがどうだ？」

ロランのその問いかけに、マルティナは瞳を輝かせた。

「そんなにたくさん、いくらでも読みます！」

（官吏ってなんて素敵なお仕事なんだろう。たくさん読むことが仕事になるなんて！）

「この話を聞いて喜ぶのはお前ぐらいだな……じゃあ順次、重要書類から渡していく。ただ今はとりあえず、書類を作ってくれるか？　それが終わったら第一騎士団に行こう」

「分かりました。王都周辺の書き込める白地図ってありますか？」

「これを使え」

ロランから白地図を受け取ったマルティナは、ペンを片手に地図と向き合った。そして頭の中で書類に書かれていた情報を精査していく。

(東の森の魔物被害は一、二、三……全部で十五件。そして北の街道は少なくて三件、北西に広がる草原が十二件で、西の森は二十七件——。後は出現してる魔物の強さも考慮した方がいいかな。強大な魔物が出現しやすいところは、南側の……)

それから十分後、マルティナはペンを置いた。白地図にはいくつもの数字や印が付けられている。

「ロランさん、これでどうでしょうか」

「……文句なしの出来だ。お前がいると本当に仕事が早いよ。ありがとな」

そう言ってマルティナの頭を一度だけポンッと撫《な》でたロランに、マルティナは笑顔を向けた。

「お役に立てて嬉《うれ》しいです」

それから二人は政務部を出て、第一騎士団の詰所に向かった。

騎士団には何かがあった時にすぐ出動できるよう、必ず規定の人数が出動準備を整えていなければならないという決まりがある。したがって詰所という、仮眠部屋や食堂、会議室に上官たちの執務室まで備えた騎士団のための建物があるのだ。

そんな詰所に入った二人は、入り口近くのカウンターにいる官吏に声を掛けた。

「政務部から来た官吏のロランとマルティナです。昨日通達を送っておいたのですが、団長であるランバート様にお会いしたいです」

「かしこまりました。すぐにランバートを呼んで参りますので、そちらのソファーに掛けてお待ちください」

「ありがとうございます」

　それからしばらく二人が待機していると、官吏と共に第一騎士団の団長であるセドリック・ランバートが上の階から下りてきた。

「待たせたな」

「いえ、気になさらないでください。わざわざご足労いただきまして、ありがとうございます」

「いや、そろそろ訓練でもしようかと思っていたところだったんだ。部屋の中にずっといるのも気が詰まるからな」

　ランバートは苦笑を浮かべつつ、二人を詰所の一階にある会議室に促した。そしてソファーに腰掛け、二人にも向かいのソファーを勧める。

「それで、今日は予算の話だったな」

「はい。巡回の予算を減らして欲しいと要望が来ておりまして、案はこちらで作成いたしましたので、ご一読いただけますと幸いです」

　ロランが差し出した書類を受け取ったランバートは、ページを捲《めく》るにつれて段々と苦笑を深めていった。

「これは難しいな。騎士は班単位で訓練をしているから、それを全て変えろというのはさすがに」

「やはりそうですよね……では二案目の頻度を減らす方向でしょうか」

「それもなぁ。俺としては三案目を選びたくなるが」

「武器や防具の質を落とす案でしょうか。私としてはそれが、一番選びたくないと思っているのですが……」

武器や防具にお金をかけないというのは、騎士の危険に直結する変更だ。ロランが最後まで悩んで追加した案だった。

「確かにな。やっぱり、頻度を減らすことになるか」

「……減らしたくないお気持ちは重々承知の上ですが、それが一番現実的だと思われます。ただ二案目の最後のところに付け加えさせていただいたのですが、巡回の時間を延ばしていただくことは可能でしょうか？　騎士の方々の負担は増えてしまいますが、それならば予算をほとんど増やさずに国の安全を確保できるかと」

「……頻度を減らして一回の時間を増やすってことか。確かにその方が金はかからないな」

「それからこちらの地図も、ご参考にしていただければと思います。魔物被害の大小をまとめておりますので、被害が特に少ない場所の巡回を減らすのであれば、影響を最小限にできるかと」

「これはありがたい。役立たせてもらおう」

本当は変更せずに今のままが最善だと誰もが思いつつ、予算を減らすための方向性が決まりかけたその時、突然会議室の外が騒がしくなった。そして会議室のドアがバタンッと大きな音を立てて開き、入り口にいた官吏に支えられながら入ってきたのは——傷だらけの騎士だ。

「だ、団長……‼」

「どうした！　何があった⁉」

ランバートはさっきまでの穏やかな雰囲気を一変させ厳しい表情を浮かべると、今にも倒れ込みそうな騎士を受け止めた。

「森の中に、黒いモヤみたいなものがあって……そこから、魔物が大量に、生み出されて……ゴホッゴホッ」

騎士は報告の途中で激しく咳《せ》き込み、口から血を吐いた。その様子を目の当たりにして、ロランとマルティナは衝撃を受けて動けない。

「場所を教えてくれ！　できれば魔物の種類も！」

「ひ、東の森の、奥です。いつも目印にしてる大木の、少し先に……魔物はボア系の魔物が多くて、火を使う魔物も、それからワイバーンが……」

「分かった。伝えてくれてありがとう。おい、早く医務室に連絡を！」

ランバートは混乱して固まっていた官吏に声を掛けると、騒ぎに気づき集まってきていた騎士の一人に、ぐったりとした様子の騎士を任せた。

そして眉間に皺を寄せた真剣な表情で、マルティナとロランに視線を向ける。

「第一騎士団の一から五班を救援に送る。他の班も状況次第では追加で送ることになるだろう。大至急、騎士団の派遣体制を整えて欲しい。東の森に一番近い外門を使う」

ランバートのその言葉にロランはハッと我に返ったように立ち上がり、慌てて頷《うなず》いた。

「か、かしこまりました！　今すぐ東の森に近い外門を一般人の通行禁止にし、そこまでの大通りも通行規制をかけます」

「頼んだ」

ロランの言葉に頷き、険しい表情で会議室を出ていこうとしたランバートの背に――緊張が滲《にじ》んだ、しかし芯《しん》のある凛《りん》とした声が掛けられた。

「待ってください！」

ランバートが振り返った先にいたのは、緊張に顔を強張《こわば》らせながらも、真っ直ぐランバートを見つめるマルティナだ。

「差し出がましい意見だと思いますが……私は一班から五班を派遣するのは、やめるべきだと思います」

その言葉を聞いて、ランバートは怪訝《けげん》な表情を浮かべる。その表情にマルティナは気圧《けお》されそうになったが、硬く拳《こぶし》を握りしめて口を開いた。

「敵はボア系と火を操る魔物、さらにワイバーンということでした。それならば遊撃が得意な二班は相性が悪いのではないでしょうか。盾使いが多い班を選ぶべきだと思います。確か九班は全体的な実力では他の班に劣りますが、盾使いが三人に弓使いと槍《やり》使いがいたはずです。ボア系には最適ではないかと、そう思いました……」

かなりの緊張から最後は声が小さくなったが、マルティナの言葉はその場にいる皆に届いた。

官吏になって僅《わず》か一週間のマルティナが、騎士団の実情を完璧《かんぺき》に把握して最適な提案をしたことに、ランバートは呆気《あっけ》に取られる。ロランでさえも、驚きの表情を浮かべていた。

そして誰も言葉を発さない、沈黙が会議室内を包み込み……その沈黙を続きを促されていると判断したマルティナは、また口を開いた。

「それから、火を操る魔物には圧倒的に水魔法が有利なので、班は関係なく水属性を持つ騎士を全員派遣するべきではないかと思いました。水属性を持つ騎士は全部で二十一人でしたので、四、五人ずつ班に追加できます。またワイバーンですが、ワイバーンは一見強く見えますが弱点がいくつかあります。魔物図鑑第二巻三百六ページに、ワイバーンの体色による弱点の違いが記されていました。緑色のワイバーンは瞼《まぶた》の上に平衡感覚を司る器官があり、そこを突けばすぐに落ちます。赤色のワイバーンは足です。他のワイバーンよりも少し足が大きく、それがなくなると飛べません。黄色は尻尾《しっぽ》です。実は黄色のワイバーンにのみ小さな尻尾があります。そこには痛覚が集中しているらしく、攻撃されると致命傷になります。また植物図鑑第三巻百七十二ページにコラムがあるのですが、ユルウカという植物が――」

「ちょっ、ちょっと待て！」

気が急《せ》いて早口で重要な情報を垂れ流すマルティナを、我に返ったロランが止めた。

「マルティナ、普通の人はお前みたいに記憶力が良くないんだ。一度にたくさんの情報を聞いたところで覚えられない」

「あっ、そうでした。えっと……では今から紙に書き起こして。あっ、それよりも、でしゃばり過ぎたでしょうか……」

マルティナが恐る恐るランバートに視線を向けて問いかけたところで、呆気に取られていたランバートは首を横に振った。

「いや、有益な情報だ。感謝する」

「良かったです。では情報を紙に書き起こし……」

安心したマルティナが紙とペンを取り出そうとしたところで、ランバートがマルティナの腕を掴《つか》んだ。

「直接現場で情報を伝えてもらうのが、一番正確で早いだろう。もし嫌でなければ、俺と一緒に来てくれるか？　俺から離れなければ身の安全は保証する」

「え……私が、ですか？」

「ああ、魔物と騎士団に関しての知識は信頼に足ると、先ほどの助言で分かった。一緒に来てくれたらありがたい。さっきの口ぶりからして魔物図鑑を読み込んでいるのなら、王都周辺に普通は現れない魔物についても知っているか？　ワイバーンは王都周辺に現れたことなど一度もない魔物だ。他にもそういう魔物がいた場合、少しでも知識があると団員たちの安全性が格段に上がる」

強い意志のこもった真剣な眼差しで見つめられたマルティナは、少しだけ躊躇《ためら》いながらもゆっくりと頷いた。

「私で、お役に立てるのでしたら」

「ありがとう。では行くぞ！」

ランバートはマルティナの返答を聞いた瞬間に、腕を引いて会議室を出た。

「マルティナ、絶対に生きて帰ってこい！　こっちのことは任せとけ！」

ロランのその呼びかけにマルティナが答える暇はなく、二人は詰所を後にした。

マルティナは大股《おおまた》で歩くランバートに駆け足でついて行く。

「まず、さっき言ってたユルウカとはなんだ？」

「黄色い花を咲かせる植物です。ワイバーンが好むと書かれていたので、もしあるならばワイバーンを王都とは反対の方向に誘導できるのではないかと思いました」

「分かった。ではその植物も探させよう。ただその前に班編成だな」

急ぎ足で訓練場に向かうと、そこには慌ただしく出動の準備をしている騎士たちがいた。緊急事態ということで、全員が訓練場に集められているようだ。

「皆、集まってくれ！　これから魔物に合わせた最適な班編成を伝える！」

ランバートのその言葉を聞いた騎士たちは、マルティナの存在を不思議に思いながらも、団長であるランバートの呼びかけに従ってすぐに集まった。

「ではマルティナ、出動要請をする班と、その班に加わるべき騎士を教えて欲しい」

「分かりました。まず一班にはランバート様が仰《おつしや》っていたように、出動要請をするべきだと思います。そしてレジス様とマチュー様、テランス様に加わっていただくことは可能でしょうか。水魔法を使えるお二人は火属性持ちの魔物を、テランス様は弓の命中度が素晴らしいと聞いておりますので、ワイバーンを狙っていただけるかと思います」

その提案を聞いたランバートは、少しだけ間を空けてから、集まっている騎士を見回して口を開いた。

「では一班に出動要請を行う！　さらに一班にはレジス、マチュー、テランスも加わるように」

「はっ！」

「次は三班に出動を要請するべきだと思います。ここに加わっていただきたいのは……」

それからマルティナが各騎士の得意な武器や戦い方、それぞれの騎士の相性、魔物の種類や弱点にまで言及して班構成を助言していったことで、騎士たちのマルティナに向ける眼差しは最初と比べてかなり変化した。

最初はランバートがなぜか連れてきた小さな官吏という認識だったのが、今では信じられないほど豊富な知識を持つ優秀な官吏という認識だ。

「私の意見は以上です」

「分かった、ありがとう。――では皆、さっそく出動準備を！」

「はっ！」

ランバートの言葉に集まっていた騎士たちが散らばったところで、マルティナは体に入っていた力を少し抜いた。

（緊張した……でも役に立てたみたいで良かった）

「団長、遅れました」

そんなタイミングでランバートの下へと駆けてきたのは、第一騎士団の副団長であるフローラン・ラヴァンだ。

初対面であるラヴァンとマルティナは、互いに数秒ほど顔を見合わせる。

「後半だけですが、あなたの話は聞いていました。なぜ官吏がと疑問ばかりですが、この緊急事態にその知識は大いに役立ちます。協力、よろしくお願いします」

「は、はい！　最善を尽くします」

ラヴァンの言葉にマルティナがすぐ頷くと、ラヴァンは視線をランバートに移した。

「団長、私はこちらに残った方が良いでしょうか」

「そうだな。現場には俺が行くから、お前はここで情報を精査して欲しい。現場で何かあれば伝達を送る」

それから十分ほどで準備が整い、政務部に戻っていたロランが緊急出動の体制が整ったと訓練場に駆け込んできたところで、ランバートの号令によって騎士たちは一斉に東の森へと出動した。

「マルティナ、気をつけろよ！」

「はい！　ロランさんも、調整よろしくお願いします！」


馬に乗り東の森に向かって駆けることしばらく、先発隊が森の入り口に到着した。木々が生い茂る森の中は馬で入るには技術が必要で、今回は現場に馬がいては邪魔になるということもあり、ここで馬を降りて徒歩で森に入る。

「マルティナ、現場はここから徒歩で二十分ほどだが歩けるか？」

「歩けますが、あの……凄《すご》く遅いと思います」

すでに息が上がっているマルティナを見て、ランバートは少しだけ逡巡《しゅんじゅん》してから、ぐいっとマルティナを抱き上げた。

「うわっ……す、すみません」

「気にするな。官吏なら鍛えてなくても仕方がない。それよりも何か他に情報はないか？　できる限り聞いておきたい」

「――実は一つだけ、気になっていることがあります。騎士の方が仰っていた黒いモヤについてなのですが……」

（今まで読んできた何千冊もの本の中で、数冊の歴史書に記述があった瘴気溜《しようきだ》まり。あれは黒いモヤから魔物が生み出されるという話だった。今までは眉唾物《まゆつばもの》の話だと思ってたけど……もしたらあの歴史は、本当なのかもしれない）

マルティナは眉間《みけん》に皺《しわ》を寄せた。

（予想が当たらなければいいけど……）

「魔物がそこから出現していたという報告だな。俺も気になっていたが、見間違いや木々が燃えたことによる煙じゃないのか？」

「私もその可能性が高いと思うのですが……瘴気溜まりという可能性もあるのではないかと、危惧《きぐ》しています」

「――しょうきだまり？　聞いたことがない言葉だな」

ランバートは思い当たる単語がないようで、微妙な発音でその言葉を発した。そんなランバートの表情を見つめ、マルティナはどこから話そうかと悩みながら口を開く。

「……約一千年前の、世界浄化をご存知ですか？」

「それはもちろん知っている。それ以前は魔物に世界が蹂躙《じゅうりん》され、人類は滅びかけていたんだったな。それが世界浄化で魔物の数が激減し、人類が発展したと」

「はい。そしてその世界浄化は神による慈悲だとか大魔法使いが起こしたのだとか、様々な言説があります。一千年以前の暗黒時代についても、悪魔が住み着いていたとか神の怒りに触れたなどと言われていますが、私が様々な書物を読んだところ……それらとは別の言説が、いくつかの歴史書に書かれていました。その言説とは、暗黒時代には瘴気溜まりが各所に点在していたというものです。そして世界浄化とは、その瘴気溜まりを消し去る行為ではないかと」

「そんな歴史、初めて聞いた」

「私も今までは、いくつかの歴史書でほぼ同一の内容が書かれていることが気になったものの、何気なく記述されているものがほとんどでしたし、何か別の現象が曲解して後世に伝わった話だろうと思っていました。しかしその歴史に出てくる瘴気溜まりが、今回の魔物が発生する黒いモヤそのものなのです。したがって、もしかしたらあの歴史は真実なのではないかと……今はそう思っています」

ランバートはマルティナの知識の深さと、さらには聞いたこともない歴史に驚き、言葉を継げないようだ。

「瘴気溜まりという言葉が載っていたのは、暗黒時代についてまとめられたいくつかの書物と、悪魔に関する研究の論文です。どれほどそれらの本を信頼できるのか私には判断できませんが、少なくともいくつかは王宮図書館に収められていたものなので、荒唐無稽《こうとうむけい》な内容である可能性は低いと思います。……ちなみにそれらの歴史書によると、瘴気溜まりは地中から吹き出した黒いモヤによって形成され、そこから魔物が絶え間なく溢《あふ》れ続けるのだそうです。したがって今回の黒いモヤが瘴気溜まりだった場合、対処をしなければずっと魔物が溢れ続けるかもしれません」

そこでマルティナが言葉を切ると、ランバートは深刻な表情で呟《つぶや》いた。

「……もし今回の黒いモヤが瘴気溜まりだったとしたら、どうすれば消せるんだ？　世界浄化の時に、人類は何をしたんだ？」

その問いかけに、マルティナは小さく息を吸ってから答える。

「異界から聖女と呼ばれる人物を召喚したらしいです。魔法陣という技術をご存知ですか？」

「……属性に縛られず、魔法に似た現象を発現させられるものだったはずだ。ただ使い勝手の悪さから、現代ではすでに廃れた技術だと」

「その通りです。その魔法陣を使って聖女を召喚し、聖女に世界中の瘴気を消してもらったと、いくつかの書物から読み取れました」

「——ということは、またその聖女召喚をやらないとダメということか？　異界から何かを召喚するなんて、そんなことが可能なのか？」

「分かりません。召喚方法の詳細はどこにも記されていませんでした。ただあの歴史が正しく、暗黒時代のように瘴気溜まりが各地に現れるようになれば、聖女召喚の必要に迫られるかもしれません。しかし瘴気溜まりには光属性も効果があるらしく、たくさんの光属性の使い手を集めればなんとか対処できる可能性もあります。瘴気溜まりが一ヶ所だけならという条件付きですが……」

マルティナの言葉はそこで途切れ、草を踏み締めるザクザクという音が場を支配した。ランバートは今後起こるかもしれない世界の危機に、何も言葉を発せない。

そうしている間に、皆の耳に戦闘音が届いた。

「とりあえず、話は後にしよう。今はとにかく魔物を倒すことだけを考える」

「はっ！」

ランバートの言葉に周囲の騎士たちが応じたところで、マルティナたちの目に悲惨な状況が飛び込んできた。そこかしこで負傷している騎士が倒れ、戦っている騎士も満身創痍《まんしんそうい》だ。今にも全滅する、そんな瀬戸際だった。

（こんなに酷《ひど》い状況だなんて……）

初めて見る戦場と漂う血の匂いに、マルティナの心臓はバクバクと激しく動いた。

「お前たち、助けに来たぞ！　七班の者は全員後ろに下がれ！」

ランバートの声が戦場に響き渡り、辛《かろ》うじて気力だけで戦っていた騎士たちの瞳《ひとみ》に希望が宿る。歩ける者は何とか自力で、怪我《けが》をしている者は他の者に運ばれて戦線を離脱した。

「団長……！」

「よく抑えてくれた。あとは任せろ」

「お願いします！　あいつ、全く攻撃が効かないんです！」

騎士のその言葉にランバートは視線を前に向け、特に被害が拡大した要因となっている魔物を鋭い瞳で射抜いた。

「マルティナ、あの魔物を知ってるか？」

ランバートが示しているのは、騎士たちが一際苦戦している巨大な魔物だ。その魔物は何本もの長い足を持ち、体表全てが硬い殻に覆われている。

マルティナはそんな魔物に視線を向けると、まずは大きく深呼吸をした。

（落ち着こう。私にできることをやろう）

何度か深呼吸をしたら、瞬《まばた》きもせずにじっと魔物に視線を向ける。細かい特徴を見逃さないように、念入りに確認して脳内にある知識と照らし合わせていく。

（あの大きさと形から、クラブ系の魔物であることは確実かな。ただビッグクラブにしては、少し色味が違って……この茶色に近い色合いは、どちらかと言えばサンドクラブ。ただこの前読んだ魔物図鑑に、同じく茶色い色味のクラブ系魔物が載っていたはず。でもあっちは確か足先が黄色だったけど、この魔物は足先の色も茶色い。ということは――）

「あの魔物は、サンドクラブだと思います」

はっきりとした口調でマルティナが名前を告げると、ランバートはすぐに頷《うなず》いた。

「分かった。弱点などは知っているか？」

「はい。サンドクラブは砂漠地帯に生息している魔物で、水に弱いです。幸い水魔法を使える騎士はこちらにたくさんいますので、サンドクラブを攻撃してもらえば、かなり相手の動きが鈍ると思います。そこで一番上にある脚の付け根から、急所である殻の中を狙えば倒せます。上から下方向

に剣を深く差し込むと楽に倒せると、本に書かれていました」

「ありがとう。本当に助かる」

ランバートはマルティナからサンドクラブの情報を得ると、さっそく騎士たちに伝達した。そして態勢を整える騎士たちをじっと見つめながら、先ほどよりも少し明るめの声音で口を開く。

「これでサンドクラブが倒せれば、戦況はかなり好転するだろう」

「そうですね。ボア系の魔物やワイバーンは、先ほどからそこまで苦戦することなく討伐できているように見えます。騎士の方々は凄いですね」

マルティナの素直な称賛に、ランバートは苦笑を浮かべた。

「それもこれも、マルティナが詳細な魔物の情報を伝達してくれたおかげだな」

二人が視線を向ける先では、盾使いがボア系魔物の攻撃を受け止め、そこを剣や槍《やり》使いが盾の後ろから攻撃しているところだった。また遠距離の武器を使う者や魔法が得意な者は、ワイバーンの急所を突いて的確に地面に落としているようだ。

「確かに私の情報も少しは役立っていると思いますが、騎士の方たちの練度が高いのだと思います」

そう言ったマルティナは、騎士たちの戦いぶりを見て安心し、強張《こわば》っていた体から少し力を抜いた。

そんな中で、水魔法を使える騎士たちが一斉にサンドクラブに向けて魔法を放つ。

「「「水弾！」」」

魔法はそこまでの威力ではなかったが、全身に水を浴びたサンドクラブはさっきまでの機敏な動きを鈍らせた。

「凄いな……水が弱点というのが顕著だ」

「はい。これならば急所も狙えると思います」

一人の騎士がサンドクラブの前面に出て注意を惹《ひ》きつけ、サンドクラブが緩慢な動きで脚を振り上げた瞬間。背後に回った騎士が土魔法で地面を盛り上がらせ、サンドクラブの上部まで体を持ち上げた。そしてそのままの勢いで、脚の関節に剣を差し入れる。

「ギィィィィ‼」

サンドクラブは甲高い叫び声を上げると、バタンッと爆音と土煙を巻き上げてその場に倒れた。

「倒せたようだな」

「良かったです。皆さん本当に強いですね」

マルティナのその言葉にランバートは誇らしげな笑みを浮かべると、魔物の後ろに広がる森に視線を向けた。

「問題は魔物の出所だな。さっきから倒しても倒しても新たな魔物が現れている」

「そうですね……私も気になっていました」

「やはり、瘴気溜まりがあるのだろうか」

ランバートはそう呟くと、後ろで怪我の手当てを受けている騎士に声を掛けた。

「黒いモヤから魔物が生まれたという報告を受けたのだが、それは事実か？」

「……はい。この目で見たのは確実です。しかしあまりにも信じられない光景でしたので、何かと見間違えた可能性はあるかもしれません」

「分かった。そのモヤの場所はどこだ？」

「もう少し森の奥です。戦闘が行われている場所の後ろ側だったと思います」

騎士から欲しかった情報が得られたことで、ランバートは大きく迂回《うかい》して魔物たちの後ろに回り込んで進むことを決めた。この場の戦闘には少し余裕が生まれたので、一つの班を引き連れてモヤがあるという場所に向かう。

もちろんマルティナも一緒に向かっているため、歩みはゆっくりだ。しかしそう遠い場所ではないので、数分でモヤが視認できる場所に辿《たど》り着《つ》いた。

皆は目の前に広がる光景に、絶句して動きを止める。

「――どういう、原理なんでしょうか」

「本当に、モヤから魔物が生み出されているな」

王都から近いため比較的整備された明るい雰囲気の森に、澱《よど》んだ黒いモヤが異質な雰囲気を醸し出していた。黒いモヤは球状に近い形に広がっていて、五人程度の人間が余裕で入れる大きさだ。

そんな黒いモヤから、魔物がボトリと排出された。

「マルティナ……どう思う？」

「いくつかの歴史書に書かれていた瘴気溜《しょうきだ》まりに、かなり近いと思います。あの歴史は真実で、この黒いモヤは瘴気溜まりである可能性が高いかと……」

「やはりそうか……とりあえず、排出された瞬間の魔物は無防備だ。ここで魔物を倒そう。皆、この黒いモヤを数人で取り囲み、魔物が生まれた瞬間に倒して欲しい」

「かしこまりました。……これは何なのでしょうか」

「瘴気溜まりというものである可能性が高いが、詳細は調べなければ分からないだろう」

ランバートの指示通りに騎士たちが動き、瘴気溜まりから生まれる魔物はすぐ倒されるようになったことで、とりあえず緊急事態は終結だ。しかしこれから瘴気溜まりが消滅するまで、ずっと監視をして対処を続けなければならない。

「早急に騎士たちの体制を整えなければいけないな。……しかし瘴気溜まりを消滅させなくては、本当の解決にはならない」

「そうですね……光属性の方って、どれほどの数がいるのでしょうか？」

「光属性はかなり希少属性のため、騎士団には数人しかいない。治癒師として働く者も含めたとしても……少し増える程度で、やはり数は少ないだろう。また治癒師として働く者たちが、このような危険な場所に来てくれるのかは分からない」

そこで会話が途切れ、二人はじっと瘴気溜まりを見つめた。そしてまた魔物が排出されたのを合図に、まずはこの情報を王宮に持ち帰ろうと動き出す。

「マルティナ、お前にはこの問題が解決するまで、しばらく手伝ってもらいたい」

「もちろんです。これは国全体の問題ですから、政務部も動くことになるでしょう。できる限り手助けいたします」

「助かる。まずは王宮に帰って上に報告だな。陛下のお耳に入れなければならない案件だろう」

「そうですね……ここだけならばいいですが、瘴気溜まりが各地にできていたら大変です。対処法を考えなくてはなりません」

マルティナの言葉にランバートは険しい表情で頷くと、踏み出す足の速度を上げた。

何気なく空を見上げた二人の瞳に映ったのは、先ほどまで晴れ渡っていたのに、一気に暗雲が立ち込めていた空だった。

◇◇◇

王宮に戻ったマルティナとランバートは、軍務大臣のところに向かっていた。緊急事態の場合のみ、事前の約束なしで大臣に面会することが許されているのだ。

「軍務大臣ってティエルスラン侯爵ですよね」

「そうだ。とても誠実なお方だから安心するといい。陛下も尊敬できる素晴らしいお方だし、マルティナの言葉が軽くあしらわれることはないだろう」

マルティナはランバートの言葉に安心し、緊張から固まっていた体の力を少しだけ抜いた。

それから王宮内を足早に進み、数分後に二人は軍務大臣室の前に着く。

「軍務大臣、緊急の連絡があると第一騎士団の団長と、政務部の官吏が来ております。通してもよろしいでしょうか？」

部屋の前にいる護衛が中に声を掛けると、すぐにドアが開かれた。軍務大臣は執務机に座って書類仕事の最中だったらしい。

「ランバート殿、官吏殿、どうしたんだ？」

「緊急事態ゆえ用件から申し上げます。東の森に黒いモヤが発生し、そこからこの地域には生息していない魔物を含む、大量の魔物が生まれています。現在は何とか押さえ込んでおりますが、いつどうなるかは分かりません」

「……魔物が生まれているのか？」

「はい。そのモヤについてはこちらのマルティナが知識を持っていますので、マルティナから説明いたします」

ランバートに紹介されたマルティナは、緊張の面持ちで少し顔を上げた。

「政務部に所属しております、マルティナと申します。黒いモヤは瘴気溜まりと呼ばれるものである可能性が高いです。『暗黒時代を読み解く』『暗黒史』『人類の起源』『悪魔の生態』などの各種書物に、その言葉が載っておりました」

それからマルティナがランバートにした説明と同じ内容をより詳しく話すと、軍務大臣はポカンと口を開いて固まってしまった。

「……ど、どういうことだ？　なぜそんなにいろんなことを知っている？　暗黒時代を研究しているのか？」

「いえ、そうではないのですが、私は一度でも読んだり聞いたりしたことは忘れないのです。その記憶力のおかげなのか読書がとても好きになり、平民図書館の本を全て読み終え、中古本屋などでも多数の本を読みました。さらに現在は王宮図書館の本も読み進めており、その知識から話をしています」

マルティナのその言葉をすぐには信じられないのか、軍務大臣は微妙な表情で口籠《くちごも》る。

「軍務大臣、マルティナのこの言葉は真実です。私はその凄《すご》さを目の当たりにいたしました」

「……分かった。ランバート殿が言うならば信じよう。しかし先ほどの書物は確認させてもらう」

「もちろんです。ページ数まで覚えておりますので、後で伝えさせていただきます」

何気なく発されたページ数までという言葉に、ランバートは瞳を見開き驚きを露《あらわ》にした。軍務大臣はすでに驚きを通り越して呆然《ぼうぜん》としているようで、深く考えることを放棄したのか表情を変えずに口を開く。

「……今聞いても良いか？　このあとすぐに書物を確認して、陛下へ相談申し上げようと思っている」

「もちろんです。では『暗黒時代を読み解く』から伝えさせていただきます。こちらには瘴気溜まりに関する記述が各所にありまして、まず最初に出てくるのは二十七ページの六行目で――――」

それからマルティナは僅《わず》かでも記述がある部分は全てを伝え、軍務大臣が畏怖《いふ》のこもった眼差しでマルティナのことを見つめるようになった頃、やっと報告は終わった。

「ありがとう。ではこれを元に陛下と相談し、今後の方針を決めようと思う。方針が決まり次第に通達するので、それぞれ騎士団と政務部で待っているように」

「かしこまりました」

マルティナとランバートは軍務大臣に礼をすると、大臣室を後にした。

「これからどうなりますかね……」

大臣室からそれぞれの仕事場に戻る途中、マルティナが不安そうな声音でそう呟《つぶや》いた。その言葉を耳にしたランバートは、王宮の廊下から暗雲に覆われた空を見上げて口を開く。

「しばらくは慌ただしい日々が続くだろう。被害が広がらなければいいが……」

「祈るしかないですね」

「そうだな。しかし早期にあのモヤの正体が分かり、対処ができることは確かだ。したがって、被害は最小限に抑えられるだろう。マルティナのおかげだな」

ランバートのその言葉で少しだけ不安が和らぎ、マルティナは口端を緩めた。

「ありがとうございます」

「お互い国を守るために全力を尽くそう」

「はい」

二人は力強い表情で頷《うなず》き合い、それぞれの仕事場に戻った。

◇◇◇

マルティナが政務部のドアを開けて中に入ると、それに気づいたロランがすぐに駆け寄った。

「マルティナ！　無事で良かった！」

「ロランさん、ご心配をおかけしました。この通り大丈夫です。騎士団の出動に関わる仕事を全て任せてしまって、すみません」

「そんなの気にしなくていい。お前はお前にしかできない仕事をしたんだからな」

ロランのその言葉とホッとしたような表情を見て、マルティナはやっと体の力が完全に抜けて、ふにゃりと緩んだ笑みを浮かべた。

「ロランさんを見たら何だか気が抜けました……」

「ははっ、何だそれ。疲れたか？」

「ちょっと疲れたみたいです。騎士の方たちは体力が凄くて。私なんて森の中でランバート様に抱き上げられてしまいました」

マルティナのその言葉を聞いて、ロランはマルティナの頭からつま先までを順に見下ろす。

「確かにお前はまだこう、小さいよな」

「これから大きくなる……予定です」

唇を僅かに尖《とが》らせてそう言ったマルティナに、ロランはいつも通りの笑みを見せた。

「それで、魔物はどうなったんだ？　解決したのか？」

「とりあえず緊急事態は脱したのですが、大きな問題が発生しています。そのことに関して、先ほどランバート様と軍務大臣へ報告に行きました。これから軍務大臣が陛下にご相談され、そこで決まった事柄が通達されてくると思います」

「緊急で陛下のお耳に入れなければならない事態ってことか？」

「はい」

ロランはマルティナがすぐに頷いたのを見て、表情を真剣なものに変えた。

「通達が来るまでは待機してるしかないってことだな」

「そうですね……事前に皆さんに話をしておいた方がスムーズなのですが、かなり大きな事案なので、話してしまっていいのか私には判断できません」

「そういう場合は独断で動かない方がいい」

「やっぱりそうですよね。では皆さんに伝えるのは通達が来てからにします。それまでは……仕事の続きですかね」

マルティナのその言葉にロランが逞《たくま》しいなと苦笑を浮かべたところで、部屋の奥から一人の女性が二人の下に駆け寄った。

「マルティナ！　心配していたのよ！」

「ナディア……何か聞いたの？」

「魔物がたくさん現れ騎士団が出動したところに、マルティナがついて行ったと聞いたら、それは心配するわ！　なぜそのような無謀なことを……！」

「ごめん。心配してくれてありがとう。ランバート様が私の能力を買ってくださって、補佐のような形で現場に同行したの」

（こんなに心配してくれてたなんて、私は本当にいい友達を持ったよね）

マルティナが嬉《うれ》しさから頬を緩めていると、ナディアは不思議そうに首を傾《かし》げた。

「マルティナの能力を？」

「うん。ほら、私って記憶力がいいって言ったでしょ？　それで魔物の特徴や弱点に詳しくて、その関係で」

まだ瘴気溜《しょうきだ》まりのことは伝えられないのでそんな説明になったが、日々マルティナの特異さを肌で感じていたナディアは納得したように頷いた。

「確かにあなたの能力は誰もが欲しがるでしょうね」

「ありがたいことに、役に立てたみたい」

「友達として誇らしいわ」

「ナディア……！」

ナディアの言葉にマルティナが感極まって抱きついたところで、苦笑を浮かべたロランが二人を引き離した。

「はい。そろそろ仕事に戻るぞ～」

「もう、邪魔しないでくださる？」

「おい、俺は先輩だからな」

不満そうなナディアにロランは呆《あき》れた表情で、実力行使とばかりにマルティナの手を取って部屋の奥に連行した。

その様子を見てナディアは少しだけ拗《す》ねた表情を浮かべるも、自分の上司に呼ばれて仕事に戻る。

「マルティナ、今日は疲れてるだろうから歩き回る仕事は免除してやるよ。いくつか書類を読んでもらうからな」

「本当ですか！」

マルティナは瞳《ひとみ》を輝かせてロランの顔を覗《のぞ》き込んだ。書類を読む仕事は、マルティナにとって休憩時間よりも嬉しいのだ。

「お前のその顔、いつ見ても面白いな。大好物を目の前にした犬って感じだ」

「なっ……それ、褒めてますか？」

「褒めてる褒めてる。じゃあ今日読んでもらうのは……これとこれな」

「分かりました！」

ロランが差し出した書類の束に飛びついたマルティナは、輝く瞳をそのままに自分の机に向かった。椅子に腰掛けて書類を捲《めく》ったら、もうマルティナは活字の世界の住人だ。

そんなマルティナの様子を優しい表情で見つめたロランは、気合いを入れるためか自分の頬を軽く叩《たた》くと、作りかけの書類に向き合った。

◇◇◇

マルティナが政務部に戻っていたのと同時刻。軍務大臣は国王の執務室に来ていた。マルティナとランバートからの報告を受け、今後の方針を決めているようだ。

「陛下、これからどうされますか？」

「……とりあえず、瘴気溜まりに研究者を派遣しよう。マルティナという官吏もメンバーに加えることにする。それから光属性を持つ者をできる限り集め、それで対処できなかった場合のために、聖女召喚についても情報を集めて欲しい」

「かしこまりました」

軍務大臣が頭を下げたのを見て、椅子に腰掛けている国王は大きく息を吐き出しながら背もたれに体を預けた。

「それにしても、マルティナという官吏は規格外だな」

「はい。すらすらと詳細な情報が出てくる光景はあまりにも信じられず、報告を受けた時には呆然としてしまいました」

「それも仕方がないな……マルティナはこのまま政務部所属の官吏にしておいて良いのだろうか。例えば歴史の研究家などにして、高待遇を約束するべきだと思うか？」

国王が問いかけたその言葉に、軍務大臣は少し悩みながらも首を横に振る。

「まだ官吏になって一週間です。しばらくはこのままが良いのではないでしょうか。官吏の、特に政務部の仕事は多岐に渡ります。マルティナがそこで仕事をしていれば、多くのことを吸収してくれるかと。それがマルティナの成長に繋《つな》がるのではないでしょうか」

目先の利益だけでなく先々のことを考えての意見に、国王はすぐに同意を示した。

「確かにその通りだな。では待遇はこのままで……しかし此度《こたび》のことへの褒美はしっかりと与えよう。また、これからは忙しく働いてもらうことになるだろう。一般的な業務を超える部分に関しては、追加報酬を考えよう」

　その言葉に軍務大臣が頷いたところでマルティナに関する話が一段落し、国王は大きく息を吐き出してから窓の外に視線を向けた。

「これから、この国はどうなるのか……」

「マルティナの言う通りならば、国中……いや世界中に瘴気溜まりが発生するかもしれません。もしかしたらすでに、他の場所に発生している可能性もあります」

　軍務大臣のその言葉に、国王は視線を室内に戻して真剣な表情で口を開いた。

「貴族にも通達をし、自領を捜索させよう。もし別の場所でも瘴気溜まりが発生しているならば、対応を早めなければならない」

「かしこまりました。政務部に通達内容を伝達しておきます」

「よろしく頼む」

　暗雲が垂れ込めていた空からは冷たい雨が降り始め、それを見た国王は急激に下がった気温とこの国の行く末への不安から、無意識に腕をさすった。

「この時期に雨なんて珍しいな」

「そうでございますね。凶兆でなければ良いのですが……」

　不安げな二人の言葉は、雨の音に呑《の》み込まれて消えていった。

# 第三章　瘴気溜まり調査隊

マルティナとランバートが瘴気溜まりについて報告をした翌日。政務部には国王の名で書状が届いていた。

その中身は瘴気溜まりとみられる黒いモヤが東の森に発生したこと、マルティナを瘴気溜まり調査隊の一員として森に派遣すること、全貴族に領内に瘴気溜まりが発生していないか確認するよう通達を送ること、この三つだ。

政務部の部長が読み上げた内容を聞いて、官吏たちには動揺が広がった。

「魔物が断続的に発生する黒いモヤって、王都は大丈夫なのか？」

「大丈夫じゃないから、ここにこの書状が来てるんだろ。これから混乱が起きることが予想できるな」

「消滅させる方法も分からないなんて、怖いですね……」

「全貴族に通達って、通達した後に問い合わせが殺到するだろうな」

「瘴気溜まりについてもっと情報が必要だ。誰か詳しく知ってるやつは――って、マルティナがいたか」

一人の官吏の言葉で、新人らしく一番後ろで話を聞いていたマルティナに視線が集まった。

書状にはマルティナが調査隊の一員として派遣されると書かれているので、一番情報を持っているのはマルティナだろうと官吏たちは考えたのだ。

「マルティナ、なぜ君が調査隊に選ばれているんだ？　昨日の騎士団派遣に同行したと聞いているが、それと関係があるのだろうか」

「はい。昨日は第一騎士団の団長であるランバート様が私の魔物知識を評価してくださり、現場に同行するよう指示を受けました。そして現場の騎士たちから話を聞いたり実際に黒いモヤを見て、瘴気溜まりの可能性が高いと判断し、ランバート様と共に軍務大臣のところへ報告に向かいました。瘴気溜まりに関する情報を持っていたのが私だったため、調査隊の一員に任命されたのだと思います」

マルティナの簡潔な説明は分かりやすく伝えようとしたものだったが、それを聞いた政務部の官吏たちは一様に首を傾げた。

なぜなら政務部の官吏たちは、まだマルティナの真価を知らないのだ。

それを真に知っているのは、共に仕事をしているロランと、マルティナの特異さを目の当たりにしたランバートと騎士数名のみ。共に図書館で時間を過ごしているナディアでさえ、まだマルティナの力を完全に理解できているとは言えない。

「瘴気溜まりという言葉を私は今初めて聞いたが、なぜマルティナは情報を持っていたのだ？　それに騎士団長であるランバート様に請われるほどの魔物知識というのも、想像ができないのだが」

政務部の部長である男が発したその言葉に、マルティナの近くにいたロランが首の後ろに手を当てて、苦笑しながら口を開いた。

「部長、マルティナの能力は、実際目の当たりにしなければ信じられないと思います。マルティナが満点で官吏登用試験に合格したことは周知の事実だと思いますが、それを実現させたマルティナの能力は……そうですね、完全記憶能力とでも言うべきものです」

完全記憶能力、その言葉に誰もがあり得ないだろう大袈裟《おおげさ》だと、一歩引いてロランの話を聞く体勢をとる中、ロランはマルティナの肩に手を置いて一歩前に出た。

「マルティナは本が大好きで平民図書館にある本を全て読み、さらには中古本屋などでもたくさんの本を読んできたらしいのですが、その全てを一言一句覚えているんです。そうだな、マルティナ?」

「は、はい。覚えています」

(すっごく見られてるよ……あんまり注目されるのには慣れてないのに、官吏になってからこんなことが一気に増えた気がする)

大勢の官吏たちに視線を向けられて顔を強張《こわば》らせながらも、マルティナはロランの問いかけに頷《うなず》いた。しかしその言葉をすぐに信じる者は、さすがにいなかった。

「そんなことはあり得ないだろう」

「一言一句なんて無理に決まっている」

「一冊だって覚えられないよな」

そんな官吏たちの言葉に苦笑を浮かべつつ、ロランはまた口を開いた。

「そう思われるのも分かりますが、それが真実なんです。実際に見た方が早いか……マルティナ、その辺にある本の中で読んだことがあるやつは？」

政務部にある共用の本棚を指差したロランに、マルティナは一つの分厚い本を指し示した。それは騎士団の遠征記録だ。

遠征場所や向かった騎士の名前、さらには討伐した魔物や消耗した装備品、回収できた素材、遠征にかかった日数や費用など、事細かに記録されている。

「私たちの仕事に関係があるからと、ロランさんに読むことを勧められたので、最後まで読破しています」

「分かった。ではそちらの本の内容を、マルティナに尋ねてみてください。マルティナは全て覚えているはずです」

ロランのその言葉を聞いて、一番に動いたのは本棚の近くにいたシルヴァンだった。

シルヴァンは平民であるマルティナが調査隊の一員に選ばれ、貴族の領分を侵していることが許せないのか、マルティナを軽く睨《にら》みつけてから本を開く。

「では私が尋ねます。百五十二ページに書かれた遠征記録の内容を答えなさい」

「百五十二ページは……第一騎士団が王都近くの街道沿いに現れたという、ビッグボアの群れを討伐に向かった遠征です。五匹との目撃情報でしたが実際には十二匹もの大きな群れで、討伐に向かった三班だけでは対処が難しいと判断し、追加で四班も向かっています。四班が後から合流したことで近場にも拘《かかわ》らず遠征の時間が延び、大通りの通行規制の時間も延びたことから、費用が嵩《かさ》んでしまいました。さらに一つの盾がビッグボアの突進を受けてヒビが入り、修理に出しています。素材は二匹のビッグボアは火魔法で毛皮が燃えてしまい……」

「ちょっ、ちょっと止まってくれ！」

マルティナがサラサラと、まるで記録を読んでいるかのように答えた遠征の中身を聞いて、政務部の部長である男は慌ててマルティナの言葉を遮った。

そして驚きと悔しさが入り混じった表情で遠征記録を凝視しているシルヴァンを見て、マルティナが語った内容が正確なものであると理解する。

「シルヴァン、先ほどの内容は合っているのだな？」

「――はい。全て間違いないです」

シルヴァンのその言葉を聞いて、官吏たちの間には動揺が広がった。

「どういうことだ？　本当に、一度読めば全部覚えられるとでも言うのか？」

「シ、シルヴァン！　その記録をこっちに貸してくれ！」

それからは目の前で起きたことが未《いま》だに信じられない官吏たちに、マルティナは遠征記録のあちこちに書かれた細かい情報について質問を投げかけられた。

しかしそれらにも問題なく返答したことで、皆がマルティナの特異な能力を理解することになる。

「確かにこれなら、魔物知識が豊富なのも頷けるな」

「それに瘴気溜《しょうきだ》まりについても、この記憶力で本を読むのが好きなら、知ってたとしても納得だ」

マルティナに対する称賛や納得の声が政務部の中で溢《あふ》れる中、部長がマルティナの下に足を運んだ。

「マルティナ、能力を疑って悪かった。優秀な人材が政務部にいることを誇りに思う。調査隊の一員として、力を尽くして欲しい。そして公開できる範囲で構わないので、瘴気溜まりに関する情報を政務部にも共有してくれないか？」

部長のその言葉に、マルティナは口端を緩めながらしっかりと頷いた。

数人の官吏は未だに納得がいっていないような、信じたくないような表情をしているが、大多数の者がマルティナを讃《たた》える中で雰囲気を壊すことはできないらしい。

「もちろんです。精一杯取り組ませていただきます」

「ありがとう、頼りにしている。……では皆、マルティナが瘴気溜まりに関する情報をまとめてくれている間に、各貴族への通達準備をして欲しい。マルティナは午後に調査隊の集まりがあると書かれているので、遅れないように」

「かしこまりました。午前中に瘴気溜まりに関する情報はまとめておきます」

「ああ、頼んだぞ」

それからは各々仕事をするために部署の中で散らばる官吏たちに紛れて、マルティナもロランと共に自分の机に向かった。

「ロランさん、さっきはありがとうございました」

「いや、俺はただマルティナの能力を皆に伝えただけだ。これでやっとマルティナのことを皆と共有できるぜ。今までは冗談だと思われてたからな」

「確かに笑われてましたよね」

「そうだ、あいつらに俺が正しかっただろって言いに行かなきゃな」

そう言って笑うロランに釣られてマルティナも笑みを浮かべていると、そんなマルティナに後ろから声を掛ける人物がいた。

ナディアだ。ナディアは少しだけ頬を膨らませて、拗《す》ねたような表情を浮かべている。

「マルティナ、わたくしはあなたに、あそこまでの実力があることを聞いていなくてよ」

「……言ってなかったっけ？」

「記憶力が良くて本の内容をすぐ覚えられるんだとは聞いたけれど、まさかそれがあんなに異次元なレベルだなんて知らなかったわ！」

「確かに、そうだよね。別に重要なことじゃないかなと思ってたんだ。ごめん」

（私にとっては全て記憶できるのが当たり前だから、凄《すご》いって言われてもあんまり実感が湧かないんだよね……でも皆を混乱させないように、ちゃんと周囲との差を認識しておかないと）

視線を下げて反省しているマルティナに、ナディアは小さく息を吐いてから表情を和らげた。

「これからはなんでも話して欲しいわ」

「うん、もちろんだよ。ナディアも私になんでも話してね」

「ええ、そうするわね」

「ナディアー！　早くこっちに来い！」

二人の話がちょうど終わったところで、ナディア直属の上司の声が部署内に響いた。

「はい、今行きますわ！　マルティナ、もう行くわね。調査隊の仕事頑張って」

「うん、ありがとう」

急いでいるが優雅に上司の下へと去っていくナディアを見送ったマルティナとロランは、仕事机に戻ってこれからの業務内容について話し合いをして、さっそくそれぞれの仕事に取り掛かった。


瘴気溜まりに関する情報をまとめ、それを政務部の官吏たちに説明し、さらには各貴族へ通達をする準備にも手を貸して……と忙しく働いたマルティナは、あっという間に午前の勤務時間を終えた。


食堂でお昼をとったら、そのまま政務部には戻らず調査隊の集まりが開かれる会議室に向かう。

「確か会議室は、三階の一番大きな部屋だったはず……」

書状に書かれていた場所を思い返しながら進むと、目的の会議室の扉は大きく開かれていた。そしてその部屋の前にはちょうど、第一騎士団の団長であるセドリック・ランバートがいた。

「マルティナ、昨日ぶりだな」

「昨日はお世話になりました。ランバート様も瘴気溜まりの調査隊に召集されたのですか？」

「そうだ。数名の研究者と騎士、そして瘴気溜まりに関する情報をもたらしたマルティナがメンバーらしい。調査隊の隊長は俺が務めることになったからよろしくな」

「そうなのですね。よろしくお願いします」

（私の能力について、すでに理解してくれているランバート様が隊長で良かった）

安心感から頬を緩ませたマルティナに、ランバートも笑みを浮かべた。

「では中に入ろう。そろそろ研究者たちも来るだろう」

二人で中に入り少し待っていると、四人の人物がぞろぞろと会議室に入ってきた。

先頭は白髪に同色の髭《ひげ》が特徴的な、背の高い老年の男性だ。相応の年齢だと窺《うかが》えるが、背筋はピンと伸びていて動きはハキハキと素早い。

その男性に続くのは穏やかそうな壮年の男性に、猫背気味の若い男性、そして目付きが鋭く年齢不詳な見た目の女性だった。

「待たせたな」

「いえ、私たちも先ほど来たところです。皆さんはご一緒に来られたのですか？」

「そうではない。そこで偶然会っただけだ」

「そうでしたか。では、さっそく会議を始めましょう。陛下からは全部で六人と聞いておりますので、これで全員のはずです」

ランバートのその言葉でそれぞれが好きな席に腰掛け、調査隊の初会議が始まった。

「まずは軽く自己紹介としましょう。私はセドリック・ランバートです。第一騎士団の団長の任を拝命しており、此度《こたび》の調査隊の隊長も務めます。私の他にも多くの騎士が調査には同行すると思いますので、よろしくお願いします」

「君が隊長なのか、よろしく頼む。私は歴史の研究をしているオディロン・ラフォレだ。まだ詳しい事情は知らないが、過去の文献などを調べるのであれば力になれるだろう」

ランバートの次に口を開いたのは白髪の男性で、その男性の名前を聞いた瞬間にマルティナが体をビクッと動かした。

（まさか、こんなところでお会いできるなんて……！）

オディロン・ラフォレと言えば、読書家ならば知らない人はいないと言えるほど、歴史研究家として有名な人物なのだ。多数の著書があり、その中の大半は平民図書館にも並べられている。

またラフォレとは王国の由緒正しき侯爵家の名前で、そこから派生した子爵家も存在している。オディロンは侯爵家の次男として生まれ、歴史研究の功績で子爵位を叙爵し、ラフォレの子爵家を開いた人物だ。

現在は国王に任命され、国の官吏として歴史研究を行っている。

「ラフォレ様、よろしくお願いします。では次は、ラフォレ様のお隣の方――」

それからも自己紹介は恙《つつが》無く進んだ。残り三人の研究者は、それぞれ植物専門、地質専門、魔物専門で国に雇われた研究者だ。研究者をまとめるのはオディロン・ラフォレに決まり、あとはマルティナの紹介を残すのみとなった。

書状でマルティナのことを聞かされているのか、四人の研究者は例外なくマルティナに探るような、興味深そうな視線を向ける。

「最後にマルティナ、挨拶《あいさつ》を頼む」

「かしこまりました。私はマルティナと申します。政務部で官吏として働いておりまして、此度は瘴気溜まりが発生した現場に同行した縁と、さらには黒いモヤが瘴気溜まりだろうという情報を持っていたということで、陛下より調査隊の一員として任命されました。少しでも皆様のお役に立てるよう頑張りますので、よろしくお願いいたします」

その挨拶を聞き、まず口を開いたのはラフォレだ。マルティナのことを見定めるような瞳《ひとみ》と口調に、マルティナは緊張の面持ちでゴクリと喉《のど》を鳴らす。

「その瘴気溜まりというもの、私は今回の書状を受け取り調べたのだが、短時間では書物に記述を見つけられなかった。君はなぜ瘴気溜まりについて知っていたんだ？」

問いかけに答えようとマルティナが口を開きかけると、マルティナより先に魔物を研究している女性が口を開いた。

「私も長年魔物について研究しているけど、瘴気溜まりという言葉すら聞いたことがなかったわ」

さらに続けて、地質研究をしているという猫背の男性がテーブルを見つめたままボソボソと早口で言葉を紡ぐ。

「ぼ、僕も、地質について研究をするために世界中を巡っていますが、魔物を排出する黒いモヤなんて一度も見たことがありません……。そもそもその黒いモヤとは、どのような物質で成り立っているものでしょうか。一部が地面に接するような形で存在していたらしいですが、地中から作り出されているとすれば、地中を構成する物質の中でモヤを作り出すようなものは存在しないので、もしかしたら何か新種の物質が作り出されたのでは――」

「ほら、そんなに捲《まく》し立《た》ててはマルティナさんが困ってしまうよ。すみませんね～。ちなみに私も植物を調べるため森にはよく入りますが、書状にあったような黒いモヤは見たことがありません」

植物研究をしている男性が話に割って入り、穏やかな表情でマルティナを見つめた。

「あ、そ、そうですか。あの、情報をありがとうございます」

マルティナは三人が立て続けに口を開いたことで少しの間だけ呆気《あっけ》に取られていたが、すぐに持ち直して自分の能力を説明するために口を開く。

平民図書館の本を読破し、中古本屋でも珍しい本を端から読み、さらには王宮図書館の本も読み進めている。そして読んだ本の内容は絶対に忘れない、完全に記憶できる。

そんなマルティナの説明を聞いて、ラフォレが怪訝《けげん》な表情でマルティナを見つめた。

「では君は何千冊、いや何万冊もの本の内容を全て覚えていて、いくつかの本に瘴気溜まりという言葉があり、それが今回の現象と似通っていたため、黒いモヤは瘴気溜まりではないかという結論に達することができた、そういうことか？」

「はい、そうです」

「信じられないが……この場で嘘をつくことも考えられないか。では、その瘴気溜まりについて記述がある本を教えてくれないか？」

「もちろんです。私が知っている限り、瘴気溜まりについては暗黒時代をまとめたいくつかの書物に記述がありました。また悪魔に関する研究の論文にも、直接ではないですが言及がありました」

そこからマルティナが本のタイトル、ページ数、瘴気溜まりの記述がある部分の本文抜粋を何も見ずにスラスラと話したことで、四人の研究者たちはマルティナの特異な能力を実感することになった。

「……信じられない記憶力だな」

「とてもありがたいと思っています」

「今の話を聞く限り、今回の黒いモヤが瘴気溜《しょうきだ》まりである可能性は高そうだ。我々はその調査をして、消滅させる方法を考えなければいけないということで良いか？」

「はい。仰《おっしゃ》る通りです」

ラフォレの問いかけに答えたのは、今度はランバートだ。ランバートは紙束を取り出して、それを一枚ずつ配っていく。

「この紙には瘴気溜まりに関する現時点で分かっている情報と、我々調査隊が調査するべき点をまとめてあります」

「ほう、確かに知りたいことばかりだ。マルティナの話では瘴気溜まりを現時点で消滅させられる可能性があるのは、聖女という特殊な存在の召喚を除けば光属性の魔法だけだったが、他の方法を徹底的に検証するのだな」

「はい。光属性の使い手は数が少なく集めるのが難しいので、他に方法を見つけることが理想です。ただ我々の調査と並行して光属性を持つ者を陛下主導で集めてくださっているようなので、他の方法が見つからなければ光魔法を試すことになります」

そこで今回の調査隊の役割を完全に理解した研究者たちは、各々の専門分野を用いて瘴気溜まりに対する検証の内容を考えた。

「私は瘴気溜まりから生み出される魔物の種類や大きさ、また生み出された魔物と普通に生息している魔物の違いについて検証したいわね」

「僕は瘴気溜まりがある場所の地面に変化があるのかを、調べようと思います」

「私はやはり植物ですね～。瘴気溜まりが植物に影響を及ぼすのかどうか、調べてみたいです」

「私は歴史研究が専門なので、現場というよりも書物を調べたいな」

これらの意見をまとめて今後の方針を決めるのは、ランバートの仕事だ。

「分かりました。ではまずは現地に向かって、瘴気溜まりの現状を調べましょう。そしてそこで得た情報を持ち帰り、各々で瘴気溜まりをどうやって消滅させるか案を出し、それを次回で試すのはどうでしょうか」

「賛成だ。私も一度は実物を見てみたいからな」

「異論はないです」

誰の反対もなかったことで今後の方針は決定となった。最初の現場調査は皆の予定を合わせて三日後の午前中となったので、それまでは各自で調査の準備だ。

「では三日後に、またこの会議室に集まりましょう」

「分かった。それまでにできる限り準備をしておく」

「よろしくお願いします」

会議室から研究者たちが出ていく中、歴史の研究家であるオディロン・ラフォレは部屋に残り、マルティナの正面に立った。

「マルティナ、少し時間はあるか？」

「午後は調査隊の仕事を優先していいと言われておりますので、時間はございますが……」

「では私と一緒に来て欲しい。君のその能力は、多くの書物を読むことでより有効活用できるはずだ」

（え、もしかして、ラフォレ様の蔵書を読ませてもらえるの⁉）

マルティナが期待に瞳を輝かせると、ラフォレは僅《わず》かに口元を緩めながら部屋の出口に向かった。

「第一騎士団長、また三日後に」

「はい、よろしくお願いします。マルティナもまたな」

「は、はい。これからもよろしくお願いします」

会議室を出たラフォレとマルティナは、そこからしばらく歩いた先にあるラフォレの研究室に入った。王宮の研究棟にあるその部屋には、貴重な書物が多く所蔵されている、マルティナにとっては夢のような場所だ。

最初は表情を取り繕っていたマルティナも、部屋に入ったらもう緩んだ頬を戻せなくなり、壁一面に収納された本の背表紙を輝く瞳で見つめた。

「うわぁぁ、素晴らしいですね……！　王宮図書館にはない本もたくさんあります！」

その言葉を聞き、ラフォレは眉間《みけん》に皺《しわ》を寄せながら口を開いた。

「……なぜ王宮図書館にはないことが分かるのだ？　まだ官吏となったばかりならば、王宮図書館の本を読み終えたということはないはずだが」

「読み終えるなんて、まだまだです。ただ背表紙だけは全て見て回ったので、王宮図書館にどのようなタイトルの本があるのかは把握しています」

何気なく告げられたその言葉にラフォレはしばらく固まったが、苦笑を浮かべるとどこか楽しそうな表情を見せた。

「君は本当に本が好きなんだな」

「はい。新しい情報を知ることがとても楽しいんです」

「それもまた才能の一つだな。では今日の午後に少しでも知識を増やすと良い。また明日以降も、マルティナにはここへの自由な出入りを許可する」

「え、自由に出入りをしてもいいのですか⁉」

驚きに瞳を見開きながらも、嬉《うれ》しさを抑えきれずにマルティナは顔を輝かせる。

しかしふと神妙な面持ちを浮かべると、疑問を投げかけた。

「あの、なぜそのような寛大なお言葉を、新人官吏である私にいただけるのでしょうか……これらの蔵書は、とても貴重なものだと思いますが」

「そうだな。貴重だからこそ、マルティナに読んでおいて欲しいと思ったのだ。私の人生における一番の目標は、残された史料をもとに少しでも歴史を紐《ひも》解《と》き後世に残すこと。それを実現するのは別に私でなくとも構わないと思っている」

莫大《ばくだい》な史料を眺めながら発されたラフォレの言葉に、マルティナは尊敬の眼差しを向けた。

（漠然と凄《すご》い人というイメージしかなかったけど、ラフォレ様はとても純粋で歴史が好きなお方な

んだね）

「私の能力を歴史研究に使うべきということですね」

「ああ、そう思っている。全ての書物を記憶できるなど、数多《あまた》ある史料を読み解く歴史研究家にとって垂涎《すいぜん》の能力だ。また紙という形の書物はどうしても紛失や破損の危険がつきまとう。そこでマルティィナの頭の中にも、これらの書物を保存して欲しい」

書物の保存、その言葉を聞いたマルティィナは、今まで思い至らなかった自分の才能の使い道に気づいた。平民図書館で読んだ本はともかく、中古本屋でたまたま出会って読んだ本の中には、もう実物を探し出せないものも多くあるのだ。

その中で有用なものを復元し国に保管してもらうことは、未来への重要な寄与となる。

「ラフォレ様、ありがとうございます。こちらにある書物、全力で読ませていただきます」

「頼んだぞ。では私は暗黒時代に関する書物と、悪魔に関する研究書を中心に読み進める。マルティィナもそこから共に読み進めると良い」

「分かりました」

それから二人は祖父と孫ほど歳《とし》が離れているにも拘《かかわ》らず、書物が好きという共通点によりすぐに距離を縮めた。

共にラフォレの研究室にある膨大な数の書物から、瘴気溜まりに関する記述が予想されるものを抜き出し、それを端から読んでいく。

「ラフォレ様、こちらの書物に瘴気溜まりに関する記述はありませんでしたが、とても有用な事柄がいくつも載っています。これはもう一度研究するべきだと思います」

「ほう、有用な事柄とはなんだ？」

「人類誕生の起源に関する考察がなされています。これだけでは荒唐無稽《こうとうむけい》な話だと思ってしまいますが、今まで読んできたいくつかの書物の内容と照らし合わせるに、そこまで軽視できるものでもないと思います。もしよろしければ、照らし合わせるべき書物のタイトルもメモしておきましょうか？」

「ぜひ頼みたい。紙にメモをして、その書物に挟んでおいてくれるか？　あとで確認しておく」

「かしこまりました」

ラフォレはマルティナの能力が予想以上に歴史研究に向いており、先ほどから傍目《はため》には表情が変わらないが、明らかに口元が緩んでいる。

「マルティナ、こちらの書物には瘴気溜まりに関する記述はない」

「分かりました。では次は……こちらを読みますね」

それから二人は時間を忘れて書物を読《よ》み耽《ふけ》った。ラフォレは研究を始めたら時間を忘れるのはいつものことで、もちろんマルティナも本の世界に入り込んでしまえば周りが見えなくなる。

そんな二人を止める人物は研究室にはいなく……二人がやっと書物から顔を上げたのは、研究室の扉がノックされた、外が暗くなってしばらく経過した夜と言っても良い時間帯だった。

◇　◇　◇

「ナディア、マルティナを見たか？」

官吏専用の独身寮の食堂で、夕食を食べ終わったロランが眉間に皺を寄せながらナディアに話しかけた。

「見ていないわ。実はわたくしも、先ほどから捜しているのだけれど……」

ロランとナディアは終業時間になってもマルティナが政務部に戻ってこず、さらには独身寮にも帰っている様子がなく、夕食の時間が終わる頃になっても姿を現さないことに焦っている様子だ。

「調査隊の会議がまだ終わっていない、ということはさすがに考えづらいよな？」

「それはさすがに……もう仕事の時間はとっくに終わっているのだから、長引けば明日に持ち越すはずだわ」

「そうだよな。じゃあ会議はとっくに終わってるが、マルティナは帰ってきてないってことになるか」

「――わたくし、もう一度マルティナの私室を確認するわ」

それから手分けして独身寮の中を捜すもマルティナは見つからず、二人は調査隊の会議が行われた部屋に向かってみることにした。

マルティナに何かあったんじゃないかという緊張感から、二人は口数少なく一直線に会議室へと向かう。そうして辿《たど》り着《つ》いた部屋には……誰もいなかった。

「ここで合っているの？」

「ああ、マルティナは部長からここへ行くよう指示されていた」

「ではやはり、会議はすでに終わっているということになるわね。その後にマルティナが、何か事件などに巻き込まれたとか……」

ナディアが呟《つぶや》いた一言で、二人の間には緊迫した空気が流れた。

「近年は平民の立場がかなり向上しているとはいえ、まだ反発している貴族家もあるからな……」

「わたくしのお父様などその典型だわ」

「マルティナがそういう家の人間に狙われたり、危害を加えられた可能性はあると思うか？」

眉間に皺を寄せて宙を睨《にら》むナディアにロランが声を掛けると、ナディアは真剣に考え込んでからゆっくりと首を横に振った。

「その可能性は低いと思うわ。先日の活躍によって陛下に名前を覚えていただいた可能性すらあるマルティナに、わざわざ手を出すようなことはしないはずよ。お父様のような人たちは、陛下から見限られるのは怖がるのよ」

貴族至上主義を唱える者たちは、公にならない場所では横柄に振る舞うのだが、外面は良いのが特徴だ。

「そうか……じゃあマルティナはどこに行ったんだ？　会議の後に別の場所で仕事をしてるだけならいいが」

「会議にはどなたが出席していたの？　その中の誰かに聞くことができれば、足取りが掴《つか》めるかもしれないわ」

「確かにそうだな。メンバーは聞いていないが、ランバート様はご出席されているはずだ。昨日の現場で指揮をとった方だからな」

「では騎士団の詰所に向かいましょう。そこにいらっしゃらなければ、騎士寮に」

二人が足早に騎士団の詰所へ向かうと、幸運なことにまだランバートは執務室で仕事をしていた。

「団長は数分で下りてくるそうです」

「ありがとうございます。ここで待たせてもらいます」

ロランでさえ夜の騎士団詰所には初めて来たので、二人はなんだか居心地が悪くそわそわしながら待っていると、不思議そうに首を傾《かし》げたランバートが階段を下りてきた。

「ロランと、君は……」

「政務部の官吏でナディアと申します」

「ナディアか。どうして二人はこんな時間にここへ？」

「実はランバート様にお聞きしたいことがございまして、マルティナがどこにいるのかご存知ではないでしょうか」

その言葉を聞いたランバートは眉間に皺を寄せ訝《いぶか》しげな表情を作ると、少しだけ声を潜めて口を開いた。

「……帰っていないのか？」

「はい。政務部にも、寮の方にも」

「そうか……会議はそこまで時間が掛からずに終わったが、マルティナはその後、ラフォレ様に連れられてどこかへ向かったのだ。多分ラフォレ様の研究室だと思うのだが」

マルティナの行き先が示されて表情を明るくしたナディアとは対照的に、ロランはどこか喜び切れないような、微妙な表情で曖昧《あいまい》に頷《うなず》いた。

「そう、ですか。ラフォレ様とは、歴史研究家のオディロン・ラフォレ様で間違いないでしょうか」

「そうだ。此度《こたび》の調査隊に参加してくださっている」

「……分かりました。ありがとうございます。では私たちでラフォレ様の研究室へ伺ってみます」

「ああ、俺も共に行こうか？」

「いえ、ランバート様のお手を煩わせるわけにはいきませんので、見つかりましたらご連絡させていただきます」

「そうか、では頼んだぞ」

そうして情報を得て騎士団詰所を後にしたロランとナディアは、来た道を戻り今度は研究室が立ち並ぶ研究棟に向かって薄暗い王宮内を足早に進んだ。

「研究室はこちらにあるのね……」

「あまり来ることはない場所だが、覚えておくといい。しかしそれにしても、廊下が薄暗いな」

「空気もあまり良くないわ」

いかにも研究棟といった、なんだか埃《ほこり》っぽいような空気と薄暗さに、二人は無意識のうちに顔を顰《しか》める。

このエリアには貴重な資料がたくさん保管されていて、劣化防止のために一帯を乾燥させているのだ。したがって湿度が高い外の空気を入れないために換気も最低限で、どうしても埃っぽくなってしまう。

「ラフォレ様の研究室は……あそこだな」

ロランが指差した重厚な扉の前に着くと、二人は顔を見合わせてから、緊張の面持ちでそっと扉をノックした。

◇　◇　◇

「ラフォレ様、誰かがいらっしゃったようです」

扉がノックされる音でやっと顔を上げたマルティナは、ノック音にも気づいていない様子のラフォレに声を掛けた。

するとラフォレもやっと書物から顔を上げて、扉に視線を向ける。

「ラフォレ様、突然の訪問、大変失礼いたします。政務部の官吏であるロランと」

「ナディアでございます」

「少しお聞きしたいことがございまして、お時間を取っていただいてもよろしいでしょうか」

二人の声が扉越しにくぐもって聞こえると、マルティナは慌てて座っていた椅子から立ち上がった。

「私の上司と同僚です。もしかしたら、何か職務上のトラブルでも発生したのかもしれません。扉を開けてもいいでしょうか?」

「別に構わん。そこのソファーを使うと良い」

「ありがとうございます」

(もしかして、午後は調査隊の仕事を優先していいとはいえ、一度は戻った方が良かったのかな)

そんなことを考えながら、マルティナは急いで扉に向かう。

「今開けますね!」

そう声を掛けて扉を開くと、マルティナの姿を視界に入れたロランとナディアは、安堵《あんど》に頬を緩ませ力が抜けたような声を出した。

「マルティナ……無事だったか」

「良かったわ。心配したのよ」

そんな二人の様子を見て、マルティナは不思議そうに首を傾げる。

「心配、ですか?」

「……おい、お前。まさか気づいてないのか? 今が何時なのか時計を見ろ!」

ロランにジロリと睨まれ、慌てて内ポケットに仕舞っていた時計を取り出すと、マルティナが予想していたものよりも数時間は経過した時刻が示されていた。

「もう、夜?」

マルティナは愕然《がくぜん》とした表情で時計をしばらく見つめ、恐る恐るロランの顔を見上げた。するとそこにいたのは、爆発寸前のロランだ。

「あっ、あの、本当に申し訳ありません。書物を読んでいたら時間の確認を忘れていまして……」

(昔から本の世界に入り込んじゃうと、お昼ご飯を忘れて気づいたら夜だったなんてことは頻繁にあったけど、まさか仕事中にもやらかすなんて……自分で自分が信じられない)

「俺らはマルティナに何かあったんじゃないかと思って、心配して捜し回ってたんだぞ！」

「もうっ、マルティナ、あなたは本に夢中になりすぎだわ！」

二人からほぼ同時に怒られ、マルティナは首をすくめて項垂《うなだ》れた。

「本当にごめんなさい……心配してくれてありがとうございます。ナディアもありがとう」

「はぁ……まあ、何もなかったならいい」

そこで三人のやりとりを聞いていたラフォレが椅子から立ち上がり、三人の下に向かってロランとナディアに視線を向けた。

「私も時間を見ていなかった。君たちの仲間を長時間借りてしまってすまないな」

「いえ、こちらこそマルティナがお世話になりました。また、騒いでしまって申し訳ございません」

「突然の訪問も失礼いたしました」

「気にすることはない。――ん？　もしかして君は、ロランか？」

目を細めるようにしてラフォレがロランの顔をじっと見つめてから発した言葉に、ロランは微妙な表情で少しだけ逡巡《しゅんじゅん》してから、すぐに頭を下げた。

「……はい。お祖父様《じい》、お久しぶりです」

その言葉に驚いたのは、マルティナとナディアだ。声こそ出さなかったものの、瞳《ひとみ》を見開いてロランとラフォレに交互に視線を向けている。

「やはりそうか、久しいな」

「お祖父様はご健勝のご様子、何よりでございます」

「うむ、私は日々研究に勤しんでいる。皆は元気か？　そういえば、もう何年も家には帰っていないな」

「何年ではなく、十年以上になるかと」

「もうそんなになるか？」

研究に人生を捧《ささ》げているラフォレは、子爵位を得ていた時代にも研究にかかりきりで家のことは蔑《ないがし》ろにしていたが、息子に家督を譲ってからは家を出たも同然なほど、研究室に泊まり込んでいるのだ。

ロランはそんなラフォレにもはやどう接して良いのか分からず、基本的には距離を取るという選択をしている。

「今度時間が取れたら久しぶりに帰ろう。ロランも自由にこの研究室へ遊びに来ると良い」

「……はい、ありがとうございます。では今夜はマルティナを連れ帰ってもいいでしょうか。すでに夕食も終わる時間ですので」

あまり話を引き延ばしたくないのか、マルティナの肩に手を置きながらそう言ったロランに、ラフォレはロランの心情に気づいていないのか笑顔で頷いた。

「そうだな。マルティナ、また時間を取ってここに来ると良い。研究の手助けを頼むぞ」

「はい。本日は貴重な書物を読ませていただき、本当にありがとうございました。これからもよろしくお願いします」

そうしてラフォレの研究室を後にした三人は静かに足を進め、研究室から十分に離れたところでマルティナが口を開いた。

「ロランさんは、ラフォレ子爵家の方だったんですね」

「わたくしも知らなかったわ。あんなに凄《すご》い方を祖父に持っているなんて」

「俺は家名を名乗ることはほとんどないからな、知らないやつが大半だ。お祖父様関連の仕事を振られても困るだろ？」

そう言ったロランは久しぶりに会えた祖父なのに嬉《うれ》しそうには見えず、マルティナは躊躇《ためら》いつつもロランの顔を見上げながら問いかけた。

「ロランさんはラフォレ様と、あまり仲良くしたくないのですか？」

「いや、そういうわけじゃないんだけどな……接することがなさすぎて、どんな態度を取ればいいのか分からないんだ。それにお祖父様はラフォレ侯爵家に生まれて、次男としてラフォレ子爵位を得ただろ？　だからうちの子爵家は侯爵家の分家みたいなもので、ただ侯爵家の人たちは自由すぎるお祖父様をあまりよく思っていなくて。だからうちも侯爵家とはほとんど接点がなく、これ以上関係を悪化させないようにお祖父様とも積極的に関わろうとしてなくてな……」

複雑な家庭事情を吐露するロランの表情も、また複雑そうに歪《ゆが》められていた。

マルティナはナディアの家庭事情を聞いた時のように、どう言葉をかければ良いのか分からず眉《まゆ》を下げる。するとそんなマルティナの表情を見たロランは、重くなった空気を吹き飛ばすように笑みを浮かべ、マルティナの頭を少し強めに撫《な》でた。

「まあ、そんなに気にすることはない。別に仲が悪いわけでもないんだ。それよりもマルティナ、これからはもっと時間に気をつけろよ」

「はい。それは本当に反省してます……」

「本を読む時には、せめて時計を目の前に置いておくべきね……って、マルティナ。顔が汚れているじゃない」

マルティナの顔を覗《のぞ》き込むようにしたナディアが、僅《わず》かに眉間《みけん》に皺《しわ》を寄せてそう言った。

「え、本当？　どの辺り？」

頬を手で擦《こす》るようにしたマルティナを、ナディアが慌てて止める。

「ちょっと、擦っちゃダメよ。汚れが広がっているわ。少し待っていて」

ナディアはそう言ってハンカチを取り出すと、ハンカチの上に指先ほどの小さな水球を作り出した。そしてハンカチにそれを染み込ませ、マルティナの頬を拭《ぬぐ》う。

「ナディアって水魔法が使えたんだ」

「ええ、この程度の簡単なものしかできないけれど。……これで良いわ。結構黒くなったわよ」

ナディアが示したハンカチには黒い染みができていて、マルティナはそれを何気なく見つめてから、さーっと一気に顔色を悪くした。

「ナ、ナディア！　このハンカチって綺麗《きれい》になる⁉」

「どうかしら。これがどのような汚れかによるのではない？」

「多分ラフォレ様の本棚の奥に手を伸ばした時に、何かに頬が触れちゃったんだと思うから……本棚の塗料か本のカバーに使われていた何かかな。どちらにしても落ちないかも！」

ナディアが使っているハンカチの価格を考えたマルティナが焦っていると、ナディアは楽しそうな笑みを浮かべて首を横に振った。

「別に気にしなくても良いわ。色が落ちなければ、別の用途に使えば良いもの」

その言葉に安堵しつつ、マルティナはできる限りハンカチを綺麗に戻そうと、脳内で最適な知識を探った。そしていくつか使えそうな方法をナディアに提案し、二人は楽しげにハンカチを囲んで話し合う。

ロランはそんな二人から少しだけ遅れ、二人の後ろを一人で歩いていた。ロランの表情は仲が良い二人を微笑《ほほえ》ましく見ているというよりは、何かに悩んでいるような厳しいものだ。

「……今回は無事だったから良かったが、今後は狙われる可能性もあるだろう。そうなった時に何も対処をしていなく後悔するぐらいなら……」

楽しく談笑する二人には届かない小さな声で呟《つぶや》いたロランは、決意を固めたような表情で、少し前を歩くマルティナの背中に視線を注いだ。

じっと見つめるその眼差しは、真剣そのものだった。

◇◇◇

調査隊の会議が行われてから三日後の昼間。マルティナたち調査隊の面々は第一騎士団の護衛の下、瘴気溜《しょうきだ》まりを実際に目にしていた。

瘴気溜まりの周囲には魔物を閉じ込めておけるような高い柵《さく》が設置されており、調査隊の面々がいるのはその柵の中だ。中には数名の騎士もいて、いつ魔物が生み出されても対処できるように緊張感を漂わせている。

「これが瘴気溜まりか。今までの人生で一度も見たことがない現象だな」

「柵の外にたくさんの魔物が積み上がっていたし、本当にこの黒いモヤから魔物が生み出されているのね……不思議だわ」

「宙に浮いているのではなく地面に接しているようですので、何かしらの作用を地面に及ぼしている可能性があります。またはこの土地の地質が、瘴気溜まりを生み出している可能性も考えられるでしょう。さらには地質が変質することによって、特殊な物質を作り出す例も少なからずありますので……」

「周辺の植物には今のところ変化がなさそうですね～。成分などを調べてみないと分かりませんが」

研究者たちは瘴気溜まりを自由に見て回り、各自の専門分野からさっそく考察を始めた。マルティナはそんな四人のことを少し離れたところから眺めつつ、瘴気溜まりをじっと見つめて首を傾《かし》げている。

「マルティナ？」

そんなマルティナの様子に気づいたのは、近くにいたランバートだ。

「何か気づいたことでもあるのか？」

「……ランバート様、瘴気溜まりの周囲にある植物や石などは動かしましたか？」

「植物や石とはどれのことを指すのだろうか。そこらに生えている雑草か？」

「そうです」

「そうだな……自然に動いてしまったものはあるだろうが、柵の中は意図的に動かしたものはないはずだ。柵の外は天幕を張るために木を切ったりもしたのだが」

ランバートの答えを聞いて、マルティナは厳しい表情で黙り込んだ。いろんな角度から瘴気溜まりを確認して、顔の前に手を伸ばして何かを測っている。

「どうしたのだ？」

「ランバート様……もしかしたら、瘴気溜まりは少しずつ膨張しているかもしれません」

マルティナのその言葉はやけに響き渡り、柵の中にいる全員の耳に届いた。

沈黙に包まれた辺り一帯に、ちょうど瘴気溜まりから出現した魔物の叫び声と、近くにいた騎士が剣を振るう音だけが響く。

魔物が息絶えてまた沈黙が場を包んだところで、マルティナがゆっくりと口を開いた。

「……先日こちらへ来た時に、私はこの位置から瘴気溜まりを見ました。その時にはあちらに見える黄色い花が咲く雑草は、風に揺れても瘴気溜まりに掛かっていなかったんです。しかし今は、風にゆらめくと左側の花びらが瘴気溜まりに触れてしまいます。またこちらは柵で分かりづらいのですが、左上にある木の枝に茂る葉と瘴気溜まりとの距離が、明らかに近づいています」

その説明を聞いた研究者と騎士たちは、二重の驚きですぐには言葉を発せなかった。

もちろん瘴気溜まりの膨張という事実は衝撃的なもので、すぐに真偽を確認しなければいけないのだが……それと同じぐらい皆に衝撃を与えたのは、マルティナの底知れぬ能力だ。

「マルティナ……もしかして君は、本の内容だけでなく見た景色も全てを記憶しているのか？」

恐る恐る問いかけたのは、マルティナの一番近くにいたランバートだった。

「いいえ、景色全てというわけではありません。しかし記憶しようと思って見た景色は、寸分違わずに覚えていることができます。瘴気溜まりはしっかりと記憶に残しておこうと見ていましたので、変化は確実だと思います」

マルティナの異次元の能力については理解したつもりであった面々も、新たに明かされたマルティナの可能性には驚きを禁じ得ず、研究者たちは感心とも呆《あき》れとも取れる声音で口を開いた。

「本当に信じられないわね」

「マルティナの才能について、後世に残すべきだな」

「とても羨《うらや》ましい能力です。地質研究をしている者は誰もが欲しがるでしょう。世界中を巡って見た景色を全て記憶しておけるなんて……」

「植物をスケッチしなくとも覚えておけるのは、羨ましいですね〜」

皆からの称賛にマルティナは笑顔で応じつつ、瞳には厳しい色を宿したままだった。そんなマルティナを見て、ランバートも事態の深刻さを重く受け止め瘴気溜まりに話を戻す。

「皆さんは瘴気溜まりが膨張するという事実から、何か推測できることはあるでしょうか」

「そうね……膨張ということは成長でしょう？　それならば、何かしらのエネルギー源があるかもしれないわね」

「その可能性は大いにあり得ますね。何かしらを取り込んで成長しているのだとしたら、その大本をなくせば瘴気溜まりも消えるかもしれません。しかしその大本が固体なのか液体なのか気体なのか、近くにあるのか遠くにあるものなのかも分かりませんので……」

この場でこれ以上の考察は難しいのか皆が黙り込んだところで、また魔物が出現し、それがきっかけとなって各々視線を瘴気溜まりに戻した。

「とにかく、早めに消滅させないとまずいわね。瘴気溜まり自体が大きくなっているなら、出現する魔物が段々と巨大化したり、頻度が上がるかもしれないわ。……そういえば、今はどの程度の頻度で魔物が排出されるのかしら」

「完全に定まってはいないようですが、おおよそ五分ほどです」

ランバートが発したその言葉に、皆は一様に厳しい表情を浮かべた。

「それがより短くなるとすれば、今のように対処をするのも難しくなるな」

「はい。現状でも第一騎士団の三割ほどの騎士がここに派遣されております。それがさらに増員となると、他の業務に支障が出るかと……」

そこでまた沈黙が場を支配し、暗くなった雰囲気を払拭《ふっしょく》するように、ラフォレが口を開いた。

「では皆、調査の続きを行おう。我々の仕事は瘴気溜まりという現象を少しでも解明することだ」

その言葉に皆が頷《うなず》き、それからはそれぞれが専門分野を駆使して調査を行い、数時間で全員の調査が終わりとなった。

「皆さんに考えていただく瘴気溜まりの消滅法を試すのは、今から五日後で構わないでしょうか」

「ああ、問題はない。それまで必死に方法を考えよう」

「ありがとうございます。ではまた五日後に、よろしくお願いします」

ランバートのその言葉で初回の調査隊の活動は終わりとなり、皆は森を後にした。

◇◇◇

初回の調査から五日後の昼間。マルティナたち調査隊はそれぞれが考察した瘴気溜まりの消滅法を試すため、また瘴気溜まりがある森の中に来ていた。

今日までの五日間でマルティナはラフォレの研究室で書物を読み漁《あさ》っていたが、有用な情報は発見できていない。

(たくさん本を読めた幸せな五日間だったけど、現状は喜べるようなものじゃないよね……今日の活動で何か成果が出るといいけど)

集まった調査隊の面々の中で、まずは魔物研究をしている女性が一歩前に出た。腕には液体の入った瓶が抱えられている。

「私の方法から試しても良いかしら？　これ重くて大変なのよ」

「魔物除《よ》けの薬だな」

「ええ、たくさん準備したわ。これを瘴気溜まりに掛ければ、魔物が嫌がって出てこなくなるんじゃないかと思って」

「では騎士が撒《ま》きますので、特別なやり方があれば教えていただけますか？」

ランバートの問いかけに、女性は首を横に振ってニヤッと楽しげな笑みを浮かべた。

「ないわ。本当ならこれを水で薄めるのだけど、今回は原液をそのまま掛けちゃおうと思って」

「確かに……それは効きそうですね」

苦笑を浮かべつつ女性から瓶を受け取ったランバートは、それを一人の騎士に手渡して皆に瘴気溜まりから距離を取るよう指示をした。

そして騎士も問題なく瘴気溜まりに魔物除けの薬を掛けると、後ろに下がって剣を手にする。魔物除けの薬を掛けられたことによる、瘴気溜まりの目に見える変化はないようだ。

「普段通りなら、あと十秒ほどで魔物が現れますね」

そう呟いたマルティナの声に、他の者たちが無意識に生唾《なまつば》を飲み込みその時を待つと……少し遅れて十五秒後、ボア系の魔物がボトリと生み出された。

生み出された魔物の様子はいつもと違い、地面に降り立った瞬間に激しく叫びながら暴れ始める。

「グォォォォォ！」

「早く討伐を……っ」

「かしこまりました！」

数名の騎士が対処したことですぐに魔物は息絶えたが、悪い方向への変化に皆の顔色は悪い。

「今のは魔物除けの薬が影響したのよね」

「そうだろう。魔物を生み出すことを止める効果はなく、生み出された魔物が突然の刺激に半狂乱になるようだ」

ラフォレの冷静な分析に、女性は落胆の表情を浮かべた。

「この方法は失敗ね」

それからは魔物除けの薬を流すために、水魔法や風魔法で騎士たちが後片付けを行い、なんとか薬を撒く前の状態に戻すことができた。

「では次は僕の方法を試してみてもいいでしょうか？　僕が考えたのは瘴気溜まりを地中に埋めるというものでして、というのも一言で土と言っても土には多種多様な成分が含まれています。その中でも強い成分があり、それには周囲の物質を変質させるような効果もあるのです。したがって、今回は瘴気溜まりを――――」

地質を研究している男性がボソボソと小さな声で理論を説明し、誰もが理解できない部分にまで説明が達したところで、ラフォレが一歩前に出て話を遮った。

「とりあえず、実際にやりながら説明してくれないか？　そうでないと理解しづらい」

「確かにそうですね……では土属性の方々はこちらに集まってもらえますか？　この物質を土に混

ぜ込み、瘴気溜まりをその土で覆って欲しいんです」

今回の検証のために招集された三人の騎士たちが一ヶ所に集まり、まずは辺り一帯から広く土を集めた。大量の土が宙に浮かぶ様子は目に楽しく、マルティナは瞳《ひとみ》を輝かせている。

宙に浮かべた土に瘴気溜まりを変質させる可能性がある物質を混ぜ込んだところで、三人は顔を見合わせてタイミングを計り、瘴気溜まりが隠れるように土塊を作り上げた。

「これで良いでしょうか？」

「はい、完璧《かんぺき》です」

「これは、どの程度で効果が出るものなのだ？　何ヶ月も待たなければいけないのでは、意味がないぞ」

眉間《みけん》に皺《しわ》を寄せながら発されたラフォレの問いかけに、地質研究者の男性は猫背の背中を少しだけ伸ばして口を開いた。

「大丈夫です。完璧に消し去るのには時間が必要だと推測されますが、効果のあるなしを判定するだけならば数十分で分かると思います。魔物の出現する間隔が延びれば成功だと思ってください。それから瘴気溜まりの大きさが小さくなっているのでも同じことです」

「ふむ、数十分なら問題はないな。では少し待とう」

それから各々好きなように時間を潰《つぶ》して数十分後。瘴気溜まりにはなんの変化も現れず、魔物も土塊の外側に出現していたことから、この方法も空振りに終わった。

その後も各種属性による魔法攻撃や、悪を祓《はら》うなどという言い伝えのある薬草を投げ入れてみたり、様々な方法で瘴気溜《しょうきだ》まりの消滅を試みたが、効果があるものは一つとしてなかった。

「難しいですね……やはり瘴気溜まりを消滅させるには、光魔法が必要なのでしょうか」

全ての検証を見ていたマルティナが発した言葉に、ランバートも頷き眉間に皺を寄せた。

「その可能性が高いな。しかし光属性の魔法使いは集めるのに苦戦していると聞いた。現状の人数で消滅が叶《かな》えばいいのだが……」

「とりあえず、陛下にご報告しなければなりませんね」

「ああ、王宮に戻り次第、私が報告に向かう。それによって今後の動きが決まるだろう。……皆さんもここで一度王宮に戻りましょう。今後についてはまた書状が出されるはずです」

そうして瘴気溜まりの調査隊は、大きな成果を上げることができず仕事を終えることになった。

マルティナはまた瘴気溜まりから生み出された魔物をじっと見つめ、僅《わず》かに顔を顰《しか》めながら唇を引き結んだ。

◇　◇　◇

王宮にある国王の執務室では、ランバートからの報告を受けて国王と軍務大臣が話し合いをしていた。

「やはりそう簡単に、瘴気溜まりは消滅させられないようだな」

報告書を読み終えた国王が大きな溜息《ためいき》を溢しながら顔を上げ、眉間の皺を指先で揉《も》みほぐす。

「はい。第一騎士団長からの報告では、やはり光属性の魔法使いを集めるのが急務だろうと締め括《くく》られております。しかしこちらも難航しておりまして、現状ではすぐに出動可能な者が騎士団員を含めて十名ほどかと」

「十名か……しかし膨張しているとなると、時間をかけるほどに必要人数が増える可能性もある。ここは現状の人数で、一度向かってもらうのが良いのではないか？」

その提案に軍務大臣は少しの逡巡《しゅんじゅん》を見せたが、すぐに頭を下げて肯定の言葉を口にした。

「かしこまりました。ではそのように手配をいたします」

「頼んだぞ。……問題は、これで消滅が叶わなかった場合だな。聖女召喚については情報が集まっているか？」

「いえ、こちらの方がより難航しておりまして、未《いま》だ追加情報がないのが現状でございます。本格的に聖女召喚をお考えになるのであれば、そのために人員を集めて計画を立てるべきでしょう」

次々と出てくる暗い話題に執務室は重い空気に包まれ、そんな中で二人はほぼ同時に溜息をついた。

「とりあえず、光属性を持つ者たちを派遣してから、今後のことは話し合おう」

「かしこまりました。では派遣準備を進めます」

「ああ、頼んだぞ」

光属性の魔法使いたちを瘴気溜まりへと派遣する日が約一週間後と決まり、瘴気溜まりの調査隊は一旦《いったん》休止となった。理由は瘴気溜まりに下手《へた》に手を加え、それによってより事態が悪化することを防ぐためだ。

もし光魔法でも消滅が叶わなかった時には、また調査隊の面々が瘴気溜まりの解明に乗り出す予定となっている。

「ロランさん、お疲れ様です。また明日もよろしくお願いします」

「ああ、また明日な。夕食には遅れるなよ」

「気をつけます」

調査隊の仕事が休止となり通常業務に戻っているマルティナは、ロランに挨拶《あいさつ》をすると政務部を出た。そして向かうのは、もちろん王宮図書館だ。ここ最近はラフォレの研究室にばかり足を運んでいたので、久しぶりの図書館に浮き足立っている。

「ラフォレ様の研究室もいいけど、やっぱり王宮図書館はまた違った良さがあるよね」

そんな言葉を呟《つぶや》きながら、スキップでもしそうな足取りで王宮図書館に到着し、扉に手を掛けた。

「マルティナさん、お久しぶりですね」

中に入ったマルティナをまず迎えたのは、司書であるソフィアンだ。今日のソフィアンは一段と美しく仕上がっており、その美貌《びぼう》にマルティナは思わず見惚《みと》れた。

「どうかされましたか？」

ソフィアンが小首を傾《かし》げると、長い髪がはらりと顔に掛かる。

「い、いえ、ただ今日は特にお綺麗《きれい》だなと……」

「ふふっ、ありがとうございます。今日は重要な仕事があったので、しっかりとセットをしているのです」

(司書さんの重要な仕事ってなんだろう。着飾る必要がある仕事なんてあるのかな……)

不思議に思ったマルティナが口を開きかけると、ソフィアンがいつもの席にマルティナをさりげなく誘導したことで、マルティナの意識は本に移った。

「やっぱり王宮図書館はいいですね……！」

周囲に視線を向けながら瞳を輝かせたマルティナに、ソフィアンは風魔法を使ってカウンターに置かれていた本を手に取る。そしてそれを、マルティナに差し出した。

「もしよろしければ、こちらの本を読んでみませんか？　私も最近読んだのですが、とても面白かったのです。本日が難しければ、今度時間がある時にでも」

ソフィアンが素直に面白いと言って勧める本に、マルティナは高揚を抑えられず口元をムズムズと動かした。

「今すぐに読みますね……！　これは料理本でしょうか」

「はい。魔物に特化した料理本なのです。魔物は動物と違い味に癖があることが多く、調理には技術が必要だと言われておりますが、この本には家庭でも簡単にできる魔物料理がいくつも掲載されています」

その説明だけでマルティナは面白さを確信したのか、ソフィアンに頷《うなず》いてみせると、すぐに本を開いた。

「ではごゆっくりと読書を楽しまれてください」

「はい。ありがとうございます」

それからしばらく、マルティナは読書に熱中した。しかしナディアからの忠告通り、すぐ目に入る場所に時計を置いていたため、閉館時間の少し前に本から顔を上げる。

するとマルティナの視界に飛び込んできたのは、何やらいくつもの資料を読み込んでいるシルヴァンだった。シルヴァンは調べ物をしているのか、本を読んでは紙にメモをしていく。

マルティナはそんなシルヴァンに声を掛けようかしばらく悩み、閉館時間が迫っていることと、シルヴァンが読んでいる本がマルティナが読了済みのものだったので、恐る恐る声を掛けた。

「あの、シルヴァン様。そちらの本は内容を覚えておりますので、何か手伝えることがあれば手伝わせていただけると嬉《うれ》しいのですが……」

今は勤務時間外だったので、敬称をつけて敬語で声を掛けたマルティナだったが、その努力も虚しくシルヴァンから鋭い視線を向けられた。

「必要ない、これは私の仕事だ。お前がやることではない。……国を動かすのは本来、貴族がするべき仕事だということを忘れるな」

そこまでを言い切ったシルヴァンは、マルティナから書物に視線を戻した。これ以上はマルティナと話すつもりがないようだ。

「……かしこまりました」

（シルヴァンさんって、責任感があって悪い人ではないと思うんだけど……やっぱり仲良くなるのは難しいのかな）

マルティナはシルヴァンに入ってくるなと明確な線を引かれ、寂しい気持ちを抱えながらもソフィアンに本を返却した。そして最後に一度だけシルヴァンを振り返ってから、王宮図書館を後にした。

仕事に追われて忙しい日々を過ごしていると、あっという間に光属性の魔法使いたちが瘴気溜まりへと派遣される日になった。

現場に来ているのは護衛の役割を担う第一騎士団の騎士と、光属性の魔法使い、さらにはランバート、マルティナ、ラフォレの三人だ。

調査隊は活動休止となったので他三人の研究者は来ていないが、ランバートは第一騎士団の団長として、マルティナは光魔法の使い方を指示するため、そしてラフォレは瘴気溜まりに関することを書物にまとめるため、個人でこの場所に来ている。

「マルティナ、どうやって魔法を使えばいいのか指示を頼む」

「かしこまりました」

大役を任され緊張の面持ちのマルティナは、無意識に胸元の服をギュッと掴《つか》み深呼吸をしてから、真剣な表情で口を開いた。

「光属性の皆様、本日はお集まりいただきありがとうございます。瘴気溜まりを光魔法で消滅させる方法を各種書物から読み取った結果……光属性の魔力を、直接瘴気溜まりに流し込むことが必要なようです」

基本的に魔法を発動させる時には、体内で練った魔力を魔法現象として体外に放出する。したがって魔力のまま外に出すというのは、魔法の熟練者でも経験がない難しい技術だ。

「魔力のまま……」

「そんなこと、初めてです」

「特殊な魔力の使い方で戸惑われるとは思いますが、全員でタイミングを合わせなければならない、ということはないと思いますので、気負わずに参加していただけたら幸いです。皆様、どうかよろしくお願いいたします」

深く頭を下げたマルティナを見て、戸惑っていた皆の表情が真剣なものへと変化した。

「分かった。できる限りやってみよう」

「瘴気溜まりには直接触れてもいいのですか？」

「はい。それは検証済みで、触れることによる人体への悪影響はありません。しかし魔物が出現するすぐ近くに足を留《とど》めることになりますので、魔物による攻撃には十分お気をつけください」

それから十人の魔法使いたちは話し合いを行い、瘴気溜まりを丸く取り囲むようにして魔力を流し込むことに決めた。

「では皆、できる限りの魔力を注いで欲しい。街を救うため、そしてこの国のためによろしく頼む」

「はい。全力を尽くします」

ランバートの言葉に頷いた皆は、徐《おもむろ》に両手を伸ばし瘴気溜まりに触れると、魔力の放出を開始した。

光属性の魔力は人間の瞳《ひとみ》にはキラキラと輝く光の波のように映るようで、この場に集まる全員の視線が十人の魔法使いと瘴気溜まりに釘付《くぎづ》けになる。

暗く澱《よど》んだ瘴気溜まりの中に光の波がどんどん流れ込んでいき、次第に瘴気溜まりには変化が生じた。

「明らかに小さくなっていますね」

ポツリと呟かれたマルティナの言葉に、期待と緊張が入り混じった声音でランバートが返答する。

「ああ、これならば消滅の可能性も……」

しかしランバートがそう発した直後に、一人の男性がガクッと膝《ひざ》から崩れ落ちた。魔力を使い果たしてしまったようで、そのままその場に倒れ込む。

魔法使いにとって魔力とは、一定以上に量が減ると強い倦怠《けんたい》感や頭痛、吐き気が引き起こされるものなのだ。場合によっては意識を失うこともあり、基本的には魔力を一割は残すようにと教えられる。

「救護を！」

ランバートの叫びに数名の騎士が素早く動き、倒れた男性を瘴気溜《しょうきだ》まりから離れたところに運んだ。するとその直後、今度は瘴気溜まりから魔物が出現する。

その魔物はすぐ騎士によって倒されたが、魔物を回収する前にまた一人倒れ込んだ。

「魔物はそのままでいい！　魔法使いの安全を最優先にしろ！　倒れた者は柵《さく》の外にある天幕へ！」

「はっ！」

それからも一人、また一人と魔力が少ない者から倒れていき、残りが三人となったところで……瘴気溜まりが小さくなる速度が、急激に上がった。

「あと少しで消滅するはずです！　もう少し踏ん張って欲しいです……！」

マルティナが声を掛けると、三人の魔法使いは唇を噛《か》み締《し》めて気合いを入れる。

そしてそれから数十秒後――黒く澱んだモヤである瘴気溜まりは、跡形もなく消え去った。

瘴気溜まりが消えたところで、辛《かろ》うじて立っていた三人の魔法使いも、荒い息を吐きながらその場に倒れ込む。三人を手当てするために騎士たちが動き出したところで、先ほどまで瘴気溜まりがあった場所を見つめ続けていたマルティナ、ランバート、ラフォレも動き出した。

「これは、成功でいいのだろうか」

まず口を開いたのは、未《いま》だに消滅を信じきれていない様子のランバートだ。

「いいと思いますが……しばらくは注視が必要だと思います。しかし現段階では、瘴気溜まりは残っていませんね」

「……光属性の魔法とは、本当に凄《すご》いのだな。以前の検証とは比べ物にならない効果だった。そしてこの方法で消滅が叶《かな》ったということは、この黒いモヤは瘴気溜まりで確定と言えるだろう」

三人はそんな話をしてからまた何もない宙をじっと見つめ、しばらくして瘴気溜まりが復活しないのを確認してから、体に入っていた力を抜いた。

「本当に、成功して良かった。これで瘴気溜まりの騒動は終わりだろうか」

「そうですね……終わりだといいのですが。とにかく今は消滅の成功を喜びましょう。これでダメだった場合は、大変な事態に陥っていたでしょうから」

「十人の英雄たちに感謝をしなければいけないな。勇姿は必ず書物に残そう」

ラフォレはそう言うと、さっそく懐から紙束とペンを取り出して、先ほど見た光景を記録し始めた。そんなラフォレを横目に、ランバートはマルティィナに視線を向ける。

「ではマルティィナ、俺たちは一足先に王宮へ戻ろう。早くこの結果を報告しなければならない」

「分かりました。魔法使いの方たちは徒歩で戻るのが難しいでしょうから、担架の手配も頼みましょう。天幕ではゆっくりと休めないでしょうし、回復も難しいと思います」

「確かにそうだな。では騎士たちにそのことを伝えてくるので、少しだけ待っていてくれ」

それからマルティィナとランバートは二人だけで王宮に戻り、瘴気溜まりの消滅成功という吉報を伝えた。吉報は一気に王宮中を駆け巡り、久しぶりに王宮内は明るい空気で満たされた。

◇　◇　◇

マルティナとランバートによる報告を聞いた国王と軍務大臣は、また国王の執務室で話し合いを行っていた。以前は重く暗い空気が流れていた執務室内は、爽《さわ》やかな風が流れ込んだかのように晴れやかだ。

「消滅の成功、本当に喜ばしいことだ」

「はい。まずは何よりも、光属性の魔法が瘴気溜まりに効果ありという事実が分かったというだけで、随分とこれから先が明るくなった気がいたします」

「そうだな。……しかしまだ、全てが解決したわけではない」

表情を真剣なものに変えてそう言った国王に、軍務大臣はすぐに頷き目元に力を入れた。

「またどこかに瘴気溜まりが出現する可能性は、十分にあり得ると思われます」

「そうだな。そして万が一その瘴気溜まりが今回のものよりも大きかった場合、十人の光属性を持つ魔法使いだけでは消滅させられないだろう。此度《こたび》の作戦で全員が魔力切れ状態になったのだから」

報告書の瘴気溜まり消滅の過程が書かれた部分を再度読み直した国王は、今後の対応について話をするため顔を上げた。

「軍務大臣、まずは国全体の見回りを強化したい。瘴気溜まりが時間経過とともに成長する性質を持つならば、早期発見は重要だ。また光属性の魔法使いを早急に集めることにも力を入れよう。高待遇で雇い入れ、万が一の時に備える」

「かしこまりました。ではそちらは騎士団が主導で行います」

「頼んだ。それから瘴気溜まりがどういうものなのか、これからも研究を続けるべきだろう。実物は消滅してしまったので、過去の文献研究が中心となるだろうか」

「そうですね。歴史研究家の皆に指示を出すのが良いかと思います」

「では私が内務大臣を通して、研究の指示を出しておこう。また歴史研究家と共に、マルティナにも引き続き歴史書の確認を続けてもらいたいな。この半月ほどでラフォレの蔵書の一割近くを読み終えたそうだ、あの記憶力をもって、この調子で歴史書の確認を進めてもらえば、情報の掘り起こしや整理に多大な貢献をしてくれるだろう」

「マルティナは本当に規格外な存在です。あの能力を活用しない手はないでしょう」

「やはりそう思うか。では政務部に通達を出しておこう。それと同時に、諸々《もろもろ》の調整も政務部に任せる旨を伝えるか」

　そこで国王が言葉を途切れさせると、軍務大臣はふと何かを思い出したように顔を上げた。

「陛下、聖女召喚についてはどうされますか？」

「そうだな……私としては後回しで良いと思っている。今は光魔法が効くという光明を得たのだ、そこを強化するべきだろう」

「かしこまりました。ではそのように心得ておきます」

そうして二人の話し合いは、終始明るい雰囲気のまま終わった。しかし窓の外には暗雲が垂れ込め、迫りくる騒動を予感させるかのようだった。

# 第四章　救援要請と突然の遠征

瘴気溜まりの消滅に成功してから数日が経過し、マルティナはほとんど今まで通りの日常に戻っていた。日中はロランと共に王宮内を駆け回り、終業後はラフォレの研究室と王宮図書館に入り浸っている。

瘴気溜まりの調査隊が解体され、新たに歴史研究に重点を置いた研究班が編成されたことで、マルティナはその一員にもなっているが、そちらの活動は週に一度、半日のみだ。

現在はその週に一度の研究班としての活動時間が終わり、昼食をとったところなのだが……活動が早めに終わったことで、午後の業務開始までまだ一時間ほどの時間がある。

(この時間に、あそこに行ってみようかな)

マルティナは頬を緩めて足取り軽く、王宮の比較的端に位置している薄暗い資料庫に向かった。

ここはとりあえず必要ないと判断された書物が適当に詰め込まれている部屋で、官吏なら誰でも出入り自由だ。

マルティナは数日前にこの部屋の存在を知り、ずっと中を見てみたいと思っていた。

「うわぁぁ、たくさんの本がある……！」

資料庫に入って背表紙をざっと確認すると、読んだことがない本ばかりで、マルティナの瞳は輝いた。

「どうしよう、端から全部読みたい。王宮図書館の本も、ラフォレ様の研究室の本も、そして資料庫の本も、読みたい本がたくさんあって本当に幸せ……」

そう呟《つぶや》いたマルティナは、さっそく近くにあった本を一冊手に取り、資料庫の床に座って壁を背もたれにし、本の世界に入り込んだ。静かな資料庫で楽しい読書時間を過ごしていると……資料庫の扉が開く音で、マルティナの意識が本の内容から浮上する。

「マルティナ、いるか？」

入ってきたのはロランだ。ロランの声を聞いた瞬間に、マルティナは業務開始時間を過ぎたかもしれないと焦って、時計に目を向けた。

しかし、まだ昼休みは終わっていない時間だ。

「ロランさん……？」

なぜロランが資料庫に来たのかと不思議に思ったマルティナが首を傾《かし》げながら問いかけると、ロランは申し訳なさそうな表情で資料庫の中に足を踏み入れた。

「まだ昼休みなのにごめんな。実は午後イチで向かう予定だった外務部から、できれば少し予定を早めて欲しいって連絡が来たんだ。だから今すぐ外務部に行きたい」

「そうだったのですね。わざわざここまで呼びに来てくださって、ありがとうございます。すぐに準備します」

納得の様子で立ち上がったマルティナがロランと共に廊下に出たところで、ふと首を傾げた。

「そういえば……なんでロランさんは、私があの資料庫にいると分かったのですか？　誰にも言っていない気がするのですが」

「あぁ……それはあれだ。ここまで一緒に仕事をしてたら、お前の行動なんて簡単に予想できる。何せ本がたくさんあるところにしかいないからな」

苦笑を浮かべたロランにそう言われると、確かにと納得するしかなく、マルティナはすっきりとした表情でロランに視線を向けた。

「さすがロランさんですね」

「俺が凄いっていうより、マルティナが分かりやすいんだけどな。……というか、こんな話をしてる暇はないんだ。早く外務部に行くぞ」

ロランのその言葉にマルティナがすぐに頷《うなず》き、二人は並んで廊下を足早に進んだ。

「今日外務部に行くのは、国境に広がる森の見回りに関して隣国との調整が必要だからですよね」

「そうだ。騎士団から、できれば隣国の騎士団と見回りの範囲をそれぞれ決めたいと申し入れが来ている。そこで外務部に隣国との話し合いを頼むんだ」

歩きながら説明をするロランの表情は、眉間《みけん》に皺《しわ》が寄り、乗り気ではないことが一目で分かるものだった。そんな表情を見て、マルティナは首を傾げる。

「外務部はすんなりと了承してくれないのですか？」

「いや、外務部は問題ない。しかし外務部は金遣いが荒いんだ。確かに外交をするのに金が必要なのは分かるが、それにしても節約をしようという気持ちがない。だから外務部の後に向かう、財務部が大変だぞ」

「あぁ～……そういうことですか」

（財務部の人たち、それが仕事なのは分かってるけど厳しいんだよね）

マルティナもこれまでの仕事で財務部を説得する大変さは身に染みて分かっているので、眉間に皺を寄せて考え込んだ。

「今日の段階で外務部からは、必要予算の概算を聞くんですよね？」

「そうなるだろう」

「そこで少しでも抑えられるといいですね」

「ああ、まずはそこが勝負だな。今回は国全体の見回り強化だから、他にもとにかく金が掛かる。削れるところは削らないと大変なことになるだろう」

「そうですよね……頑張りましょう」

今回の見回り強化には陛下の名の下に臨時の予算が出ているのだが、それでも好きなだけ使っていたら計画の途中ですぐに予算が尽きてしまう。

それを予算内で収めるのも、政務部の仕事だ。

「じゃあ行くぞ」

「はい！」

二人は戦場に向かう騎士の様相で、外務部の扉を開けた。

「政務部から来たロランとマルティナです。瘴気溜《しょうきだ》まりへの対処で国全体の見回り強化をする件で、お話があって来ました。事前に通達をしていたのですが……」

「あっ、それなら僕が担当です。よろしくお願いします。時間を早めてしまってすみません」

入り口近くに座っていた男性が立ち上がり、二人は外務部の応接ソファーに案内された。外務部には他国語で書かれた書物がたくさん置かれており、マルティナはそんな本の一つ一つに釘付《くぎづ》けだ。

「おい、マルティナ、我慢しろ」

「……っ、は、はいっ」

（あれも、あっちのも、王宮図書館にすら置かれてなかった本だ！　他国語の本は外務部にあるんだね……）

マルティナには宝の山に見えている書籍の数々から目を逸《そ》らすのは難しく、永遠の別れを惜しむように、辛《つら》そうな表情で本から視線を外した。

するとその様子を見ていた外務部の官吏である男性が、不思議そうに首を傾げる。

「それは遠い島国で使われている言葉ですので、読めないと思いますが」

「いえ、王宮図書館でこちらの言語の教本がありまして、それを読み学んだので読めるんです。しかしせっかく学んだにも拘《かかわ》らず、王宮図書館にはその言語で書かれた書物がなく……まさかここにあるなんて！」

「教本を読んだだけで、他国語の本を読めるのですか……？」

「はい。私には少し特殊な記憶力がありまして、本の内容は全て記憶しているので読めると思います」

その言葉を聞いてさすがに信じられなかった男性官吏は、軽く話を流すように笑って本を一冊手に取った。

「では一つお貸ししますよ。同じ官吏ならば問題はないですから」

「本当ですか⁉　ありがとうございます！」

男性官吏を見つめるマルティナの瞳《ひとみ》は、これでもかと輝きを放っている。そんな瞳で見つめられた男性は、少し照れながらソファーに腰掛けた。

「では本題に入りましょう。国境の森を見回りするにあたって、隣国との交渉でしたね」

「はい。すでにご存知だと思いますが、瘴気溜まりが他の場所にも出現していないか、見回りを強化して確認することになりました。そこで国境の森の奥まで見回りをしたいと騎士団から話が来ていまして、その旨を隣国に伝えていただきたいのです。また、できれば隣国の騎士団にも見回りの助力をとのことでした」

「かしこまりました。確かに話し合いや通達なしに森の奥に入ってしまうと、宣戦布告と捉《とら》えられかねないですね」

男性官吏はロランの説明を紙にメモしていき、隣国との交渉をすぐに請け負った。

「どのぐらいの期間で交渉を終えた方がいいでしょうか」

「できる限り早くとのことです。万が一瘴気溜まりが発生していた場合、大変なことになりますので」

「かしこまりました。そうなると、正規の手順を踏んでいては時間が掛かりすぎますね。隣国の貴族の中で我が国と関わりが深い家にまずは話を通し、そこから隣国の王宮に話を通してもらった方が……」

「あの、一つお願いがあるのですが」

これからの動きを考えていた男性官吏の思考を止めたのは、ロランの一言だ。

「なんでしょうか？」

「今回は各所でお金が掛かってしまうため、できるだけ予算の節約をお願いしたいんです」

その言葉を聞いた男性官吏は、眉《まゆ》を下げて申し訳なさそうな表情を作りながら、ロランの顔を見つめた。

「それは少し難しいかと……」

「そこをなんとかお願いできませんか？」

「しかし今回は急ぎということですので、相手にお詫《わ》びの品を贈らなければいけませんし、その品の準備を急がせる代わりに、定価よりも上乗せしてお金を支払わなければなりません」

「そうですよね……では例えばですが、隣国に向かう人数を減らしたり、向こうへ渡す品を少し減らすなどということは」

「どの程度の質の品物を、どれほどの量渡すのかも外交には大切な要素ですので……」

男性官吏とロランの話は平行線となり場が沈黙に包まれたところで、マルティナがそっと手を挙げて口を開いた。

「あの、一つ提案があるのですがいいでしょうか」

「何でしょう」

「隣国には、共に大きな敵へと立ち向かう仲間との絆《きずな》を深めるために、同じ木から作られた器でスープを飲むという風習があると本で読んだことがあります。その風習は現在も続いているのでしょうか。もし続いているのならば、共に魔物へと立ち向かうことになる仲間の証《あかし》として、木製の器を贈るのもありなのではないかと思ったのですが……確か隣国と接している領地は林業が盛んであったはずです」

　マルティナのその提案は一考の余地があるもので、男性官吏は真剣な表情で考え込んでから、別の官吏に意見を聞いてくると席を立った。

　男性官吏が戻ってきたのは、席を外してから数分後だ。

「お待たせしました。確認をしたところその風習は未《いま》だに残っており、あちらの風習を理解した贈り物ということで、好意的に捉えてもらえる可能性が高いそうです。したがって今回の用意する品は、木製の器をメインといたします。そうなれば、予算は削減することができ……」

　それからの話し合いは順調に進み、政務部としての予算を少しでも減らしたいという要望を叶《かな》えた上で、外務部は隣国との交渉をすることになった。


「マルティナ、お前のおかげだ！」

　外務部を出たロランはニカッと明るい笑みを浮かべると、マルティナの肩をポンッと叩《たた》いた。

「お役に立てたのなら良かったです」

「ああ、今回はお手柄だぞ。やっぱりマルティナの記憶力は凄《すご》いな。いや、お前の場合は記憶力だけじゃないか。その記憶を有効的に活用する能力も高い」

「……そうなのでしょうか？」

「俺はそう思うぞ。全てを覚えられたところで、それを使う能力がなかったら意味がないからな。よしっ、この調子で財務部も行くか」

そう言って意気揚々と歩き出したロランの背中を少しの間だけ見つめたマルティナは、口元を緩めながら駆け足でロランを追いかけた。

（ロランさんに喜んでもらえると、嬉《うれ》しいな）

外務部で予算を減らせたことで、財務部では大きな問題なく予算を出してもらえる確約を得られたマルティナとロランは、軽い足取りで政務部に戻った。

予定より早くに仕事が終わったので、空いた時間でどの仕事を進めようか。そんな話をしながら政務部の扉を開けると……そこは、予想外の大騒ぎとなっていた。

「なんだ、何かあったのか？」

大勢の官吏が部屋の中を駆け回り、数多《あまた》の声や書類が飛び交っている。そんな政務部の様子に二人は困惑しつつも足を踏み入れると、近くにいた男性官吏がマルティナを見てガタッと椅子から立ち上がった。

「あっ、マルティナが帰ってきたぞ！」

「やっと来たか！　今呼びに行こうと思ってたんだ」

「部長……どうされたのですか？」

二人の下に駆けてきた政務部の部長にマルティナが問いかけると、部長は一枚の紙をマルティナに手渡す。

そこに書かれていたのは――カドゥール伯爵領からの救援要請について、そんな不穏な内容だった。

「……もしかして、瘴気溜まりですか？」

マルティナが眉間に皺を寄せながらポツリと問いかけると、部長は厳しい表情で頷《うなず》く。

「ああ、その可能性が高いらしい。あり得ない数の魔物が森から溢《あふ》れ出てきて、一つの街はすでに魔物に乗っ取られているようだ。そこで第二騎士団の派遣と、瘴気溜まりの可能性ありということで実情に詳しいマルティナ、さらにはふだんは王領のみで活動する第一騎士団の騎士も、マルティナの能力を理解しているということで派遣されることになった。また光属性の魔法使いも前回よりは少ないが、八名派遣される。それから急遽《きゅうきょ》の遠征ということで、各所との調整を現地で行う役目としてロランの同行も決まった」

部長の説明を聞いて、マルティナとロランは共に厳しい表情で陛下からの書状である紙を見つめた。

「派遣は明日ですか……早いですね」

「そうだ。だからすぐに準備をして欲しい。それから、カドゥール伯爵領は馬を走らせて三日はかかる。二人は騎士の馬に同乗して向かうことになるので、途中で倒れないためにもよく寝ておけ」

「分かりました」

「すぐに準備を始めます」

二人が頷いて準備を始めようと動き出したところで、政務部の奥から一人の男がやってきた。

「部長！　私も現場に行かせてください！」

そう叫んだのは、マルティナの同期であるシルヴァンだ。

「……そういえば、お前はカドゥール家の人間だったな」

「はい。私も向かった方が、現地で色々と円滑に進むはずです」

「確かに一理あるか……分かった。ではシルヴァンもメンバーに加えてもらえるよう上に伝えておく。お前も準備をしろ」

「分かりました。ありがとうございます」

シルヴァンは部長の言葉に笑顔で頷いてから、マルティナに視線を向けて鋭い瞳で睨《にら》みつけた。

「私の邪魔はするなよ」

「……私も役立てるように頑張ります」

「シルヴァン、和を乱すなら同行は拒否するぞ」

「いえ、失礼いたしました」

ロランに注意されたシルヴァンは素直に頭を下げると、身を翻して政務部の奥に戻り二人から離れていった。

次の日の早朝。王宮の門前には多数の騎士が集まっていた。その中にはマルティナとロラン、シルヴァン、そして八人の光魔法使いもいる。

「マルティナ、こっちに来てくれ。他の二人も頼む」

「ランバート様、おはようございます」

三人が共にランバートの下へ向かうと、二人の第一騎士団員を紹介された。マルティナがランバートの馬に同乗し、ロランとシルヴァンはこの二人と共に現地へ向かうことになるらしい。

「ご迷惑をおかけするかもしれませんが、よろしくお願いします」

「いや、構わない。こちらこそ現地ではよろしく頼む。特にマルティナの知識は各所で必要になるだろう」

「はい。精一杯頑張ります。……そういえば、魔物の種類などは分かっているのですか？」

「正確なところは分からないが、報告ではアント系の魔物のようだ。しかし見たことがない色をした魔物も多くいたようで、種類までは報告がなかった」

（アント系の魔物で見たことがないとなると、この辺の森には生息していない魔物かな。そうなると砂漠地帯に生息しているアント系魔物や、湿地帯にいる種類、もしかしたら水中に生息している種類もいるかもしれない）

「実物を見て分かり次第、弱点や相手の攻撃パターンなどをお伝えします」

「ああ、頼んだぞ。……マルティナは此度《こたび》の救援要請、原因は瘴気溜《しょうきだ》まりだと思うか？」

「……はい、その可能性が高いかと。見たことがない種類の魔物という話を聞いて、より疑念が確信に近づきました」

「やはりそうか……瘴気溜まりがある前提で現地に向かおう」

ランバートのその言葉にマルティナが頷いたところで、ちょうど全員の準備が整ったらしく、第二騎士団の団長が出立の合図をした。

マルティナたち三人が馬上に上げられ、すぐに馬は歩き出す。街の外に出るまでの大通りは政務部が通行規制をしているので、問題なく隊列は街の外に出ることができた。

「ここからはスピードを上げる。しっかりと鞍《くら》や俺の体を掴《つか》んでいてくれ」

「分かりました」

「では行くぞっ」

マルティナが腕に力を入れたところでランバートは馬に合図を出し、隊列は風を切る速度で駆けていった。

# 第五章　カドゥール伯爵領

王都を出立してからの三日間は、マルティナ、ロラン、シルヴァンにとって辛《つら》い日々となった。全身の筋肉が悲鳴を上げ、臀部《でんぶ》には激痛が走り、長時間揺れ続けていることで平衡感覚もおかしくなる。

しかしそんな中でも馬に乗らなければ現地に辿《たど》り着《つ》けないため、三人は必死で耐えた。

最終日などは気力だけでなんとか馬にしがみつき……予定通り王都を出て三日後のお昼過ぎ、隊列は目的地であるカドゥール伯爵領の田舎《いなか》街近くに到着した。

「うぅ……」

「三日間の乗馬が、こんなに辛いとは」

「…………」

馬から降りた三人は服が汚れることなど気にせず、短い草が生えた草原に倒れ込む。

(頭がフラフラするし、体中が痛い……)

「ロランさん、生きてますか」

「辛《かろ》うじてな……」

「シルヴァンさんも、大丈夫ですか？」

「……大丈夫なわけがないだろう」

よほど疲れているのか、シルヴァンの言葉にいつものような棘《とげ》はなく、素直にマルティナの質問に答えた。

「三人とも、大丈夫か？　数名の騎士が街の偵察に向かうので、その間は休んでいるといい」

ほとんど疲れを感じさせない様子で三人を気遣うランバートに、三人は畏怖《いふ》の視線を向けた。

「騎士の方々って、超人ですね」

「俺らみたいな素人《しろうと》を乗せての長距離移動は大変なはずだ。それなのに普通に動けるなんて……」

「……信じられない」

三人からの視線と言葉を受けて、ランバートは苦笑しつつ準備した飲み水を三人に手渡す。

「俺たちはこれが仕事だからな。騎士ではない数人の光属性の魔法使いたちも、皆と同じように倒れているぞ」

「やっぱりそうですよね……」

地面に座り込んだままだがなんとか上半身を起き上がらせた三人は水を受け取り、やっと周囲の様子を確認するために辺りを見回した。

「まだ街は遠いですね」

「魔物に乗っ取られているとの報告があったからな、安全を考え距離を取っている。ただこの場所でも、すでに普段の何倍もの数の魔物に遭遇しているぞ」

「そうなのですね……魔物の種類はやはりアント系でしょうか」

「ああ、そこは報告の通りだ。しかし今のところ遭遇している魔物は、普段から森にいるようなビッグアントやスモールアントのみだな」

ランバートのその言葉にマルティナが頷き、飲み水をまた口に運んだところで……どこかで騎士が声を上げた。

「魔物が来ます！　アント系ですが……色が黄色で種類不明です！」

その声を聞いたところで、マルティナはガバッと顔を上げて急いで立ち上がる。ランバートもマルティナの知識が必要だと瞬時に判断したのか、魔物を目視できるようにマルティナを馬上に乗せた。

「見えるか？」

「はい。あの黄色の体に口元にある赤色の模様、さらには体の大きさからして……アシッドアントで間違いないと思います。魔物図鑑やいくつかの歴史書に載っていました。あの魔物の武器は、強力な酸です。あらゆるものを溶かすと、図鑑に書かれていました。喉《のど》の部分に袋があって、そこに溜《た》めた酸を口から吐くので、絶対に目の前には立たないでください。また袋を傷つけてもいけません。弱点は……というよりも怖いのは酸と素早さのみで、他に怖い点はありません。気をつけて戦えばすぐに倒せるはずです」

馬上から少し遠くにいるアシッドアントをじっと見つめつつ、早口で告げられたその言葉に、ランバートは頷くとマルティナを馬から下ろして今度は自分が乗った。

「ありがとう。ではその情報を皆に伝えてくる。三人はここから動かないように」

ランバートの背を見送り姿が見えなくなったところで、まず口を開いたのはシルヴァンだった。

「……お前は、なぜそこまで記憶力に優れている？」

そう問いかけられたマルティナは、シルヴァンがマルティナの記憶力の高さに関しては認めているという事実に驚き、シルヴァンの表情をまじまじと見つめた。

「……なんだ、私の顔がおかしいのか？」

「いえ、ち、違います。少し驚いて……その、私の記憶力は生まれつきです」

マルティナが慌てて口を開くと、その内容にシルヴァンは眉間《みけん》の皺《しわ》を深くする。

「生まれつき……平民なのに、生まれつきなのか」

ポツリと呟《つぶや》かれた言葉は二人の耳に入り、大きく息を吐いたロランがガシガシと頭を掻《か》きながらシルヴァンの瞳《ひとみ》を見つめた。

「人の能力には平民も貴族も関係ないに決まってるだろ？　シルヴァンは平民が貴族の領分を侵すことを嫌がってるみたいだが、マルティナのこの能力が評価されず埋もれてたらって考えたらどうだ？」

「それ、は……」

「マルティナがいなかったら、黒いモヤが瘴気溜まりだということさえ、まだ分かってなかったかもしれない。そもそもこの国が平民への差別をなくす方向に向かったのは、平民の中にいる才能を持つ者たちに活躍してもらうためだろ？　なんでこれに反対するのか、俺には分からねぇ」

ロランにぶつけられた言葉に、シルヴァンは明確な答えが返せないのか視線を彷徨《さまよ》わせる。そして悔しそうな表情を浮かべ、小さく口を開いた。

「貴族が平民の上に立ち、立場を明確にした方が国は上手《うま》く回ると……」

「確かにその意見も分からなくはないが、それは貴族が国や領地の舵取《かじと》りをして、政に責任を持つべきだってことだろ？　それと平民の能力を認めないのは別の話だ。有能な平民を拾い上げ、より国や領地を発展させることも、貴族の役割なんじゃないのか？」

シルヴァンの価値観を真っ向から否定するのではなく、一部を認めた上での正論に、シルヴァンは動揺して拳《こぶし》を握りしめた。

するとその時、ランバートが馬に乗って三人の下に戻ってくる。

「待たせてすまない。マルティナ、魔物は無事に怪我《けが》人を出すことなく倒すことができた。マルティナの知識のおかげだ。ありがとう」

「お役に立てたのであれば良かったです」

ランバートが戻ってきたことで、三人の話は中断となった。

シルヴァンは眉間に皺を寄せて、ロランから告げられた言葉についてまだ考え込んでいる様子だったが、今は仕事に集中しようと思ったのか握りしめた拳から力を抜く。

「偵察に行っていた騎士も戻ってきたのだが、街中の様子はかなり悲惨らしい。そこかしこに魔物が散見され、もはや魔物の棲家《すみか》と化しているようだ。街が乗っ取られたという情報は現実だった」

「そんな状況に……街中に人はまだいるのでしょうか」

「ああ、いくつか救助を求めるようなサインが見られたと」

ランバートのその言葉に、三人は一気に表情を厳しいものに変えた。

「これから俺たちは、まず街に取り残されている住民の救出を目指すことになるだろう。そしてそれが達成され次第、魔物の一掃と街の奪還、そして森の調査へと移る。しかしその前にまずは伯爵家側と情報を擦り合わせるため、近くの街に向かう予定だ。ここから馬に乗って十分ほどの場所に街があり、救援要請時にはその街の被害は報告されていなかった」

ランバートのその言葉に、三人は街の無事を祈るような、神妙な面持ちを浮かべて頷《うなず》いた。

「分かりました。……また馬移動ですね」

「ああ、そこはもう少し耐えてくれ」

苦笑を浮かべつつそう言ったランバートに三人が嫌そうな表情を隠しきれずに頷き、救援隊は近くの街に向かって移動を開始した。


十分ほどで救援隊が目的の街に到着すると、こちらの街は魔物の被害がまだ出ていないらしく、街としての機能を果たしていた。しかし街中には先ほどの街から逃げ込んだ者も多くいるようで、そこかしこに怪我人や道路脇に座り込む者たちがいて騒然としていた。

「この街の方が大きく、さらには外壁が頑丈だったことで無事だったようですね」

「そうだな。不幸中の幸いだ」

救援隊は門前広場に全員が入り、現在は代官邸へ報告に向かった門番が戻ってくるまで、各々で休憩を取っている。しかし住んでいた街を失った者たちはやっと来た希望に縋《すが》りたくなるようで、騎士たちにひっきりなしに声を掛け、休息を与えない。

悪気がある行為ではないので騎士が困っているところに、救援隊の隊長を務めている第二騎士団の団長ヴァレール・エスコフィエが、即席の台の上に立ち声を張った。

「皆、心配が募っているのは分かる。しかし我々はカドゥール伯爵領に到着したばかりで、何も情報を持っていないのだ。皆の大切な人、街、家、物は必ず我々が取り返してみせる。それまで少し待っていて欲しい」

決して叫んでいるわけではないがよく通る声で伝えられた言葉に、騎士たちへと群がっていた避難民たちはほとんどが素直に騎士から離れた。

その様子を見て、マルティナたち官吏の三人は尊敬の眼差しを浮かべる。

「素晴らしい統率力ですね」

「ああ、まさに人の上に立つべき方だ」

「私もいずれはあのように……」

それから戻ってきた門番の指示によって救援隊の一部メンバーのみが、話し合いのため代官邸に向かうことになった。メンバーは第二騎士団の団長であるエスコフィエに、第一騎士団の団長であるランバート、さらには先ほど街へと偵察に向かった騎士に、マルティナ、ロラン、シルヴァンだ。

代官邸の中では此度《こたび》の事態に対処をするため、臨時の対策本部が設置されているらしく、多数の伯爵家に雇われている者たちが駆け回っていた。

「皆様はこちらへどうぞ」

案内の使用人に促され、救援隊の皆は会議室として整えられたホールに案内される。

中に入るとそこにいたのは……カドゥール伯爵家から領地の運営を任されている家令と、この街の代官だった。

「シルヴァン様、こちらへお越しだったのですね！」

家令はシルヴァンを目にすると、安堵《あんど》したように頬を緩める。

「ああ、官吏としてここに来ている。伯爵家と救援隊との橋渡しが必要な時には言ってくれ」

「かしこまりました。ありがとうございます」

それから皆で椅子に腰掛け、軽く互いの紹介をしてから、さっそく今後についての話し合いがされることになった。

「まず、被害を受けたのはあの街だけなのか？」

「はい。私どもの方で把握できていない部分もあるかと思いますが、大きな被害を受けているのは一つの街だけでございます。他の街には兵士を増員し、なんとか街中での被害は出ておりません」

家令のその言葉にエスコフィエは真剣な表情で頷くと、皆を見回してから口を開いた。

「分かった。では我々が最初にするべきことは、あの街に残っている者たちを救出し、魔物を全て駆逐することだ。何よりも優先するのは人命救助だが……作戦を立てるためにも、街の現状についてを皆で共有しよう」

その言葉で先ほど偵察に向かった騎士のうち一名が立ち上がり、メモ用紙のような書類に目を向けつつ口を開いた。

「報告させていただきます。街中には通りだけでなく、建物の中や屋上等にまで魔物が入り込んでいる様子でした。魔物の種類はアント系の魔物しか確認できず、その種類は基本的にはビッグアントかと。しかしいくつか初見の色合いをした魔物が見られ、その魔物はビッグアントとは対立しているようでした。種類が違う魔物同士の争いにより、街中が荒れております」

「皆で街中に入り、魔物を端から一掃しながら住民を救助することは可能か？」

「……いえ、あまりにも魔物の数が多く、街中では四方を囲まれる危険性もあり、難しいかと愚考いたします。さらにあの街は区画整理がされていないようで、少し路地に入ってみたのですが、大通り以外はまるで迷路のように路地が広がっておりました。迷い込んでしまうと、騎士団員も危険に陥る可能性があるかと……」

偵察に向かった騎士の言葉に、エスコフィエは難しい表情で頷いてから、「ありがとう」と騎士を座らせた。そして家令と代官に視線を向ける。

「被害を受けている街の地図はないのか？」

「大変申し訳ございませんが、私たちは所持しておりません。もしあるとすれば、被害を受けている街中にある代官邸の中かと……」

「……そうか。地図さえあれば魔物が嫌う薬草などを用い、なんとか救助に向かえた可能性もあったのだが。シルヴァンは地図の在処《ありか》などに心当たりはないか？　あの街のつくりの詳細を知っている者でも構わない」

エスコフィエに視線を向けられたシルヴァンは悔しそうに唇を噛《か》み締《し》めつつ、首を横に振った。

「存じ上げません」

「シルヴァンも知らないとなると、地図はないと考えた方が良いな……しかしそうなると、どうやって安全に救助にあたれば良いのか」

そこで話し合いが手詰まりとなり場に沈黙が流れると、マルティナが恐る恐る右手を挙げた。

「あの……もしかしたら地図、作れるかもしれません」

発されたその言葉に、誰もが訝《いぶか》しげな表情を向ける。代表して口を開いたのは、マルティナの隣に座っていたランバートだ。

「マルティナ、作れるとはどういうことだ？」

「協力していただける方がいるならばという前提なのですか、私は目で見た風景を、一瞬で細部まで完璧《かんぺき》に記憶することができます。なので上空から街の様子を見下ろすことができれば、かなり正確な地図が描けるはずです」

マルティナが打ち明けた異次元の能力に、誰もが呆然《ぼうぜん》としてすぐには口を開けなかった。

しかし以前この能力でマルティナが瘴気溜《しょうきだ》まりの膨張に気づいた場面に居合わせていたランバートは、すぐ我に返り納得の様子で口を開く。

「確かにマルティナならできるかもしれないな。協力者とは風属性で飛行ができる者か？」

「はい。飛行はかなり高等な魔法なので使える方は限られますが、ちょうど発動できる方が救援隊に参加しておられるので……」

「ははっ、そんなところまで分かっていて提案したのか。さすがマルティナだな」

騎士団員の詳細なプロフィールを頭に入れ、さらにはここまでの道中で同行している騎士の顔を全て覚えていたマルティィナに、ランバートは楽しそうな笑みを浮かべた。

「分かった。ではマルティィナに地図の作成を頼みたい。飛行が使える騎士団員は第一騎士団所属なので、俺が話をしよう。……皆はその作戦でいいか？」

ランバートが話し合いに参加している全員に向かって問いかけると、ほとんどの者は未《いま》だに信じきれない様子ながらも、マルティィナとランバートの自信ありげな表情を見て頷いた。

それから飛行が使える騎士団員にランバートが話を通し、救助をするにあたり必要な物品を全て準備したところで、救援隊はまた被害を受けている街の近くに戻った。シルヴァンとロラン、さらには光属性の魔法使いたちも、救助した者たちへの対処要員として騎士たちと共に戻っている。

「マルティィナ、布で固定するぞ」

ランバートが飛行を使える騎士とマルティィナの体を、頑丈な布をいくつも使ってしっかりと結んだ。布以外に縄やベルトなども用いて、安全を確保する。

「ありがとうございます」

「これで問題ないか？」

その問いかけに騎士が頷いたところで、準備完了だ。マルティィナと騎士の周りにいた者たちは二人から少し距離を取り、騎士が空に飛び立つ前の最終確認を口にした。

「改めて確認するが、飛行はそんなに長時間は無理だ。街を二往復するのが限界だと思う。また一ヶ所に留《とど》まることはできない。それでも問題はないか？」

「はい、大丈夫です」

「それから慣れてないと、かなり体に負担が掛かるだろう。恐怖も感じると思う。それでも暴れずにいられるか？」

「……はい、頑張ります」

騎士の忠告に緊張感を高めつつもマルティナがしっかり頷くと、騎士は深呼吸をしてから魔力を練った。

そして一人で飛ぶ時よりも魔力を多めに使い、足のバネも利用して一気に空に飛び上がる。

「きゃあぁぁぁ………っ！」

あまりの上昇速度にマルティナは思わず叫んでしまったが、なんとか途中で口を手で塞《ふさ》ぎ叫び声を堪《こら》えた。あまりに大きな音を出して、魔物に気づかれてしまったら大変なのだ。

「大丈夫か？」

「は、はい、うるさくして、すみません」

「大丈夫だ。ではいくぞ」

風圧が顔や体に掛かり少し息苦しく感じる中、二人は一気に街の上空に辿《たど》り着《つ》いた。上空から眺めた街の中は、まさに魔物だらけだ。

「うわっ、こんなにいるのか」

「アント系魔物の巣になってしまっていますね……」

マルティナは街の上空に差し掛かったところで怖さよりも使命感が勝り、真剣な表情で街の様子を目に焼き付けた。

大通りや建物の屋上、建物内にまでひしめく魔物は視界から排除して、ひたすら街のつくりだけを記憶していく。建物が壊れて行き止まりとなっている場所、逆に建物の倒壊によって通れるようになったところ。まさに現在の街の様子を、完璧に記憶する。

「折り返すぞ」

「はい。今度は東寄りをお願いします。あちらの路地がここからだと見えづらくて」

「分かった」

それからも二人は順調に街の上空を飛び、少ししてから騎士がマルティナに声を掛けた。

「最後に向こうを回りながら帰還するのでいいか？　そろそろ魔力が厳しい」

「分かりました。それで大丈夫です」

（ちゃんと地図が作れるか心配だったけど、問題なさそうで良かった）

あと少しで街の全てを記憶できるところまできて安心したマルティナが、少しだけ気を緩めながら頷いたところで、騎士は向かう方向を変更した。そして背の高い建物の上空を通り過ぎようとしたところで……突然その建物の屋上に置かれていたタンクの裏で、影がうごめいた。

「あそこに魔物が！」

最初に影に気づいたのはマルティナだ。続いて騎士もすぐに気づき、急旋回で距離を取る。しかしその魔物——アシッドアントは、甲高い叫び声を上げながら強酸を放ってきた。

「ギュユユユ‼」

急旋回したことで直撃は避けられたが、飛び散った酸がマルティナたちの衣服を溶かし、さらにはマルティナの足を掠《かす》めた。

「いっっ……っ、」

(何これ、痛い、熱い……酸が足に当たったんだっ)

酷《ひど》い痛みに顔を歪《ゆが》めたマルティナは、脂汗を滲《にじ》ませた。

「おいっ！　大丈夫か⁉」

騎士がマルティナの異変に気づいて、すぐに声を掛ける。

「……大丈夫、です」

マルティナは任務を最後まで遂行するため、爪を手のひらに食い込ませるように拳《こぶし》を握りしめ、なんとか痛みを誤魔化しながら、努めて冷静な声を出した。

「本当か⁉」

「は、はい！　向こうを回ってください」

騎士はマルティナの異変を感じながらも、ここで押し問答している時間はないので予定通りの場所を回る。そうして当初の目的はなんとか達成し、二人は皆の下に戻った。

しかし着地した瞬間、マルティナは足の痛みに崩れ落ちそうになる。騎士がなんとか踏ん張り、二人が共倒れになることは避けられた。

「おいっ、やっぱり怪我《けが》をしたんじゃないのか！」

マルティナと布などで固定されている騎士は、マルティナの様子を上手《うま》く確認できずに焦りを露《あらわ》にした。するとすぐに二人の様子がおかしいことに気づいたランバートが駆け寄る。

「どうしたんだ⁉」

「大丈、夫です。僅《わず》かに攻撃が、足を掠めただけです。それよりも早く地図を描かないと……」

そう言ってマルティナが、自分と騎士を縛り付けている布を解《ほど》こうと奮闘し始めたところで、ランバートに遅れて二人の下へ駆け寄ったロランが、眉間《みけん》に皺《しわ》を寄せながら強い口調でマルティナに声を掛けた。

「マルティナ、地図よりもまずは怪我の手当てだ！　無茶をするんじゃない」

そんなロランの少し後ろで、シルヴァンは物言いたげな表情で唇を引き結んでいた。しかし口を開くことはなく、ロランがマルティナの腕を自分の肩に回す。

「布が外れるから俺に体重をかけてろ」

「……はい。ありがとうございます」

それからマルティナは騎士に固定されていた布を全て外され、布の上に横たわらせられた。

「これは……マルティナ、相当酷い怪我だ」

マルティナの怪我を間近で確認したランバートが眉間に皺を寄せ、近くでマルティナの様子を見ていたロランとシルヴァンも息を吞《の》む。

「な、治るのか……？」

不安げなロランの言葉に、ランバートは光属性の魔法使いをすぐに呼んだ。

「治せるか？」

その問いかけに対する返答に皆が緊張する中、魔法使いはしっかりと頷《うなず》いた。

「はい。酷い怪我ですが範囲は広くありませんし、綺麗《きれい》に治せると思います。ただこの怪我を治すと私の魔力は半分以上に減ってしまいますが、構いませんか？」

「もちろん構わない」

ランバートが躊躇《ためら》いなく頷いたところで、魔法使いはマルティナの足に手をかざした。

「すみま、せん。私のせいで魔力を……」

痛みに耐えながらマルティナがそう告げると、そんなマルティナの頭にロランがコツンと拳を当てた。

「お前のせいじゃないだろ。皆のために危険な仕事をこなしたんだ」

「そうだ。任務中の怪我は個人のせいではない。危険な役目を果たしてくれて感謝する」

ロランとランバートの言葉にマルティナは僅かに瞳《ひとみ》を見開くと、頬を緩めた。

（いい仲間に恵まれて、私は幸せだ……）

それからすぐに光魔法による治癒が施され、マルティナの怪我は跡形もなく完治した。

「もう大丈夫か？」

「はい。全く痛みもありません。ありがとうございます」

（光魔法の治癒を初めて体験したけど、こんなに凄《すご》いものだなんて）

光属性の者は希少であり、さらに治癒には多くの魔力を消費するため、普通は一度も体験どころか見ることすらなく一生を終える者が大半なのだ。

「それは良かった。では地図作成に取り掛かって欲しいのだが、地図は描けそうか？」

「もちろん、描けます」

ランバートの問いかけにマルティナが真剣な表情で頷くと、ロランがすぐに紙とペンを準備した。

「マルティナ、これを使え。紙のサイズは問題ないか？」

「はい。このぐらいが描きやすいです。この大きさの紙を何枚も組み合わせると、正確な地図になるように描きたいと思います」

外で文字を書く時に使う板と共に紙とペンを受け取ると、マルティナはその場に座り込み、さっそく迷いない手つきでペンを動かし始めた。

必要最低限の情報だけが盛り込まれた簡易な地図だが、その完成度はとても高い。

「凄いな……」

「マルティナは記憶力も凄いですが、それを外に伝える能力もかなり秀でていると思います」

「本当だな」

ランバートとロランが近くでそんな会話をしているが、すでにその声もマルティナの耳には届いていなかった。

一枚、また一枚と地図が完成していく。十枚目の地図を描き終えたところで、やっとマルティナは顔を上げた。

「終わったのか？」

「いえ、まだです。しかし街の西側の地図は完成していますので、それを使って住民の方々の救出作戦を考え始めることはできると思います。裏面に数字を記載していますので、左上から縦に五枚ずつ並べてください」

それだけを告げるとまた地図を描く作業に戻ったマルティナに、ロランは頼もしい表情で頷く。

「任せておけ」

地面に並べられた十枚の紙は、しっかり合わせると正確な地図となった。

騎士団員が道に迷わないように、そして捜索した場所には印をつけられるように、それだけを考えてほぼ道しか描かれていない地図だが、今回の作戦で使うのには十分だ。

皆で地面に並べられた地図を覗《のぞ》き込み、騎士たちをいくつもの班に分けて捜索場所を割り振っていく。数人の騎士で近くの森に入り、魔物を近寄らせないための薬草準備も完璧《かんぺき》だ。

「この場所はかなり路地が入り組んでいるな。街中の捜索に慣れた者を派遣しよう」

「そうだ、救助した者のリスト化も頼みたい」

「もちろんです。そちらの管理については、私とシルヴァンにお任せください」

「団長、救助した住民たちが待機する場所にも、薬草を撒《ま》いておきますか？」

「そうだな。余っていたら撒いてくれ」

「かしこまりました」

誰もが自分の役割を果たして準備は着々と進んでいき、マルティナが最後の一枚を描き終え顔を上げた時には、今すぐにでも街中に入ることができる状態だった。

「お待たせしました。最後の一枚です」

「ありがとう。ではこの場所を捜索する班が受け取ってくれ」

「はっ」

最後の一枚を手渡したマルティナは、ペンを置いて疲れた表情で立ち上がる。そんなマルティナに、騎士たち全員の視線が集まっていた。

代表して口を開いたのは、ランバートだ。

「マルティナ、本当に助かった。君のおかげでより多くの住民を救うことができるだろう。そして騎士団員への被害も最小限に抑えられるはずだ」

「最初は能力を疑って悪かった。話には聞いていたが、まさかここまでとは……君のその才能は本当に素晴らしいものだ。これからもこの国のために力を振るって欲しい」

続けて口を開いたのはエスコフィエで、二人の団長からの称賛に、マルティナは少し照れながらも一歩前に出た。

「お役に立てたのならば良かったです。ただ私ができるのはここまでですので、この先はよろしくお願いいたします」

「もちろんだ。あとは騎士に任せてくれ」

マルティナの言葉に全員の騎士が瞳に力を宿して頷き、ランバート、エスコフィエの合図によって、一斉に街へ向かって一歩を踏み出した。

ここから先は、騎士たちの仕事だ。

◇　◇　◇

街中に入った騎士たちは、予想以上の魔物の数にかなりの苦戦を強いられていた。

薬草によって確かに魔物が近づいては来ないのだが、それは遠くにいる魔物限定で、例えば曲がり角などで至近距離で魔物と相対すると、その都度戦わなければならない。

「誰かいますかー」

「いたら声を出してください。私たちは救助に来た騎士です」

一つ一つの建物に声を掛けて、内部を見落としがないように確認していく。たとえ声が返ってこなくとも、声を出せない生存者がいる可能性を考えて、全てを確認するのだ。

「た、助けてくれ……！」

弱々しい声が騎士の耳に届き、三人一組となっている騎士たちが動きを止めた。

「もう一度声を出してください！」

「こ、こだ、ここにいる……！」

声は騎士たちがいる廊下の、奥にある部屋から聞こえているようだ。慎重な足取りでその部屋に向かった騎士が扉を開けると、そこには足を怪我した老人が床に倒れ込んでいた。

「大丈夫ですか！」

「ありが、とう……もうダメかもしれないと」

「そんなことはありません。私たちが来たからには、助かりますから安心してください」

「この建物に他に人はいますか？」

「いや、わしは……知らない」

「分かりました。ありがとうございます」

騎士たちは慣れた手つきで老人の様子を確認し、怪我は足だけだと分かるとすぐに一人の騎士の背中に老人を括《くく》り付けた。

「辛《つら》いかもしれませんが、これが早いので少し我慢してください。すぐ街の外に向かいますので」

「本当に、ありがとうございます」

それから騎士たちはできるだけ魔物を避けて街の外に向かい、十分ほどで老人を街の外に救出することに成功した。外に出たらそこに待機している騎士に引き渡し、老人は担架に乗せられる。

「あとは頼む。俺たちはまた中に向かう」

「分かった。要救助者は任せてくれ」

担架に乗せられた老人は今度は別の騎士たちによって、街から少し離れたマルティナたちが待機している場所まで運ばれた。

◇　◇　◇

騎士たちが街中に向かう様子をマルティナの背中の先に見つめながら、シルヴァンは眉間に皺を寄せた。

（なぜマルティナは、ここまで力を尽くせるのか……馬に乗った強行軍で体はボロボロなのに魔物の知識を伝えるために動いたり、大怪我をしているのに地図作成を優先しようとしたり）

自らの予想の範疇《はんちゅう》を超えた行動をするマルティナに、シルヴァンがぐるぐると考え込んでいると、マルティナたち残った者が、要救助者のために受け入れ体制を整えようと動き出した。

そこでシルヴァンは、近くにやって来たマルティナに思わず声を掛ける。

「マルティナ……なぜお前は、それほどこの街のために力を尽くせるのだ。マルティナにとって、縁もゆかりもない土地と住民だろう？」

突然シルヴァンに問いかけられたマルティナは少しの驚きを顔に浮かべたが、すぐに真剣な表情で考え込み、言葉を選ぶようにしてシルヴァンに伝えた。

「私は自分の能力を使うことで大勢の人が助かるならば、最大限に能力を活用することが責務だと思っています。それに……私なら助けられたのにと、後悔したくないんです」

マルティナの言葉と強い決意がこもったような表情に、シルヴァンは己を恥じた。

ここまで覚悟を持って能力を使い、能力を持っているからこその気苦労も引き受けてきたのだろうマルティナを、平民だからという理由だけで拒絶してしまったことに、心から後悔した。

カドゥール伯爵領に到着してすぐ、ロランがシルヴァンに伝えた言葉も思い出し、シルヴァンの中で明確な決意が固まる。

（これからは身分ではなく、個人を見よう。私の考え方は、カドゥール伯爵家の方針は、そして貴

族至上主義は……間違っているのかもしれない）

今までずっと信じてきたものが誤りである可能性に直面したシルヴァンだが、意外にも冷静だった。それどころか、今までよりもスッキリとした憑《つ》き物《もの》が落ちたような顔付きをしている。

「……答えてくれて、感謝する」

感謝を伝えたシルヴァンにマルティナは驚きの表情を見せたが、シルヴァンの晴れやかな様子に気づき、少しの笑みを浮かべた。

「いえ、一緒にこの事態を乗り越えましょう」

◇◇◇

騎士たちが街中に入って数十分が経過すると、続々と要救助者がマルティナたちのところに運ばれてきた。

「また一人、足に怪我をしているので応急処置を頼む」

老人を運んできた騎士の呼びかけに、近くにいたマルティナが答えた。

「分かりました。そこに寝かせてあげてください。初めまして、もう大丈夫ですよ」

敷かれた布の一つに寝かされた老人にマルティナが声を掛け、光属性の魔法使いが救護用品を運んでくる。治癒は魔力をかなり消費するので、治癒をしなければ命が危険な者にのみ使用するため、基本的には一般的な処置を行うのだ。

「私は官吏のマルティナと言います。お名前と住んでいた場所、家族構成を教えてください」

「わ、分かった」

「ゆっくりでいいですからね」

聞き取った情報はリストに記され、分かりやすくまとめられていく。すでに要救助者の数は二十人を超えていて、その内の半数が怪我人だ。

「マルティナ、また要救助者が来るぞ。起き上がれる者には場所を空けてもらってくれ」

「分かりました。シルヴァンさん、こちらの方はお話があるそうなので、聞いてもらえますか？」

「分かった。請け負おう」

シルヴァンはカドゥール伯爵家の人間として、領民である要救助者たちからの不安の声に応えていた。

貴族至上主義を掲げるカドゥール伯爵家の評価はお世辞にも良いとは言えず、シルヴァンは面と向かって厳しい言葉をかけられることはないにしろ、助け出された領民たちは不満を口にし、その言葉はシルヴァンの耳に届いていることもあったが、それでも感情的になることなく真摯《しんし》に向き合っていた。

「シルヴァン様、私の住む家がなくなってしまいました……畑も荒らされているでしょう。このままでは生きていくことが叶《かな》いません。どうか、どうか、どうかお助けください」

「分かっている。今回の魔物による被害の分は、父上にも掛け合い必ず支援しよう。しばらくは不便を強いることになると思うが、耐えて欲しい」

「ありがとうございます……！」

「シルヴァン様、うちは息子をやられちまって……っ、これから、どうしたら」

「家族を失った悲しみ、私では到底理解しきれていないと思うが、少しでもこれからの不安を取り除くことはできる。暮らしていくのに困らないよう、必ず支援する」

そうしてシルヴァンが皆に言葉を掛けていると、少し離れた場所にいる二人の女性が、少しの興奮状態で話をしていた。

「あんなこと言って……どうせ支援なんてないわっ。もう私たちは終わりよ」

「今まで私たちのことを、真剣に考えてくれたことなんてなかったものね」

「そうよ、信じられるわけないわっ」

その会話が辛《かろ》うじて聞こえていたシルヴァンは、聞こえていないふりをすることもできたが、二人の女性の下へと真っ直ぐに向かった。

「そう思わせてしまっていること、申し訳ない。しかし皆への支援は必ず行うので、そこは安心して欲しい。カドゥール伯爵家の人間として、約束する」

真剣な瞳《ひとみ》で告げられた言葉に、女性二人は興奮が収まったのか、慌ててその場で頭を下げた。

「あ、も、申し訳ございません……！」

「謝る必要はない。向こうで飲み物を配っているので、ゆっくりと飲んで休むと良い」

そう声を掛けたところで、シルヴァンはまた別の領民に名前を呼ばれた。

そんなシルヴァンの様子を見ていたマルティナとロランは、顔を見合わせて頬を緩める。

「あいつ、ちょっと変わったか？　今までなら――平民が気にすることではない。我々に任せておけば良いのだ。とか言ってそうじゃないか？」

「ふふっ、今のちょっと似てました。確かに言いそうですね」

「だよな。あいつなりに考えてるのかもしれないな……」

そう言ってロランがシルヴァンに視線を向けると、マルティナが笑みを浮かべて問いかけた。

「シルヴァンさんと、仲良くなれるでしょうか」

「……段々となれるかもしれないな」

「それは、嬉《うれ》しいですね」

それからも皆は忙しく動き回り、辺りが暗くなり始めるまで救助活動は続いた。街中に入っていた騎士たちが全員戻ってきた頃には、もう辺りは真っ暗だ。

全員の点呼を取ったところで、代表してエスコフィエが口を開く。

「皆、ご苦労だった。本日の活動はこれで終わりとする。すでに要救助者には近隣の街へ移動してもらっているが、私たちも戻ろう。明日は早朝からまた救助活動の続きだ。今夜はしっかりと休むように」

「はっ！」

「では暗いので逸《はぐ》れないよう気を付けてくれ」

近隣の街までは馬に乗って十分ほどなので、マルティナたちを含めた皆はすぐ街に到着した。

しかし街の中に入ると、昼間よりも避難してきた者たちで騒がしい。

「これは、時間が経《た》つほどに不満が溜《た》まってヤバいかもしれないな」

そんなロランの言葉に、シルヴァンは唇を引き結んでから小さく口を開いた。

「……どうすれば、良いのだろうか。私の力は、とても小さいのだな」

その呟《つぶや》きが耳に届いたロランとマルティナは、顔を見合わせてからほぼ同時にシルヴァンに視線を向ける。

「そんなの当たり前だ。俺たちは皆で助け合って生きてるんだからな」

「一人の力は小さくても、皆で力を合わせれば大きなものになるんです。ほら、私だって飛行ができる騎士の方がいなければ役立たずでしたし、たとえ地図を作れたとしても私は街中に救助に向かえる実力はありません」

「今日のお前は頑張ってたと思うぞ。今日みたいに、少しずつ手の届く範囲からやっていけばいいんだ」

二人からの言葉を聞いたシルヴァンは、瞳を丸く見開き二人の顔を交互に見た。そして自分の手のひらに視線を落とし、しっかりと頷《うなず》いてみせる。

「……そうだな。明日も今日のように力を尽くそう」

その言葉にマルティナとロランが頬を緩めていると、シルヴァンが真剣な表情でマルティナに声を掛けた。

「マルティナ」

「何でしょうか？」

「……今まで、すまなかった。私が間違っていた。そして我が領地のために力を尽くしてくれたこと、カドゥール伯爵家の人間として感謝する。本当に、ありがとう」

シルヴァンが自分の非を認めて感謝を伝えたことに、マルティナはかなり驚いたが、その変化を心から嬉しく思い満面の笑みを浮かべた。

「いえ、今までのことはいいんです。街のために動いたことも、自分にできることをするのは当然ですから。……シルヴァン様、これからも同期としてよろしくお願いします」

そう言ってマルティナが頭を下げると、シルヴァンは少しだけ逡巡《しゅんじゅん》してから口を開いた。

「……敬称はいらない。マルティナが嫌でなければ、これからもよろしく頼む」

シルヴァンからの歩み寄りに、マルティナは大きく頷いた。

「はい！　シルヴァンさん、これからもよろしくお願いします。まずは明日も救助活動、頑張りましょうね！」

そこで二人の会話が途切れ、やり取りを微笑《ほほえ》ましそうに見守っていたロランが、より空気を和ませるために口を開いた。

「じゃあ、今日はもう寝るかぁ」

「いや、まだ夜ご飯を食べてませんよ。私もう、お腹《なか》がぺこぺこです」

「はは、確かにな」

「シルヴァンさん、早く行きましょう。夜ご飯がなくなっちゃったら大変です」

マルティナがそう声を掛けると、シルヴァンはいつものような自信ありげな笑みを……しかし棘《とげ》を感じさせない笑みを浮かべた。

「私をお前のような食いしん坊と一緒にするな。貴族である私は、少し食事を抜くぐらい問題はないのだ」

「またお前は、そういう言い方を……」

「ロランさん、いいんです。なんだかもう、この方がシルヴァンさんって感じがしますし。それに変わってないように見えても、変わってるのが分かりますから」

マルティナのその言葉を聞いたシルヴァンは、照れたのか耳を赤くしながら二人から顔を背けた。

「別に私は何も変わっていない」

「ふふっ、そうですね。そうだ、シルヴァンさんって何が好きなんですか？　好きな食べ物です。私は悩みますけど煮込み料理が好きで」

「……私はステーキだ」

「おおっ、意外とがっつりなんですね」

「別にそういうわけではない。貴族の食事で出てくるステーキは、とても繊細な焼き加減とソースの複雑な味でそれは美しい料理に仕上がっているのだ」

それから三人は今までよりも明らかに距離を縮め、共に夕食をとって眠りについた。

◇　◇　◇

カドゥール伯爵領での救助活動は三日目に突入した。現在は昼の時間を少し過ぎた頃で、ついに街中の捜索が全て終わったところだ。

「皆、三日間の尽力感謝する！　皆のおかげで多くの住民を救うことができた。しかしまだ終わりではない。このあとは街中の魔物を一掃し、街の外に散らばる魔物、そして魔物の出所である森の調査も行う」

エスコフィエのその言葉に、騎士たちとマルティナたちは表情を今一度引き締めた。

「これから先は四つの班に分かれ任務に当たる。一班は街中の魔物一掃部隊だ。そして二班は周辺に散らばる魔物の討伐部隊、三班は森の調査班、最後の四班は各班の調整と避難した住民たちの管理部隊だ」

それからそれぞれのメンバーが発表され、マルティナは三班である森の調査班に割り振られた。ロランとシルヴァンは四班で、ランバートはマルティナと同じ三班だ。

光属性の魔法使いも、森の中に瘴気溜《しょうきだ》まりがある可能性を考え、全員が三班に割り振られた。

「ではそれぞれの班で行動を開始してくれ」

三班の長は第一騎士団の団長であるランバートになり、ランバートは集まった全員の顔を見回すと一枚の紙を取り出した。

「森の調査班だが、マルティナが記憶していた森の地形や河川の場所などから、瘴気溜まりがあるだろうところに当たりをつけてもらっている。まずはこの周辺を調査していきたい」

紙には簡単な森の地図が描かれていて、いくつかの場所には斜線が引かれている。主に川沿いのエリアが優先的に調査対象となるらしい。

「この場所はどうやって決めたんですか？」

騎士の質問には、地図を描いた張本人であるマルティナが答えた。

「いくつかの情報から総合的に判断しました。まず今回の魔物の大量発生ですが、森の近くには街がいくつもあるのに、被害を受けたのは今回救助活動を行った街のみです。さらにはこの街の周辺にある草原にも、そこまで多くの魔物は姿を見せていません。したがって、魔物があの街に辿《たど》り着《つ》いた理由があると考えました」

マルティナはそこまで話をすると、ランバートが掲げる紙に描かれた一つの川を指差した。

「この川は川幅が割と広く、アント系魔物の多くは渡ることができません。そして今回被害を受けた街のすぐ近くを流れています。したがって、魔物はこの川沿いを進んで街に辿り着いたのではないかと推測しました。川が道標のようになったのではないかと」

「確かに……あり得ますね。周辺の草原にもそこまで魔物の姿が見られないとなると、魔物の始点は川のすぐ近くという可能性もありそうです」

納得した様子で頷く騎士を見て、ランバートが大きく頷き口を開いた。

「そうだ。したがって本日は川沿いを徹底的に調査する。それで成果が挙げられなかった場合は、また別の場所の調査だ。ここまでアント系の魔物が大量発生している原因は必ず何かあるので、突き止められるまでは調査を終えることはない。そのつもりでいるように」

「はっ」

「かしこまりました」

そこで三班の話し合いは終わりとなり、さっそく森に入ることとなった。騎士ではない光魔法使いとマルティナを隊列の中心に置き、周囲を騎士で囲む。

森からは今でも断続的に魔物が溢《あふ》れ出してくるので、マルティナたちはまず川から少し離れた場所で森に入った。川沿いには魔物がひしめき合っているという予想からの対策だ。

「このまま川と並行するように森を進み、しばらく中に入ったところで川沿いの様子が目視できるところまでゆっくりと近づく。普段の森よりも確実に魔物が多いので、片時も油断しないよう注意してくれ」

「はっ」

「では行くぞ」

先頭の騎士が慎重に周囲を警戒しつつ、隊列は静かに森の奥へと進んだ。森の中の様子はいつもより騒がしく、騎士たちは緊張の様子で剣に手をかけている。

森に入ってから数分後、さっそく魔物と遭遇した。近くの茂みがガサガサッと激しく揺れ、そこから飛び出してきたのは……茶色のアント系魔物だ。大きさはビッグアントよりも一回り小さい。

「……っ、団長、この魔物は街中にいなかったはずです！」

飛び出してきた魔物を剣で止めた騎士の言葉に、ランバートは咄嗟《とっさ》にマルティナに視線を向けた。マルティナは冷静に魔物をじっと観察し、すぐに答えを口にする。

「この特徴を持つ魔物は……サンドアントです！　砂漠地帯に生息している魔物で、やはり水に弱いです。歯には痺《しび》れ毒があるので気をつけてください。背中側は硬いのですが、お腹側は柔らかいので狙い目です」

その言葉を聞いた騎士はすぐに機転を利かせ、サンドアントをひっくり返した。そしてお腹に剣を突き立て、すぐにサンドアントは絶命する。

「マルティナさん、ありがとうございます」

剣を引き抜いてサンドアントが動かないことを確認した騎士は振り返り、マルティナに軽く頭を下げた。今回の遠征で騎士たちのマルティナに対する評価は、より上昇している。

「いえ、こちらこそ討伐ありがとうございます。サンドアントは森の中を歩くことに適した体の作りをしていないので、動きは遅いはずです。そこまで脅威にはならないと思います」

マルティナの説明に三班の皆は感心した様子で頷き、またランバートの合図で森の奥に向かって歩き出した。

そしてそれからは何度も魔物に遭遇しながらも、マルティナの知識と騎士たちの確かな実力で問題なく森の中を進んでいく。数十分で進む方向を変えて川に近づき、さらに十分ほど歩いたところで、先頭の騎士が立ち止まった。

「団長、川が目視できる場所まで来ました」

小声で発されたその報告を聞いて、ランバートは無言で頷きマルティナを連れて先頭に向かう。

木々の隙間から二人が見た景色は……小石が敷き詰められた広い河原にいる、百は優に超えるだろうビッグアントの群れだった。

群れの中には街中と同様に何匹か違う種類のアント系魔物もいて、ビッグアントと争いを繰り広げている。さらに川の中には透明な青色をしたアント系魔物……ウォーターアントがいるようだ。

「これは、川沿いの群れから溢れたのが街に来たって流れだな」

「そうですね……凄《すご》い数です。ただこの光景から推測するに、河原に瘴気溜まりがある可能性が高くなりました。そこは良かったです」

「そうだな。河原にこれだけいて森の中にはそこまで多くないとなると、川のすぐ近くにある可能性が高いだろう」

そこまで話をしたところで二人は森の中にそっと戻ると、待機していた三班の皆に今後の動きを伝えた。

「もう少し上流に向かう。この場では下流に向かっている魔物が比較的多いため、万が一瘴気溜まりがあるとすればもう少し上流だろう」

「かしこまりました」

それから三班は魔物に気づかれぬよう最大限の注意を払って、川沿いの森の中を上流に向かって進んでいった。定期的に川の様子を目視して、瘴気溜まりなど何かしら不自然なものがないかを確認していく。

最初に川の様子を確認した場所から一時間ほど歩いたところで川の様子を見ると……明らかに、今までの魔物の動きとは違う動きが散見された。

多くの魔物が、上流へと向かっているのだ。

「通り過ぎたようだな」

「そうですね。少し戻りましょう」

ランバートの声にマルティナが頷き、今度は見逃さないようにと、三班の全員で川の様子を確認しながら下流に向かって進む。

そしてさらに五分。皆の瞳《ひとみ》には……巨大な瘴気溜まりが映っていた。

瘴気溜まりは地面に接している部分から球状に広がっていて、前回が人の背丈ほどの球体だったのに対し、今回はその約二倍だ。

前回の瘴気溜まりを見たことがある面々なので、今回の瘴気溜まりの異常さが分かり、誰もが呆《ぼう》然《ぜん》と目の前の光景を見つめることしかできない。

（瘴気溜まりがあることは予想してたけど、まさかこんなに大きいなんて。瘴気溜まりって、どこまで膨張するんだろう。本に書いてあったかな……）

マルティナが必死に脳内の知識を探っていると、光属性の騎士が口を開いた。

「こ、これは……消滅は、無理です」

するとその言葉に続き、次々と光属性の魔法使いが同意を示す。

「絶対に無理です」

「前回のだって、十人でギリギリだったのに……」

「今回は八人しかいません」

それらの言葉が宙に消えていくと、辺りを沈黙が包み込んだ。もしかしたら可能性があるかもなんて、楽観的なことは誰も言えなかったのだ。

しかしここで諦《あきら》めると、瘴気溜まりはより大きくなってしまう。

「――とりあえず、魔物の排出速度を測りましょう。それによってここから増える魔物の数は予測ができます」

「……そうだな」

マルティナの提案で、まだ頭は混乱しているがやるべきことができた皆は、現実逃避をするように精力的に働いた。それによってすぐに魔物の排出速度や種類に関する調査結果が出来上がり、あとは消滅を残すのみだ。

「前回の瘴気溜まりより排出速度が速く、一度に複数の魔物が排出されることから、こちらの方がより上位の瘴気溜まりである可能性が高いですね。――このまま消滅を諦め戻るか、僅《わず》かな可能性にかけて消滅を試してみるか、どちらにしますか?」

最終決定は班長であるランバートに託すということでマルティナが問いかけると、ランバートはしばらく悩んでから消滅を試みることを選んだ。

「もしかしたら、瘴気溜まりの成長度と消滅に必要な魔力量に相関がないかもしれない。その可能性をここで確認しておきたい。しかし……魔力切れまで魔力を注いでしまうと帰れなくなってしまうので、余力を残したところで各々やめて欲しい。そこまでの光属性の魔力で瘴気溜まりがどう変化するのか、また消滅を途中でやめた時にはどうなるのか、その辺りも検証したい」

ランバートのその言葉に反対する者はいなく、皆はまず瘴気溜まりの周囲にいる魔物を倒すことになった。

「皆さん、川の中にいるのはウォーターアントです。水中では脅威になりますが、陸に上がれば弱いので今は放っておいてください」

マルティナのその言葉に、騎士たちは戦闘準備をしつつ真剣な表情で頷《うなず》く。

「分かりました。とにかく大量にいるビッグアントを瘴気溜まりから遠ざけないとですね。団長、全部倒すのは無理がありますから、また薬草を使いますか？」

「ああ、そうしよう。それから瘴気溜まりの周囲だけ魔物を討伐したら、さっそく消滅を試みることにする。皆は周囲でビッグアントを牽制《けんせい》する班と、瘴気溜まりの近くで新たに出現した魔物を倒す班に分かれてくれ。班分けは……」

それから数分で素早く準備を終えた騎士たちは、数人をマルティナたちの護衛に残して森の中から河原に姿を現した。薬草の効果で一斉に群がられることはないが、近くにいる魔物は縄張りに入ってきた騎士たちを排除しようと怒りを露《あらわ》にする。

「とにかく効率的に、瘴気溜まりの近くにいる魔物からだ」

「おうっ！」

「お前はそっちを頼む」

コミュニケーションを取りながら次々と魔物を倒していく騎士たちは、さすが実力者だ。

騎士たちが魔物の討伐を始めてからものの数分で瘴気溜《しょうきだ》まりの周辺には魔物がいなくなり、ランバートはマルティナと光属性の魔法使いを連れて瘴気溜まりに向かった。

「ではさっそく消滅を試みよう。皆は準備ができているか？」

「はい。いつでもいけます」

「私も大丈夫です」

光属性の魔法使いは前回と同じように瘴気溜まりを囲うよう配置につき、準備は完了だ。光属性の魔力がキラキラと輝きながら瘴気溜まりの中に流れ込み、段々と瘴気溜まりが縮小していく。

「マルティナ、縮小の速度はどうだ？」

「……前回より少し遅いです」

「ということは、やはり人数の減少により魔力量が減ったからか」

瘴気溜まりの縮小速度が前回より速くなければ消滅の可能性は限りなく低くなるので、ランバートとマルティナは厳しい表情で瘴気溜まりを見つめた。

「瘴気溜まりは全て同じ性質を持ち、大きさと消滅に必要な魔力量には相関があると考えた方がいいのでしょうか」

「そうだな……その可能性が高そうだ」

二人がそんな会話をしていると一人が魔力放出をやめ、また一人がやめ、瘴気溜まりが三分の一ほど縮小したところで全員が瘴気溜まりから手を離した。

「ダメですね」

「やはり瘴気溜まりが大きいほど、必要な魔力量は増えるようだな。しかしこの大きさが保たれるのであれば、また皆の魔力が回復したところで……っ」

ランバートがその言葉を発した直後、瘴気溜まりがブワッと一気に膨張した。その大きさは、光属性の魔力を流し込む前と全く同じだ。

圧倒的な力を目の前にして、その場にいた全員はしばらく呆然と瘴気溜まりを見上げることしかできない。

「一気に消滅させなければ、ダメということか」

沈黙を破るように呟《つぶや》かれたランバートの言葉に、マルティナが厳しい表情のまま頷いた。

「そのようですね……悪い知らせとなりますが、それが分かっただけでも良かったと思いましょう」

（一気に消滅させないとダメとなると、光魔法での消滅には限度がある。やっぱり聖女召喚に希望を託すしか……でも、今まで読んできた数多《あまた》の歴史書に、聖女召喚の魔法陣に関する詳しい記述はなかった。こんな状況から、希望はあるのかな）

マルティナの思考が暗い方向に向かったところで、ランバートが声を張った。

「では皆、撤退する！　森の中に集まってくれ」

「はっ！」

「かしこまりました」

それから三班は森の中を足早に進み、暗くなる前には皆が避難する街まで戻ることができた。

三班の調査結果はすぐ他の騎士にも伝えられ……皆はこれからの国の行く末を案じながら、長い夜を過ごした。

◇◇◇

森の調査から一夜明けた今日。救援に来た騎士たちの大半を魔物討伐のために残し、少数が王都への報告のため帰還することになった。

これからカドゥール伯爵領では騎士団と伯爵家の私兵団が協力して、魔物への対処をしていくのだが、そこに必要なのは特別な知識などより武力なので、マルティナ、ロラン、シルヴァンは帰還組だ。さらにランバートも此度《こたび》の出来事を王宮へ報告するため、ここで帰還する。現地に指揮官として残るのは、第二騎士団の団長であるエスコフィエだ。

また光属性の魔法使いも王都での勤めがあるということで、騎士である二名を怪我《けが》人の治癒に残して、他六名は王都に戻ることとなった。その他に帰還組となったのは、マルティナたちと光属性の魔法使いが乗る馬を操る役目の騎士たちだ。

「帰りはそこまで急がないので、全部で四日の行程を組んだ。行きよりは少し楽に移動できると思うので、頑張って欲しい」

ランバートが帰還する皆を見回して発した言葉に、憂鬱《ゆううつ》な表情なのはマルティナ、ロラン、シルヴァン、そして光属性の魔法使いたちだ。

（馬車で帰りたいけど……さすがにそんなわがままは言えないよね）

馬車での帰還となれば倍以上の日数が掛かり、その手配に掛かる手間や追加費用を考えると、馬に乗るのが辛《つら》いからという理由だけで提案できるものではない。

マルティナが喉《のど》まで出かかった要望を呑《の》み込み頷いたところで、ランバートが宣言した。

「では馬に乗るように。出立だ！」

「はっ！」

騎士たちがひらりと身軽に馬に跨《また》がる中で、マルティナはランバートの手を借りて騎乗し、覚悟を決めて鞍《くら》を掴《つか》む。

「マルティナ、行けるか？」

「……はいっ」

マルティナの答えを聞いたランバートは頷いてから手綱を握り、さっそく馬を前進させるための合図をした。

◇　◇　◇

それからの四日間は、確かに行きの三日間より楽な行程となっていた。しかしマルティナたち馬に乗り慣れない者にとって辛いことは変わらず、四日目などは誰もが気力だけで馬に乗り王都へ到着した。

隊列は王都の大通りを進み、王宮に繋《つな》がる門を通って中庭で足を止める。現在は空が茜色《あかねいろ》に染まる夕方で、帰還した皆を迎えたのは王宮に残っていた騎士団の面々と、数人の官吏だ。

「マルティナ、着いたぞ」

「やっとですね……」

ランバートに声を掛けられたマルティナは、疲労が色濃く顔に出ていて、誰が見ても心配の声を掛けるような有様だった。

しかしマルティナは馬が完全に止まって地面に降りてからも、なんとか座り込まずに耐える。行きは降りた瞬間に倒れ込んだことを考えると、やはり四日間の行程にした効果はあったのだろう。

「マルティナ、なんとか無事か……」

「もう私は馬には乗りたくない……」

マルティナのそばに、同じく疲労困憊《こんぱい》したロランとシルヴァンがやってきた。

「はい。大丈夫……だと思います。ちょっと体に力が入らないですが」

「それは大丈夫だ。俺もだからな」

「私もなぜか手が震えていて、力が入らん」

「今日はもう休みましょう。ランバート様、本日はこれで解散となりますか？」

疲れを見せない様子で馬の世話をしていたランバートにマルティナが問いかけると、ランバートはすぐに頷いて苦笑を浮かべた。

「ああ、今日はもう解散だ。皆はすぐにでも休んだ方がいいな。今にも倒れそうだ」

「やはりそう見えますか？　寮に戻ったらすぐ寝ることにします。……あっ、今回の報告は私が同行する必要はないでしょうか。特に私の知識によって判明した新事実などは、なかったように思うのですが……」

「そうだな。今回は私だけで軍務大臣に報告をする。それによって今後の動きが決まり、また政務部にも通達がいくだろう」

「分かりました。ではその時のために体力を万全に回復させておきます」

マルティナたちは消滅に失敗した瘴気溜まりの存在を思い出し、王都に到着したことで緩んでいた頬をまた引き締めた。


それからランバートと別れた三人は官吏の独身寮を目指し、共に重い足を動かしていた。王宮の広さを今ばかりは恨めしく思っているのか、三人の視線は長い廊下の先を睨《にら》んでいる。

「そういえばロランさん、明日って仕事はあるのでしょうか」

マルティナが何気なく発したその言葉に、ロランは嫌そうな表情を浮かべながらすぐ首を横に振った。

「そんな辛い想像をさせないでくれ……明日から数日は、遠征の振り替えで休みになるはずだ」

「そうなのですね。それは良かったです」

「……だが領地でのことを、報告はしなければいけないのではないか」

シルヴァンが発したその言葉に、ロランは確かにと小さく頷いた。

「……面倒だが報告だけはすぐにするか。たださすがに今日は無理だから明日だな。午後にでも報告書をまとめて皆で出しに行こう」

「分かりました。では明日は……昼前には起きますね」

「ああ、俺も昼までは寝てる」

「私は……しっかりと朝七時には起きて紅茶を飲み、毎朝の日課であるストレッチと読書をする。貴族たるもの、どんなに疲れていてもこれぐらいは当たり前だ」

少しだけ躊躇《ためら》いながら発せられたシルヴァンの言葉を聞いて、マルティナとロランはパチクリと瞳《ひとみ》を瞬《しばた》かせながら顔を見合わせた。

そしてロランがニヤリと笑い、シルヴァンの肩に腕を乗せる。

「……昼まで寝てる休日は最高だぞ？」

「二度寝も幸せですよ？」

「私は、そのような下賤《げせん》な行いはしない！」

頑なに突っぱねたシルヴァンに、ロランは表情を真剣なものに変えた。

「無理に朝起きて、体調を崩したら大変だからな？」

「そうですよ。ちゃんと寝ないと疲れが取れませんよ？」

マルティナも心配そうな表情でそう伝えると、二人の言葉にシルヴァンは眉間《みけん》に皺《しわ》を寄せて考え込み、しばらくすると小さな声でポツリと呟いた。

「……明日だけは、日課を行わないことにしよう」

その言葉を聞いてマルティナとロランが頬を緩めると、シルヴァンは途端に恥ずかしくなったのかロランの腕を撥《は》ね除《の》けた。

「お前たち、馴《な》れ馴れしいぞ！」

「はいはい、そうだな」

「シルヴァンさんは近い距離感に慣れてないんですよね」

強い口調で叫んだシルヴァンに全く怯《ひる》まない二人は、笑顔のままシルヴァンの隣を歩いた。

それから三人がなんだかんだ仲良く寮に入ると、そこにはちょうどナディアがいた。ナディアは三人の様子を見て瞳を見開き、少しだけ悔しげな表情でマルティナの手を握る。

「なぜそんなにもシルヴァンと仲良くなっているの？　シルヴァン、あなたは平民がこの場にいるのが嫌だったのではなくて？」

「ナディア……怒ってる？」

「別に怒ってはいないけれど、マルティナの一番の親友はわたくしよ！」

シルヴァンに対して発せられたナディアのその言葉を聞いて、ロランがガクッと体を傾かせた。

「なんだよ、そっちかよ」

「……他に何があるって言うのよ？」

「いや、普通に考えたらナディアがシルヴァンのことを密《ひそ》かに狙ってて……いや、それはないか」

今までの言動からあり得ないと自分の中で結論がついたのか、ロランはすぐに発言を撤回した。

するとナディアはすぐに頷《うなず》いてみせる。

「ええ、それだけはあり得ないわ。わたくし、身分で人のことを決めつけるような方は好きではないの」

「……悪かったな」

ナディアの言葉にシルヴァンが小さな声で謝罪を述べ、それが辛《かろ》うじて聞こえたナディアは驚きというよりも、訝《いぶか》しげな視線を向けた。

「……偽者かしら？」

「ずっと一緒にいたから確実に本物だよ」

「そうよね……」

「まあ、今回の遠征で色々あったんだ。後でマルティナから聞いてくれ。それよりも俺たちは疲れたから寝る」

ロランのその言葉でとりあえず納得したナディアは、何かを思い出したような表情で口を開いた。

「そういえばわたくし、皆さんが到着したことを聞いて、食事の準備を頼むためにここにいたんだったわ。そろそろ出来上がると思うから、食べてから寝た方が良いのではないかしら。その方が回復するわよ」

「本当？　ナディアありがとう。実はお腹空《なかす》いてたんだよね」

「それはありがたいな」

「……感謝する」

そうして三人はできたての食事をとり、汗を流して早々に眠りについた。

◇　◇　◇

マルティナたちが王宮に帰還した翌日の午後。ランバートは軍務大臣の執務室――ではなく、謁見室にいた。報告を直接国王が聞きたいということで、急遽《きゆうきよ》場所が謁見室に変更となったのだ。

伯爵家に生まれ、騎士団長として国の上層部と関わることにも慣れているランバートだが、さすがに謁見室にはあまり入る機会がないため、少し緊張している様子だ。

「急な変更、すまなかったな」

「いいえ、問題ございません。陛下のご尊顔を拝する栄誉を賜り、恐悦至極にございます」

「そのように固くならなくとも良い。今回は謁見室とはいえ、私と軍務大臣しかいないのだ」

「かしこまりました」

ランバートが頭を下げて少しだけ体の力を抜くと、国王は真剣な表情で口を開いた。

「では、此度の遠征の報告を頼みたい」

「はっ。まず今回の魔物の大量発生ですが……原因は瘴気溜《しようきだ》まりと特定することができました」

「やはりそうか……光属性の魔法使いが八名向かったと思うが、消滅は試したのだろうか」

陛下のその質問にランバートはすぐに頷き、一度小さな深呼吸を挟んでから厳しい現状を伝えた。

「瘴気溜まりの大きさは前回の倍ほどのもので、消滅を試みたものの失敗に終わりました。さらに魔力を注いでいる間は縮小していた瘴気溜まりですが……魔力の放出を全員がやめた数秒後に、元の大きさに戻ってしまいました。したがって、あの瘴気溜まりを消滅させるには前回の倍の二十名……いや、現在も膨張していることを考えると、それ以上の人数が必要かもしれません」

そこまで一気に報告したランバートは口を閉じ、陛下と軍務大臣の様子を窺《うかが》う。すると二人の表情は、厳しく暗いものだった。

「光魔法使いを二十名以上……それは、ほぼ不可能に近いな」

「……そうですね。光属性の者へ招集に応じない場合の罰則などをつけて集めることはできるかもしれませんが、そんなことをすれば瘴気溜まりを消滅できても国が荒れます。さらには将来的に、光属性の者が自らの属性を隠すようになる可能性もあるでしょう」

「招集に応じてくれた場合の報酬を増やすのもありだが、それでも危険な場所に赴くことを了承してくれる者は少ないか……」

「そうですね……そもそも光属性であれば、いくらでも稼ぐことができますから」

そこで二人の話は途切れ、謁見室の中には沈黙が流れた。それを破ったのは国王だ。

「第一騎士団長、瘴気溜まりから生まれる魔物に対処はできているのか？」

「はい。前回のように出現次第、討伐しており、すでに周辺へ散ってしまった魔物も、現在騎士団と伯爵家の私兵団が討伐に回っております」

「そうか――分かった。では現在のまだ猶予があるうちに、我が国は聖女召喚の復活を目指すことにする」

陛下のその言葉に、軍務大臣は納得の表情で頷いたが、ランバートは驚きに瞳を見開いた。

「……以前にマルティナが言っているのを聞いたことがありますが、本当にそんなことができるのでしょうか」

「分からん。何も分からんが、もう僅《わず》かな望みに懸《か》けるしかあるまい。……瘴気溜まりがこれからも各地で見つかる可能性がある以上、今のままではいずれ国が魔物に呑《の》み込まれる」

低い声で発された陛下のその言葉に、軍務大臣とランバートは何も言葉にできなかった。安易な慰めなど意味がないことを理解していて、しかし有効的な打開策など思いつかないのだ。

「聖女召喚に関して調べ、魔法陣を復活させる計画を始動しよう。メンバーは……まずマルティナは絶対だな。それから書物を多く調べることになるはずだ。司書として働くソフィアンと歴史研究家のラフォレも入れよう。他には誰が適任だ？」

「陛下、様々な調整役に政務部の官吏を数人入れるべきかと思います」

「そうか。ではマルティナと近しい者を選んでくれ。その方がやりやすいだろう。……それから騎士団も必要だな。第一騎士団長はどうだ？」

陛下のその言葉に、ランバートは姿勢を正して「はっ」と頭を下げる。

「任命していただけるのであれば、全力で職務にあたります」

「ではよろしく頼む。様々な場面で騎士団の力が必要になるだろう。瘴気溜まりの経過観察なども頼んだぞ」

「かしこまりました」

それからも三人は計画の内容やメンバー選びを詰めていき、ランバートは謁見室に入って約二時間後に部屋を辞した。

部屋から出たランバートの瞳には、決意がこもった強い光が満ちていた。

# 第六章　マルティナの休日

王都に帰還した二日後の午前中。仕事が休みのマルティナは、朝からスキップをしそうなほどに軽い足取りでどこかに向かっていた。

行き先は――もちろん王宮図書館だ。

カドゥール伯爵領への出張中はもちろん図書館には行けなかったし、それどころか各種資料を読む暇さえほとんどない状況だったので、マルティナには禁断症状が出始めている。

（国が大変な時に呑気《のんき》に図書館に行ってていいのかって少しだけ思うけど……今日は休日だし、休みは大切だよね。疲労回復には読書が一番！）

そんなことを考えながら図書館の扉を開けて中に入ると、マルティナは大きく深呼吸をして、図書館独特の香りを胸いっぱいに吸い込んだ。

「はぁ、落ち着く」

満面の笑みでそう呟《つぶや》いたマルティナの下に、優しい笑みを浮かべたソフィアンが近づいた。

「マルティナさん、お久しぶりですね」

「ソフィアンさん、お久しぶりです……！　ソフィアンさんの顔を見ると、図書館に帰ってきたという感じがしますね」

豪奢《ごうしゃ》な金髪を緩く肩に流し、誰もが思わず見惚《みと》れるほどの笑顔を見せているソフィアンだが、マルティナはソフィアンの容姿には全く目を留めず、ソフィアンを通して王宮図書館を見ていた。

「ふふっ、とても瞳が輝いていますよ」

「ずっと図書館に来ることができなくて、禁断症状が出そうだったんです……今日は一日中、本を読めるので嬉《うれ》しくて！」

マルティナが興奮を隠しきれない様子で図書館への愛を語ると、ソフィアンは嬉しそうな笑みを浮かべてマルティナをいつもの席に案内した。

「本日は読まれる本を決めていますか？」

「いえ、これから選ぼうかと思っていました」

「では私のおすすめなど、いかがでしょうか？」

そう言ったソフィアンは、柔らかい笑顔を少し真面目なものに変えていた。そのことにマルティナは不思議に思うも、ソフィアンのおすすめ本の魅力に違和感は押し流され、いつも通りの笑顔で頷く。

「ぜひ！　ソフィアンさんのおすすめに外れはないです」

「ありがとうございます」

ソフィアンが指をくるっと動かすと、一冊の本がカウンターの中から飛んできた。その様子に最初の頃は驚いていたマルティナだったが、今ではもう飛んでくる本の中身にしか意識は向いていない。

「こちらをどうぞ。今回は昔の物語です」

「物語……大好きです。おすすめをありがとうございます」

「いえ、司書なので当然ですよ。ではゆっくりと楽しまれてください」

それからマルティナは、物語の世界に入り込んだ。

ソフィアンが選んだ物語は、リアルな歴史描写とフィクションを上手《うま》く融合したような作りになっていて、楽しめるし学びにもなるというものだ。

舞台は多くの国が領土を巡って争っていた、戦乱の世。主人公はとある小さな国に生まれた、国主の息子だった。しかしその男は生まれつき体が弱く、家族にも家臣にも疎まれていた。そして次第にこの世を呪い、呪術に手を出した男は悪魔と契約して強い力を得た。

その力は魔物を生み出せるというもので、男が呪文を唱えて地面に手を突くと、そこには漆黒のモヤが現れ、そこから魔物が何年も生まれ続けたという。

男はその力を使い、周辺国を次々と滅亡に追い込んだ。そして一時の栄華を得たが……すぐに男の国も魔物に蹂躙《じゅうりん》され、男も魔物に食い殺されてしまう。

そして最後には、人類が魔物によって滅亡してしまった。そんな悲惨な終わりとなる物語だ。

「これって……」

その物語を最後まで読み終えたマルティナは、眉間《みけん》に皺《しわ》を寄せた厳しい表情でじっと本の表紙を見つめた。しかしそこにはタイトル以外の情報は載っていない。

「ソフィアンさん、この本をなぜすすめたのですか？」

近くで本の整理をしていたソフィアンにマルティナが声を掛けると、ソフィアンは本を置いて立ち上がり、マルティナが座るテーブルに近寄った。

「――実は瘴気溜まりのことを耳にする機会がありまして、たまたまその本の存在を思い出したのです。もしかしたらその本は、瘴気溜まりのことを示しているのではないかと」

ソフィアンは真剣な表情を浮かべ、マルティナに真っ直ぐな視線を向けた。いつもの優しい表情との違いにマルティナは少し緊張し、ごくりと喉《のど》を鳴らす。

「私も、そう思いました。この本には作者名が記されていませんが、明らかに瘴気溜まりや悪魔など、歴史に詳しい人物が書いたものだと思います。もしかしたら、この本はただの物語ではなく、過去の歴史研究家が多くの方法で後世に情報が残るようにと、正確な情報を盛り込み書かれたものかもしれません」

物語の中では人々がなんとか黒いモヤを消し去ろうと、そして男が悪魔との契約を解こうと奮闘する場面があるのだが、マルティナはその部分を、瘴気溜まりの消滅に置き換えられると考えた。

「特に気になるのは男が最後に調べていた、悪魔との契約を解除する解除者についてです。解除者はこの世に存在せず、異境から呼び寄せなければならないと結論づけられていました。さらに呼び寄せる方法は、召喚陣を描くこと。私は解除者が聖女で、召喚陣とは聖女召喚の魔法陣であると思いました。召喚陣は完成半ばで男が命を落として未完のままでしたが……前向きに捉《とら》えれば、半分は完成していたということです。これを参考にして他の文献からも情報を集め――」

マルティナは考えを整理するかのように、自分の世界に入り込んで意見を口にしていたが、ハッ

と目の前にいるソフィアンに気づいて俯《うつむ》けていた顔を上げた。

「すみません。訳が分からない話をしてしまい……」

「いいえ、構いませんよ。それに聖女召喚については少し聞いております」

その言葉に、マルティナは瞳《ひとみ》を見開き驚きを露《あらわ》にした。

「……ソフィアンさんは、情報通なのですね」

「ふふっ、そうなんですよ。図書館には様々な方が来られますから」

「確かにそうですよね」

「はい。ですから消滅が叶《かな》わなかった瘴気溜《しょうきだ》まりについても聞いておりまして、私も少しでもお役に立てれば良いのですが」

「この本のことを思い出してくださっただけで、とても貢献していると思います。光属性でどうにもならない以上、聖女召喚は大きな可能性の一つですから」

そう言ってまた難しい表情で考え込んだマルティナに、ソフィアンはいつもの優しい笑みに表情を戻すと、マルティナの目の前に置かれたままになっていた物語を風魔法を用いてカウンターに戻した。

「あっ……」

突然本が飛んだことに驚いて顔を上げたマルティナに、ソフィアンが笑顔で声を掛ける。

「マルティナさん、せっかくの休日にこのような本をおすすめしてしまい申し訳ございません。難しいことはまた後ほど考えるとして、もしよろしければ私と共に昼食などいかがでしょうか」

その提案に時計を確認したマルティナは、思っていたよりも時間が経過していたことに驚いた。

（もうお昼なんだ。休日だと気が抜けて、ついお昼ご飯を食べ損ねちゃうんだよね。誘ってもらえて良かった）

「ぜひ、ご一緒させてください」

「ありがとうございます。では他の司書に声を掛けて参りますので、少々お待ちください」

「分かりました」

それからソフィアンは数分で昼休憩に入る準備をし、マルティナと共に王宮図書館を出た。二人が向かうのは王宮内にある食堂だ。


「ソフィアンさんは、お好きな食べ物はありますか？」

食堂までの道中の話題にマルティナがそんな問いかけをすると、ソフィアンは顎《あご》にほっそりとした指を当てて少し考え込み、悩みながらも口を開いた。

「そうですね……私はサラダが好きです。特に果物が入ったものでしょうか。さっぱりとした水気が多い果物にチーズとたくさんの野菜を混ぜ、塩とオイルでシンプルな味付けに仕上げられたものが——って、マルティナさんはサラダがお好きではありませんか？」

ソフィアンは話の途中でマルティナの微妙な表情に気づいたようで、苦笑しつつ問いかけた。するとマルティナは、焦って両手を横に振る。

「い、いえ！　そんなことは……ただ、その、お肉やお魚の方が好みではあります」

「ふふっ、そうですよね。マルティナさんはまだお若いのですから当然です」

「お若いって……ソフィアンさんもまだまだお若いですよね？」

マルティナの純粋なその言葉に、ソフィアンは嬉しそうに口元を緩めて微笑《ほほえ》んだ。

「ありがとうございます。しかしマルティナさんより十は上ですから、そろそろ若者とも言えなくなってきました。最近は重いものよりもサラダが美味《おい》しく感じるんです」

「そうなのですね……では野菜が美味しい季節だと嬉しいですね」

「はい、それから果物も。マルティナさんは、どのような料理がお好きなのですか？」

今度はソフィアンがマルティナに同じ質問を返し、マルティナはそういえばこの前ロランとシルヴァンとも同じ会話をしたなと思い出しつつ、前回と同じ答えを口にした。

「私は煮込み料理が好きなんです。お肉がほろほろと崩れるぐらいまで煮込まれた、味が濃いめのソースのものが。パンと一緒にいくらでも食べられてしまいます」

「煮込みですか、確かに分かります。あれはお肉なのにあまり重さを感じず、たくさん食べられますよね」

「そうなんです。気づいたら食べすぎてしまいます」

「料理人が聞いたら喜びますね。煮込みは手間が掛かるみたいですから」

そこまで会話をしたところで二人は食堂の入り口に到着し、開け放たれた扉を通って並んで中に入った。

王宮内の食堂は自分でトレーを持ち、食べたい料理が盛られた皿を取っていくスタイルで、二人は共に料理が並べられたカウンターに向かう。

その様子を食堂内にいた官吏や騎士が驚愕《きょうがく》の表情で見つめていたが、料理に夢中のマルティナは気づいていなかった。

「ソフィアンさん、今日のサラダの一つは、さっき仰《おっしゃ》っていたものと似ていませんか？」

「本当ですね。今日は幸運です。マルティナさんも私のおすすめサラダを食べてみますか？」

「うぅ……食べて、みます」

「では一番美味しそうなものを取りますね」

ソフィアンがたくさん並べられた皿の中からサラダを吟味し、マルティナのトレーに一つ置く。

「ありがとうございます。では次にメイン料理ですね」

嬉しそうなマルティナの声で二人は少し場所をずれ、三種類の料理が並べられた場所に向かった。本日のメインディッシュは魚の香草焼き、鶏肉のステーキ、牛肉の煮込みだ。

「私は煮込みにします……！」

「そうだと思いました。私は魚にいたしましょう。香草焼きも好きなんです」

「香り高くて美味しいですよね」

それからスープや飲み物とさらにいくつかの料理を選び、二人は空いている席に向かった。長テーブルの端が向かい合わせで空いていたので、そこに腰掛ける。

（……あれ？）

ふと周囲の視線が集まっていることに気づき、マルティナは首を傾《かし》げた。

「……ソフィアンさん、何だか見られていませんか？」

「そうでしょうか。気にしなくて良いと思いますよ」

「そうですか……」

そう言われてしまえばマルティナもそれを受け入れるしかなく、とりあえず今は目の前の美味しそうな料理に集中することにした。

まずはサラダからということで、フォークでチーズと野菜を共に刺して口に運ぶ。

「……んっ、美味しいです」

「それは良かったです。チーズが入るとコクが出て、サラダの味気なさはなくなると思いませんか？」

「はい。何で今まで食べなかったんだろうと思っています。果物はサラダに入れても合うのですね」

「そうなんです。これからはぜひ、サラダも食べてみてください」

「そうします」

サラダを食べ終えたら次は煮込み料理で、マルティナはスプーンでゴロッとした大きなお肉を掬《すく》って口に運んだ。ジュワッと溢《あふ》れ出す肉汁と絡み合うソースに、意図せず頬が緩む。

「美味しいです！」

「ふふっ、マルティナさんは美味しそうに食べますね。見ているだけで幸せになれます」

「……そ、そう言われると、少し恥ずかしいですね」

照れて赤くなった両頰を手で押さえたマルティナに、ソフィアンは自分のメインディッシュである魚の香草焼きをフォークに刺して、マルティナの目の前に運んだ。

「こちらも食べてみませんか？　とても美味しいですよ」

「いいのですか？」

「もちろんです。美味しいものは分け合う方が楽しいですから」

「では……」

ソフィアンはマルティナがフォークを受け取る想定でいたが、マルティナは少しだけ身を乗り出し、ソフィアンが持つフォークから直接魚の香草焼きを口に入れた。

最初は予想外の出来事に瞳を見開いていたソフィアンだが、もぐもぐと幸せそうなマルティナを見て頬を緩める。

「こちらも美味しいです」

「それは良かったです。ここの料理人は腕が良いですね」

「はい。それはずっと思っています。官吏の独身寮の方もとても美味しくて、さすが王宮だと……そういえば、ソフィアンさんは独身寮に住んでいますか？　お見かけしたことがないような……」

マルティナがそんな疑問に首を傾げたその瞬間、マルティナは後ろから腕を掴《つか》まれ、椅子から無理やり立ち上がらせられた。

「……っ」

驚いたマルティナが咄嗟《とっさ》に振り返ると、そこにいたのはロランだ。

「マルティナ、何をしてるんだっ」

「……え？」

マルティナはロランが何をそんなに慌てているのか分からず、首を傾げるしかできない。

「第二王子殿下とカトラリーを共有するなど……！」

ロランのその言葉がマルティナの耳に届いた瞬間、マルティナはピシッと固まった。

「……でん、か？」

辛《かろ》うじてそんな呟《つぶや》きを溢したマルティナの表情を見て、ロランは瞳を見開き、大きな驚きを露にする。

「もしかして……お前、ソフィアン様が第二王子殿下だと知らなかったのか？」

「知らない、です。え、殿下って、私が知ってる殿下ですか？　陛下のご子息の……」

「そうだ」

ロランがすぐに頷《うなず》いたのを見て、マルティナはさーっと顔を青くした。

（お、王子殿下って、私これまで何やったっけ!?）

本を探してもらったり、閉館時間を見ていなくて迷惑をかけたり、本の片付けを頼んだり、さらに今日は共に昼食をとり、カトラリーの共有をしたり……そこまで考えたマルティナは遠くなりそうな気を何とか保ち、まずは何よりもソフィアンに向き直った。

そしていつも通りの笑みを浮かべているソフィアンに向けて、ガバッと勢いよく頭を下げる。

「た、大変申し訳ございませんでした！　私、色々と失礼なことを。官吏の先輩だと思い込んでいて……！」

「マルティナさん、顔を上げてください。謝罪は必要ありませんよ」

柔らかい声音でソフィアンにそう告げられ、マルティナは恐る恐る顔を上げた。

「マルティナさんが第二王子の顔を知らなそうだと思い、あえて教えなかったのは私ですから。この王宮に私のことを知らない人は少なく、少し悪戯《いたずら》心が湧いてしまいました」

そう言って穏やかな笑顔ではなく無邪気で楽しげな笑みを浮かべたソフィアンに、マルティナは安堵《あんど》して少しだけ体から力を抜いたが、まだ眉《まゆ》は下げたまま口を開いた。

「――殿下が少しでも楽しめたのでしたら、良かったです。たくさんの視線が私たちに集まっていたのは、そういう理由だったのですね……」

「そうですね。私は普段この食堂を使うことはありませんので、新鮮だったのでしょう」

ソフィアンが周囲に視線を巡らせると、マルティナたちの様子を窺《うかが》っていた者たちは、ガタッと一斉に立ち上がった。

この国では貴族と平民の距離が縮まっているとはいえ、やはり王族は特別だ。

「皆、騒がせて悪かったね。こちらのことは気にせず食事に集中してくれ。せっかくの美味しい料理が、冷めてしまったらもったいない」

「か、かしこまりましたっ」

「はいっ」

皆が食事を再開したのを見届けてからマルティナに視線を戻したソフィアンに、ロランが恐る恐る口を開いた。

「あの、第二王子殿下……私がマルティナに殿下の身分を伝える結果となってしまい、大変申し訳ございませんでした」

身分を知らないマルティナとの交流を楽しんでいた殿下に対し、余計なことをしてしまったとロランは後悔している様子だ。

しかしソフィアンはロランを責めることなく、笑顔で首を横に振った。

「気にしなくて良い。そろそろ伝え時だと思っていたんだ。だからこそ皆がいるこの食堂に来た」

「そうだったのですね。それならば良かったです……」

「君はマルティナの上司かい？」

「はい。政務部で官吏を務めております、ロランと申します」

「ロランか。では君もそこに座ると良い。トレーをこちらに持ってきて、共に昼食を食べよう」

「……あ、ありがとう、ございます」

第二王子と一緒に食事をすることになり、ロランは一気に顔を緊張に染めながらも、自分が座っていた席からトレーを運んできた。すると偶然にもロランの近くで食事をしていたナディアにソフィアンが気づき、笑顔で手招きをする。

「君も来ると良い。いつもマルティナと共に図書館へ来ているだろう？」

ナディアは声を掛けられ、動揺を見せることなく綺麗《きれい》な仕草で立ち上がった。

「ありがとうございます。ではご一緒させていただきます」

ロランとナディアが席に着いたら、四人で食事が再開された。最初は皆が無言でカトラリーを動かしていたが、沈黙を破ったのはマルティナだ。

「ナディアは……ソフィアン様が第二王子殿下だって、知ってたの？」

「もちろん知っていたわ」

「教えてくれたら良かったのに……」

「まさか知らないなんて思っていなかったのよ。図書館で司書として働かれている時は、暗黙の了解で殿下と呼ぶことはしないの。だからマルティナもそれに倣っているのだと……」

「そうだったんだ……」

二人のそんな会話を聞いて、ソフィアンは楽しそうな笑みを浮かべた。

「私もマルティナさんが私の身分を知らないとは、最初は思っていませんでした。しかし、もしかしたらと思う時があり、以前さりげなく第二王子の話題を出してみたら無反応でしたので、これはと確信したのです」

「そうだったのですね……それよりも殿下、なぜ私にだけ敬語を……」

マルティナが恐る恐る問いかけると、ソフィアンはそっと顎《あご》に手を当てて僅《わず》かに眉間《みけん》に皺《しわ》を寄せた。

「そういえば、なぜでしょうか。なんだかマルティナさんにはこちらで慣れてしまって」

「もしよろしければ、私にも皆さんと同じようにしていただけると……」

「そうですね……分かった、ではそうしよう。ただその代わり、マルティナは私のことをソフィアンと呼ぶように」

「……分かりました。ではソフィアン様と」

マルティナのその言葉にソフィアンは満足げに微笑《ほほえ》んで、またカトラリーを動かした。

そしてそれからは楽しく穏やかに食事は進み、驚きに満ちた昼食は終わりとなった。

# 第七章　謁見と新たな作戦開始

　ソフィアンの正体をマルティナが知ることになった日の翌日。今日もマルティナ、ロラン、シルヴァンは休日だったので、朝から三人で共に朝食をとっていた。官吏の独身寮の食堂は特に朝が混み合うので、休日である三人はいつもより少し遅い時間での食事だ。

「第二王子殿下のご尊顔を知らないなど……信じられん」

　昨日の出来事を聞いたシルヴァンが眉間に皺を寄せてそう呟くと、マルティナは肩を落とした。

（やっぱりそうだよね……）

「これればっかりは、反論はないです」

「これまで何か失礼なことはしていないだろうな？　官吏に身分は持ち込まないとはいえ、第二王子殿下と接していたのは業務時間外だろう？　それに貴族ならまだしも、王族とは……」

　マルティナを咎《とが》めるような厳しい声音で続けたシルヴァンだったが、その顔には僅かに心配の色が浮かんでいる。

（シルヴァンさん、一見厳しそうに見えるけど優しいよね。ご飯も誘ったら一緒に食べてくれてるし、変化が嬉《うれ》しいな）

「おいマルティナ、真剣に聞いているか？　大体なぜ殿下のご尊顔を知らないんだ。いくらでも拝見する機会はあっただろう？」

シルヴァンの変化に口端を緩めていたところを見咎められ、マルティナはすぐに頷いた。

「はい、もちろんちゃんと聞いてます。官吏として働く以上、王族の方々の姿絵は真っ先に見ておくべきでした。ただその……私には今まで拝見する機会がなく、王族の方々の姿絵ってどこで手に入るのでしょうか。陛下の姿絵は平民図書館にあったのですが、陛下以外の方々のものはなかったんです」

マルティナのその疑問に、シルヴァンとロランは驚きに瞳《ひとみ》を見開いた。

「もしかして、平民は王族の方々のお姿を見る機会がないのか？」

「確かに言われてみれば、俺も実家に姿絵があった以外で見たことはないな」

「はい。そしてどのようなお仕事をされているのかも、はっきりとは存じ上げなくて……」

不特定多数に顔を知られてしまうと、王族のような特権階級では命を狙われる危険性が高まるため、この国では基本的に広く顔を見せるのは国王だけと慣習で決まっているのだ。

したがって平民が国王以外の王族を知る方法は、ほぼ存在しない。

「俺たちは幼少期から王族の方々について学んで育つから、知らない人がいるという認識がなかったな……平民出身の官吏が来たら、真っ先に教えることとしてマニュアルに入れておこう」

「よろしくお願いします。とても助かります」

「マルティナは今日にでも、王宮図書館で王族の方々の姿絵を見ておけ。確か保管されていたはずだ」

「そうなのですね。すぐに見ておきます」

シルヴァンの助言にマルティナが頷き、話に一区切りがついたところで、食堂の出入り口である扉がバタンッと開かれた。マルティナが何気なくそちらに視線を向けると……入ってきたのは、少し慌てた様子のナディアだ。

「良かったわ！　ここにいなかったらどうしようかと……」

「どうしたの？」

「三人に陛下からの書状が届いたわ。本日の午後、謁見室で陛下から直接お話があるそうよ。わたくしを含めて、他にも何人かの官吏が呼ばれているの」

ナディアのその言葉を聞いて、三人は厳しい表情で顔を見合わせた。

「今回の遠征に関することだよな」

「今後の動きが決まったのかもしれませんね。官吏が多数呼ばれているということは、多くの調整業務が発生するかと」

「……とにかく、早く食べて準備だ。陛下に謁見をするとなれば、身嗜《みだしな》みを最大限に整えなければならない。マルティナ、その癖っ毛はヘアオイルなどで押さえつけておけよ」

シルヴァンに髪型を指摘されたマルティナは、手のひらで頭を押さえながら口を開く。

「ヘアオイル、持ってません……」

「お前……分かった。私のを貸してやる。しかし今回だけだぞ！　お前は何かと重要な立場にいるのだから、身嗜みを整える道具ぐらい揃《そろ》えておけ」

少し強い口調で発されたシルヴァンの言葉に、マルティィナは慌てて居住まいを正し頷《うなず》いた。しかしこの言葉はシルヴァンの優しさからだと分かっているので、少しだけ頬を緩める。

「すぐに買っておきます」

「マルティナ、今度の休日にわたくしがお店を案内するわ。マルティナだけだと粗悪品を買わされそうだもの」

「確かに……ナディアありがとう。よろしくね」

「ええ。では三人とも、準備が終わり次第、政務部に向かってちょうだい。部長が皆で一緒に行くと言っていたわ」

「分かった。知らせに来てくれてありがとな」

ナディアが三人に軽く手を振って食堂を出ていくと、三人は急いで朝食を終えて午後の準備をすることになった。まずは私服から官吏服に着替え、マントとブローチを身につける。

着替えだけすませたら、三人は食堂へと集まった。本当なら続きの準備も各自自室で行うのだが、今回はマルティナが何の道具も持っていないので、急遽《きゅうきょ》食堂で準備を行う。

「マルティナ、まずはその櫛《くし》で髪を梳《と》かせ」

シルヴァンが渡したのは、よく手入れをされて使い込まれた木製の櫛だ。オイルが染み込んでいて、これで髪を梳かすだけでも髪の質が変わる。

「ありがとうございます」

櫛を受け取ってそっと髪を梳かしたマルティナは、手触りの変わった自分の髪に驚き瞳を輝かせた。

「これ、凄《すご》いですね！」

「貴族なら男女関係なく誰でも使っているものだ」

櫛に驚いているマルティナに、シルヴァンは呆《あき》れた瞳を向ける。

「お前は優秀なくせに、思わぬことを知らないな」

「今まで読んできた本に載っている以外のことは知らないんです。それから知識としては頭にあっても、経験がないと深い理解には繋《つな》がらないものも多くあって……」

マルティナのその言葉を聞いて、ロランが納得するように何度か頷いた。そしてテーブルに並べられたいくつかの道具に視線を向ける。

「確かにこういう道具は歴史が深いものじゃないし、書物にまとめられてないものも多くあるか」

「そうなんです。私の知識で一番乏しいのは、最近の流行ですね」

「では本ばかり読むのではなく、ナディアにでも聞いて流行を学べ。あいつが一番詳しいだろう」

シルヴァンのその言葉に、マルティナは神妙な面持ちで頷いた。

「確かにそうですね。自分には関係ないと思っていましたが、今度教えてもらいます」

「そうしてくれ。……では次はこれだ。このオイルを手のひらに少し取り、髪に馴染《なじ》ませるんだ」

「分かりました」

それから三人は素早く身なりを整え、道具を片付けると政務部に向かった。そして書状を確認し、謁見に呼ばれた皆で少し早めの昼食をとったら、すぐに謁見の時間だ。

今回呼ばれた政務部官吏で集まり謁見の控え室に向かうと、そこには他にも大勢の人が集まっていた。

第一騎士団長であるランバートを始めとした、騎士が数名。さらにはラフォレを筆頭とした歴史研究家も五名ほど呼ばれている。そして第二王子であるソフィアンも、優雅にソファーへと腰掛けていた。

「ソフィアン様、ラフォレ様、ランバート様も呼ばれていたのですね」

マルティナは知り合いである三人に声を掛けながら、昨日のうちにソフィアンの身分を知ることができて良かったと、心から安堵《あんど》していた。

(陛下への謁見前に真実を知ることになってたら、動揺で絶対に謁見どころじゃなかった。昨日でも遅すぎたけど、まだ間に合った……と思いたい)

「今朝書状が届いたよ。マルティナは確実に来るだろうと思っていたけれど、官吏は数が多いね」

笑顔でそう答えてくれたソフィアンにマルティナは内心で胸を撫《な》で下《お》ろしつつ、丁寧さを心掛けて頷いた。

「はい。書状が多数届いておりました」

「詳細は書かれていませんでしたが、大規模な計画が始まるのでしょう。それならば、官吏の数が必要になります」

次に口を開いたのはラフォレだ。そしてその言葉に同意するよう、ランバートも頷いた。

「騎士はここに呼ばれた者は数名ですが、多くの騎士への協力を願いたいと書状にお言葉がありました」

「そうなんだ。陛下は何を話されるのか……このタイミングと集められたメンバーから、瘴気溜《しょうきだ》まりに関することだろうけれど」

「それは確実でしょう。そしてほぼ間違いなく、聖女召喚の魔法陣に関することではないかと」

ソフィアンの独り言のような言葉に対してラフォレが発した内容に、控え室に集まる皆が真剣な表情で頷いた。

この場に集められている者たちは、これまでも瘴気溜まりに深く関わってきているため、もちろん聖女召喚とその魔法陣についての話は聞いている。

「やはりそう思うかい？　そういえば第一騎士団長は、一昨日に陛下へ謁見をしていたね。そこで何か決まったのかな？」

「はい。先日はカドゥール伯爵領への遠征について報告をいたしまして、今後についてもお話をさせていただきました」

「では今日の用件も知っているんだね」

「概略は存じております。しかしすぐに陛下からお話があるでしょうから、ここで内容を明かすのは控えさせていただきます」

ランバートがそう言って頭を下げ、ソフィアンがそれに頷いたところで、国王の側近である宰相補佐がやってきて皆を謁見室に誘導した。

決まりに則《のっと》って、全員が一礼をしてから謁見室内に入っていく。中に入り扉が閉められたら、謁見開始だ。

「皆、本日は急な呼び出しに応じてくれて感謝する」

ソフィアンの父親であり国王でもあるヴァーノン・ラクサリアは、玉座に腰掛けるとそんな言葉から謁見を開始させた。

「書状に詳しい内容は書かなかったが、本日は国の安全を脅かす存在となっている瘴気溜まりに関して、重要な話がある。まず先日カドゥール伯爵領内にて発見された瘴気溜まりだが、これは以前のものより倍以上に大きく、未《いま》だ消滅には成功していない。消滅させるには、二十名以上の光属性を持つ魔法使いが必要と推測されている。ただその数を集めるのは現実的でなく、さらにそれで今回は対処できたとしても、またより巨大な瘴気溜まりがどこかに出現する可能性は高い」

低くよく通る声でそこまで説明した国王は、そこで一度言葉を切って、ゆっくりとこの場に集まる皆を見回した。

そして瞳に強い光を宿し、力強く宣言する。

「そこで我が国は、聖女召喚の魔法陣を復活させる計画を始動することに決めた！」

国王のその宣言は、謁見室の空気を大きく揺らし、この場に集まる皆の心に火を灯《とも》した。

「この場に集まってもらったのは、計画を中心となって進めて欲しい者たちだ。聖女召喚についてはすでに耳にしているだろうが、たとえ瘴気溜まりが無数に生まれたとしても、国を救うことができるかもしれない希望である。しかし現状では本当にそのようなものがあるのか、復活が可能なのかさえ分からない。暗闇の中を手探りで進むような仕事になるだろう。……しかしこの国の未来のため、皆の力を貸して欲しい。よろしく頼む」

陛下の言葉を最後まで聞いた皆は、その場で深く頭《こうべ》を垂れた。代表して口を開いたのは、最も身分が高いソフィアンだ。

「かしこまりました。全力を尽くしましょう」

「期待している。では計画を始動するにあたって、この場に集めた皆に果たして欲しい役割を伝えよう。説明は宰相、頼んだ」

「かしこまりました」

国王に指名され一歩前に出たのは、国王の斜め後ろに控えていた壮年の男。この国の宰相である、サミュエル・ロートレックだ。ロートレックは侯爵でありながら、その才覚を買われて宰相に抜擢《ばってき》された。とても真面目な忠臣である。

「まず、此度《こたび》の計画のリーダーを発表する」

よく通る声でそう言ったロートレックは、この場に集められた皆を順に見回し……最後にマルティナで視線を止めた。

（え……）

突然の出来事にマルティナが驚き戸惑っているうちに、ロートレックは宣言する。

「リーダーは、政務部の官吏マルティナに任せることにした。マルティナ、君の優秀さは聞いている。その能力を国のために遺憾なく発揮してくれ」

「……わ、私、ですか？」

マルティナは予想外すぎる発表に理解が追いつかなかったが、何とか自分を指差してそれだけは口にした。

「そうだ。不満があるか？」

「い、いえ、不満ではないのですが、私に務まるのかと心配になってしまい……」

「これまでの話を聞く限り、マルティナ以外に務まる者はいないだろう。聖女召喚の存在をこの国にもたらしたのはマルティナだ」

「……評価していただけてありがたいです。ただ私は平民なのですが、そこは問題ないのでしょうか」

眉《まゆ》を下げながら発されたその言葉に、ロートレックは迷うことなく頷いた。

「身分を気にする必要はない。優秀で国のためになるのならば、身分など些末事《さまつごと》だ」

ロートレックは近年平民からも優秀な人材を拾い上げているラクサリア王国内でも、特に身分ではなく実力を重視する貴族だ。そのためロートレックのマルティナに対する評価はかなり高い。

しかしその言葉を聞いた上でも、まだ不安を拭《ぬぐ》いきれなかったマルティナは、そっと周囲を見回した。すると官吏の仲間たちであるロラン、ナディア、シルヴァンを始め、ランバートを中心とした騎士たち、さらにはソフィアン、ラフォレらまでが、マルティナを後押しするように頷く。

そんな皆を見て、マルティナは決意を固めた。

（期待に応えられるのかまだ不安もあるけど、精一杯頑張ろう）

「リーダーの任、謹んでお受けいたします」

瞳《ひとみ》に強い光を宿して告げた言葉に、ロートレックは僅《わず》かに口角を上げて頷いた。

「頼んだぞ。――では次は副リーダーだが、こちらはソフィアン様にお任せいたします。自国内ではマルティナの補助を、そして万が一他国と接することがある場合は対外的な代表をお願いいたします。外務部で働かれているご経験と、司書として文献にも詳しいその知識を計画のためにお貸しください」

「分かったよ。マルティナ、よろしくね」

「は、はい。よろしくお願いします……！」

マルティナはソフィアンが外務部で働いているという情報に驚きつつも、強力なサポート役が付いてほっと胸を撫で下ろしていた。

「次はラフォレを筆頭とした歴史研究家たちだが、皆には聖女召喚に関する記述がある文献を探してもらいたい。ソフィアン様と協力し、王宮図書館の書庫も探るように」

「かしこまりました」

「政務部の官吏たちは様々な調整業務だ。基本的にはこの場に集められた者が中心となり、業務を行うように。人員の選考基準については、此度の計画のリーダーであるマルティナと意思疎通しやすい者を選んである」

「かしこまりました。精一杯務めます」

ロートレックの説明を聞いて、なぜ新人官吏であるナディアやシルヴァンが選ばれているのだろうという疑問を持っていた官吏たちは、やっと納得がいったのか素直に頷き頭を下げた。

「最後は騎士団だな。騎士団は瘴気溜まりの監視と定期報告、さらには皆が街の外などへ視察に行く際の護衛だ。他にも騎士の力が必要になることは多々あるだろう。騎士団全体として協力して欲しい」

「はっ、皆にも伝えておきます」

「よろしく頼む。では、説明はこれで終わりとする」

ロートレックはランバートの答えに頷くと、皆を見回してから一歩下がった。すると今度は玉座の背もたれに体を預けていた国王が、体を起こして口を開く。

「詳細はロートレックが説明した通りだ。予算はこの計画のために十分確保してあるので、無駄にはせず有意義に使って欲しい。では皆、良い報告を待っている」

国王のその言葉で謁見は終わりとなり、皆は謁見室近くにある会議室に移動することとなった。


計画のメンバーである皆が向かい合えるよう、テーブルを移動して腰掛けたところで、マルティナとソフィアンが皆の前に立った。

落ち着いた様子のソフィアンと違い、マルティナは緊張で今にも倒れそうだ。

「マルティナ、大丈夫かい？」

ソフィアンが苦笑しつつ尋ねると、マルティナは強張《こわば》った表情のままぎこちなく頷《うなず》いた。

まだ新人官吏で誰かの下に付いてしか働いたことがないマルティナにとって、いきなり国の行く末を左右するような計画のリーダーに抜擢されるというのは、かなりのプレッシャーだ。

「……皆様、今回の聖女召喚の魔法陣を復活させる計画にて、リーダーの任を賜りましたマルティナと申します。改めてよろしくお願いいたします」

マルティナは一度大きく深呼吸をしてから、意を決した様子で口を開いた。

「まずは……皆様と現状を正確に共有したいと考えています。すでにご存知の情報も多いかと思いますが、私の話を聞いていただけると嬉《うれ》しいです」

その言葉に皆が真剣な表情でそれぞれペンを持ったところで、マルティナは瘴気溜まりに関することから説明を始めた。

「最初に瘴気溜まりの存在が確認されたのは、王都周辺にある東の森の奥です。偶然居合わせた私も森へ同行し、黒いモヤと呼ばれていたものを実際にこの目で確認し、過去にいくつかの文献で記述があった瘴気溜まりである可能性に思い至りました」

マルティナのその言葉を聞いて、歴史研究家の若い男が口を開いた。

「では現在この国を騒がせているものが、瘴気溜まりではない可能性もまだあるということですか？」

「……いえ、文献の記述と瘴気溜まりの様子はほぼ一致しています。さらに文献に書かれていた方法で一つの瘴気溜まりは消滅に成功しているので、全くの別物という可能性は限りなくゼロに近いです。ただ似た性質を持つ別のものという可能性は、もちろんあります。その点においては、過去の文献で瘴気溜まりと名前がつけられている現象に対しても、同様のことが言えるでしょう」

歴史研究家の男はその説明で納得したのか、「ありがとうございます」と一言告げて、熱心にメモを取った。

「では続けますが、瘴気溜《しょうきだ》まりに関する記述があった文献には、瘴気溜まりを消滅させる方法が二つ載っていました。そのうちの一つが光魔法によるものです。これによって、東の森の瘴気溜まりは消滅に成功しています。しかし陛下も仰《おっしゃ》っていたように、この方法は瘴気溜まりが大きくなるほど必要な光属性の魔法使いの数も増えていきます。未だ小さな瘴気溜まりを早期に発見して消滅させるには光魔法は有用ですが、カドゥール伯爵領の瘴気溜まりのように巨大化してしまったものには、光魔法だけでは対処できません」

そこで言葉を切ったマルティナが視線を会議室内に巡らせると、皆は現状を正確に理解しているようで、厳しい表情を浮かべている。

その様子を確認したところで、マルティナはまた口を開いた。

「そこで二つ目の方法が注目されることになりますが……それが聖女召喚です。皆様はご存知だと思いますが、この世界は約一千年前まで暗黒時代と呼ばれる魔物が跋扈《ばっこ》する世界でした。それが一千年前の世界浄化で魔物の数が激減し、滅びかけていた人類が発展します。——様々な文献から読み取ったところ、この暗黒時代とは瘴気溜まりが世界各地に点在していた時代のことで、世界浄化とは世界中の瘴気溜まりを消し去る行為、そしてその世界浄化を成し遂げたのが、異界から召喚された聖女であるようです。私も瘴気溜まりを実際に見るまでこの歴史を信じていませんでしたが、瘴気溜まりが現実にある以上、限りなく真実に近い歴史であると思います」

聖女召喚という現象については話を聞いていても、ここまでの詳しい内容は知らなかった者も多くいたようで、誰もがメモを取る手を止めてマルティナの話に聞き入った。

「そしてその聖女を召喚する方法が、魔法陣なのだそうです。皆様はご存知かもしれませんが、魔法陣とは魔法とは別物の技術で、属性には縛られず現象を生み出せるという性質があります。その使い勝手の悪さから現在では完全に廃れ過去の産物となっていますが、魔法では成し得ないことが可能であるということは事実です。したがって、異界から聖女を召喚するという荒唐無稽《こうとうむけい》に思える話も、絶対にあり得ないと断じられるものではないと思います」

マルティナがそこで言葉を切ったところで、歴史研究家の女性が混乱を少しでも振り切るためか、首を横に振りながら口を開いた。

「そんな歴史、聞いたことがないわ。暗黒時代は瘴気溜まりが点在していた時代で、世界浄化はそれを消滅させる行為で、それをしたのが異界から召喚した聖女で、召喚には魔法陣が必要で……どの書物に書かれていたの？　私は今まで、その時代について書かれた書物はたくさん研究してきたはずなのに」

女性の問いかけにマルティナがいくつかの本のタイトルを伝えると、女性はより混乱が深まったのか額に手を当てて目を閉じてしまった。

「その中の二冊は私も読んだことがあるけど、重要な情報が載っていたという記憶はないわ」

「……一つ一つの書物には軽く記載がある程度なんです。さらにすぐには信じられない内容ですから、記憶に残らなくても仕方がありません。私は全てを記憶できるので瘴気溜まりという歴史についても覚えていて、実際に同じ現象を目にしたことで、一気にその歴史の信憑性《しんぴょうせい》が高まりました」

マルティナの言葉を聞いて、女性は大きく息を吐き出してから、苦笑を浮かべつつマルティナに視線を向けた。

「あなたのその才能が羨《うらや》ましいわ。……歴史を研究するということは、現代に残っている書物を研究して読み解き、いくつもの情報を照らし合わせてより正確なものを選び取っていくということ。しかしそれは言葉にするよりも難しい。書物は長い時間をかけて何度も翻訳され、内容が書き換えられ、紛失したものを誰かが再現しようとして情報が変化してしまう。でもあなたなら読んだ書物を全て完璧《かんぺき》に記憶し、脳内で情報の正確性を判断できるのね」

そこまでを一気に口にした女性は、椅子から立ち上がるとマルティナの下へ向かった。そして両手でマルティナの手をぎゅっと握りしめる。

「あなたのその能力は絶対に歴史研究に使うべきよ。時間に余裕がある時でいいから、たくさんの書物を読みなさい。そしてあなたが導き出した歴史を、本として後世に残すのよ」

能力を僻《ひが》まれるのかと少し身構えていたマルティナは、女性の言葉が予想外で瞳をパチクリと瞬かせたが、すぐにたくさんの本を読みなさいという言葉に反応して笑顔で頷いた。

「もちろんです！　これからもたくさんの本を読もうと思います。ラフォレ様の蔵書を読ませていただいていますし、王宮図書館の本も、資料庫の本も、各部署にある資料本も……」

未読本の数々を思い浮かべて意識がそちらに傾きかけたマルティナは、ハッと我に返り首を横に振った。

（今はまだ見ぬ本に心を躍らせてる場合じゃなかった）

「ふふっ、本当に本が好きなのね。歴史研究家としては心強いわ」

女性が柔らかい笑みを浮かべたところで、会議室内の雰囲気が一気に緩んだ。ある者は無意識のうちに力が入っていた体を椅子の背もたれに預け、ある者はこんな時にまで発揮されるマルティナの本好きに苦笑を浮かべている。

そんな空気感をマルティナも悟り、女性が席に戻ったところで先ほどまでよりも気楽に口を開いた。

「では皆様、話を戻しますが……光魔法では対処しきれない事態に備えて、私たちは先ほど説明させていただいた聖女召喚の復活を目指すことになります。現在判明しているのは、魔法陣を使うということ。それだけだったのですが……先日、とても重要な書物を発見いたしました」

マルティナがその言葉を発してからソフィアンに視線を向けると、ソフィアンが優雅な微笑《ほほえ》みを浮かべながら頷き一歩前に出た。

そして皆に見えるように、先日マルティナが読み終えたばかりの物語を掲げる。会議室に入る前に、ソフィアンが王宮図書館から持ってきたものだ。

「この物語は歴史書などではない娯楽小説で、私は何年も前に一度読んだきり存在を忘れていたんだ。しかし瘴気溜まりの話を聞いて、ふと思い出した。なぜならこの物語に出てくる設定が、あまりにも瘴気溜まり、聖女、魔法陣などに酷似していたからね。そこで先日マルティナにも読んでもらったところ、彼女の見解は、過去の歴史家が後世に情報を残す手段として書いたものではないかということだった。私も同じ意見だよ」

ソフィアンがそこまで話をしたところで、マルティナが話を引き継いで口を開いた。

「この小説の中に半分ほど完成した召喚陣が出てきます。私たちはまず、これを元にして魔法陣の作製を試みたいです」

「その物語、読んでも良いでしょうか……！」

歴史研究家の面々は好奇心を抑えられないようで、その中でもラフォレがガタッと立ち上がり口を開いた。

「もちろんだよ。皆で順番に読んでいこう」

「まずはラフォレ様でいいですか？」

ラフォレは歴史研究家の中で最も地位があるので、さすがにこの提案に反対できる者はいなく、物語はラフォレの手に渡った。他の歴史研究家たちは、次に誰が読むのかで水面下の争いを繰り広げている。

「では今後の活動に関して、実務的なことも決めていきたいのですが……まず私たちは三つの班に分かれようと思います。一つ目が私とソフィアン様、そして歴史研究家の皆様が属する、魔法陣の復活を目指す班。そして二つ目が政務部の皆さんで、各部署との調整や瘴気溜まりに関する現状のまとめ、計画の進行度合いの報告など雑務をこなす班。三つ目が騎士団の皆様で、瘴気溜まりの監視や護衛などを行う班。これで問題ないでしょうか」

この提案に誰も反対しなかったので、班分けはマルティナの提案のままで決定となった。しかしランバートが手を挙げ、懸念点を口にする。

「騎士団はこれから見回りや瘴気溜まりへの対処などに、多くの人員を投入しなければならない。現在もすでに自由に動かせる騎士はかなり減っているのが現状だ。したがって皆が街の外に向かう場合は、早めに知らせてもらえるとありがたい。貴族家の私兵などにも協力を要請し、騎士の数を確保しておく」

「確かにそうですよね。分かりました。余裕を持って一週間前までには必ずお伝えします。瘴気溜まりの現状に関しての報告は、お願いしてもよろしいでしょうか。報告のみで、その情報をまとめるのは政務部の皆さんにお任せしたいと思っているのですが」

「報告だけならば問題ない」

「俺らも大丈夫だ。情報をまとめるのは得意だからな、任せとけ」

ランバートに続いて、ロランがニッと口角を上げながらそう口にした。

「ありがとうございます。よろしくお願いします」

マルティナが丁寧に頭を下げると、二人は同じような頼もしい笑みを浮かべて頷いてみせる。頼りになる仲間の存在に、マルティナは口元を綻《ほころ》ばせた。

「では最後に、この計画の要となる私たちの動きを決めたいのですが、まずはとにかく書物をたくさん調べましょう。先ほど宰相様が王宮図書館の書庫と仰っていたのですが、そこには重要な書物があるのでしょうか……？」

隠そうとはしているが瞳《ひとみ》の輝きが抑えられていないマルティナの言葉に、ソフィアンが苦笑しつつ口を開いた。

「王宮図書館の書庫には、まだ内容を精査できていない書物がたくさん仕舞われているんだ。したがって、掘り出し物もあるだろうね」

「掘り出し物の書物……宝の山ってことですね！」

（なんて心が躍る場所だろう……！）

「全部かは分からないけれど、貴重なものもたくさんあるはずだよ」

「ではまずはそこを調べましょう！　私たちの活動場所は、しばらく王宮図書館になりますね！」

王宮図書館の書庫の話、そして活動場所が図書館になるということにマルティナは嬉しさを隠せず、声が上擦って頬は赤く染まっている。まるで大好きな人を思い浮かべているかのような表情だが脳裏に描いているのは、少し埃《ほこり》臭い図書館の中だ。

そんなマルティナに周囲の皆は苦笑を浮かべるしかできず、慣れているロランやナディアは呆《あき》れた表情を浮かべていた。

「……そうだ。もう一つ、できたら実行したいことがあるのですが」

図書館に意識が飛んでいたマルティナはふと思い出し、頬を引き締めソフィアンを見上げた。

「何かな？」

「できれば他国にも情報提供を呼びかけたいと思っていたのです。そこでソフィアン様が外務部で働かれているという話を思い出したのですが……ソフィアン様は、司書ではないのですか？」

「私の本職は外務部での外交官だよ。将来は爵位を得て外務大臣となるけれど、それまでは空いている時間もあるから、王宮に滞在中は司書としても働いてるんだ。私はマルティナと同じように、本や図書館が好きだからね」

「そうだったのですね……」

外務大臣なんて高い地位が約束されているという話を聞き、マルティナは改めて目の前にいる人が凄《すご》い存在なのだと認識し、少しの間だけぼーっとソフィアンの顔を見上げた。

しかしすぐに軽く頭を振り、思考を戻す。

「ではソフィアン様、他国への情報提供呼びかけについては、中心となって動いていただけますか？」

「もちろん構わないよ。任せてくれ。私なら外務部にも顔が利くからね」

「ありがとうございます。とても助かります」

そこで今日のところは解散することになり、良い雰囲気でメンバー同士の顔合わせと、今後に関する話し合いは終わりとなった。

# 第八章　瘴気溜《しょうきだ》まり対策会議

　聖女召喚の復活計画が始動することになった翌日。マルティナとソフィアン、そしてラフォレら歴史研究家の面々は、皆で王宮図書館の書庫にやってきていた。マルティナが扉を開けて全員で中に入ると、そこにはつい呆然《ぼうぜん》としてしまうほどの本の山がある。

　書庫には所狭しと本棚が設置されているが、そこには入りきらず床にも本が積み上げられ、辛《かろ》うじて足の踏み場がある程度の状態だった。

「ずっとここの片付けをしなければいけないとは思っていたけれど、あまりの数に放置していたんだ……申し訳ないんだけど、皆には聖女召喚に関する記述がある本を探すのと並行して、他の本の分類もお願いして良いかい？」

　ソフィアンのその言葉に、マルティナは瞳を輝かせながら頷《うなず》いた。ラフォレたちも職業柄書物の分類には慣れているので、躊躇《ためら》うことなく頷いている。

「はい！　分類方法を教えていただけますか？」

「もちろん。まず絶対に分けて欲しいのは物語だね。フィクションは一ヶ所にまとめているんだ。またそれ以外の本も、歴史、魔法、魔物、植物、経済などに分けて欲しい。分類に悩むものは私が判断するよ」

「分かりました。ではさっそくやっていきましょう」

やる気満々な笑みを浮かべて近くの本の山に向かったマルティナは、上から下まで三十冊ほどの背表紙をざっと確認すると、それだけでソフィアンに視線を向けた。

「ソフィアン様、こちらの山は十冊が王宮図書館にすでにある本でした。タイトル的にも聖女召喚とは関係がなさそうですし、保管用としてどこか別の部屋に運ぶのでいいと思います。確か王宮図書館は、同じ本を二冊置いていることはありませんでしたよね？　またこちらの二冊はラフォレ様の研究室にありましたので、ラフォレ様が内容をご存知かと思います。他の本は見たことがないものですが……気になる本が二冊あります。一つは下から三番目の分厚い本で、こちらは著者名が悪魔に関する論文を書いていた人と同じです。それから上から九冊目の本は、この著者名を聖女召喚に対して言及があった書物の中で見かけました。同一人物を指しているのかは分かりませんが、読むべきです」

そこで言葉を切ったマルティナに、ソフィアンは驚きの表情を浮かべたが、すぐにそれを苦笑に変えた。

「実際に目の当たりにすると、本当に凄い能力だね。では効率的に進めるためにも、マルティナには本をタイトルと著者名で分類する仕事に集中してもらおう。そして中身を読むべき書物を確認するのは、歴史研究家の皆に任せても良いかな？」

その提案に異論はなく、マルティナたちは役割分担をして作業を開始した。

とりあえず現在の書庫は本を読める場所がないので、書庫の中にはマルティナと手伝いの司書が数名だけ残り、歴史研究家の面々は書庫の外で本の内容確認だ。ソフィアンは、マルティナが分類した本を片付ける役割を担うことになった。

「ここから十二冊は王宮図書館にない本です。ただタイトル的にこれとこれ以外は聖女召喚に関係ないと思いますので、こちらの二冊だけ優先的に確認としてください」

「かしこまりました」

「あっ、この著者は聖女召喚について言及されていた書物を書いた人と同じです。これは最優先の場所においてください」

マルティナの指示に従って何人もの司書が動くことで、書庫内の本の分類は信じられないペースで進んでいった。マルティナが王宮図書館やラフォレの研究室、平民図書館などにあった本を全て覚えているからこその速さだ。

そうして作業が進むこと一週間。マルティナは書庫にあった全ての本の分類を終えた。現在の書庫には王宮図書館に元々あった本と被《かぶ》っていないものだけが残されていて、その中でもテーブルに置かれているものが、マルティナが優先的に読むべきと判断した書物だ。

皆は活動場所を書庫内に設置したテーブルに移すため、それぞれ読みかけの本を持ち書庫に入った。

「マルティナさん、お疲れ様です」

歴史研究家の女性にそう声を掛けられ、マルティナは笑顔を見せた。

「いえ、たくさんの本に触れられて楽しかったです。ただほとんど本を読むことができていないので、今日からはたくさん読みます……！」

拳《こぶし》を握りしめてそう宣言するマルティナに、皆は頼りにするような視線を向ける。この一週間で、マルティナは完全に調査班のリーダーになっていた。

「あの、その前に一つだけ聞いてもいいでしょうか」

「もちろんいいですよ」

今度は歴史研究家の男性に声を掛けられ、マルティナは示された本の表紙を覗《のぞ》き込む。

「この著者が書いている他の本があるのかを知りたいんです。実は少しだけ瘴気溜まりに関する記述があって」

「そうなのですね。えっと、この名前は……王宮図書館には三冊ありますね。入り口から入って右手側にある壁面の本棚の、下から三段目の左から二、三番目です。もう一冊は書庫にあった本で、確か本棚の……あっ、これですね」

マルティナが本を手渡すと、男性は「ありがとうございます」と言って本を受け取り、残りの二冊を取りに書庫を出ていった。そして残りの者たちもさっそくテーブルについて、また本に視線を向ける。マルティナも気になっていた一冊を手に取り、一ページ目を捲《めく》った。

それから数日後。昼食をとった後のまったりとした時間に、歴史研究家の男性がガタッと椅子から立ち上がった。

「み、皆さん！　ここに重要なことが書いてある気がします！」

その言葉に全員が本を覗き込むと、男性は皆が見やすいように本を持ち上げる。

「おおっ、確かに聖女召喚に関する記述が多く載ってるわね」

歴史研究家の女性が感心の面持ちで告げた言葉に続いて、マルティナが真剣な表情で本の中身を見つめながら口を開いた。

「特にこの一節、気になりますね」

「召喚される者と対になる要素が必要である……対になる要素とはなんだ？」

ラフォレがマルティナの指定した一節を読み上げると、全員が頭を悩ませる。

「聖女の対ということは、魔物はどうかな？」

しばらくしてから呟《つぶや》かれたソフィアンの言葉に、皆が瞳を輝かせながら頷き、マルティナが代表して口を開いた。

「確かにあり得ます。また聖女が消滅させる瘴気溜まりも、対になると言えるのではないでしょうか。ただその要素が必要というのが、どのように組み込めばいいのか……」

「魔法陣に加えるべきということではないか？」

「やっぱりそう思われますか？　それならば聖女召喚に関して調べることも必要ですが、魔法陣についても学ぶべきかもしれませんね。そうでないと、こうして手に入れた情報を活用できない事態になってしまいます」

聖女召喚の魔法陣がそのまま載っているような書物が発見できれば良いが、そうでないならば断片的な情報を繋《つな》ぎ合わせ、マルティナたちの手で魔法陣を完成させなければならない。しかしそれは、魔法陣に関する知識が皆無である今の状況では、ほぼ不可能なことだ。

しばらく考え込んでいたマルティナは、真剣な表情で告げた。

「皆さん、私は魔法陣を学ぶことに力を注いでもいいでしょうか」

その問いかけに、ソフィアンが代表して答える。

「もちろん構わないよ。誰か一人がその役目を担わなければならないのなら、一番の適任は確実にマルティナだからね。ただ魔法陣を学ぶというのは、少し触れた限り新たな言語を一から学ぶのに等しいことだと思う。マルティナにとって、これは可能かい？」

「はい。私は新しい言語を学ぶのは、元々大好きなんです。その言語を学べば、より多くの本が読めるようになるんだと、今までもたくさん学んできました。なので魔法陣に関する知識も、楽しんで覚えられるはずです」

マルティナらしいその言葉に、ソフィアンは優しい笑みを浮かべた。

「分かった。ではマルティナに任せよう」

「ありがとうございます。精一杯頑張ります！」

◇　◇　◇

マルティナが魔法陣を学び始めて一週間が経《た》った頃の夕食時。マルティナ、ナディア、ロラン、シルヴァンの四人は、共に官吏の独身寮で食事をしていた。

「勉強の進み具合はどうなんだ？」

夕食のステーキを口に運びながらマルティナに問いかけたのは、ロランだ。

「それが結構難しくて。手に入る魔法陣に関する書物は端から読んでるのですが、魔法陣を学ぶという目的に適しない書物がほとんどなんです」

「それらの書物には何が書いてあるの？」

綺麗《きれい》な所作で食事をするナディアの疑問に、マルティナは視線を斜め上に向けながら答えた。

「うーん、基本的には魔法陣がどういう場面で使われてたのか、みたいな歴史かな。後は後世に書かれたものがほとんどだから、過去の技術って軽く紹介されてたり」

「魔法陣の構築方法が載っているのではなくて、構築後の魔法陣をどのように使っていたのかに関する書物がほとんどということね」

「そう。多分魔法陣がそこまで便利な技術じゃなかったからこそ、使い道の方に意識が向けられてたんだと思う」

そこで話が少し途切れると、それまで無言で食事をしていたシルヴァンが口を開いた。

「現存している魔法陣は出てこないのか？」

「はい。それも探してるのですが、ほとんどが失われてしまっているようで、少なくともこの国では出てくる可能性が低いのではないかという結論に至っています。完成された魔法陣をいくつか見ることができれば、一気に魔法陣への理解が深まる気がするのですが……」

マルティナが難しい表情で考え込んでしまうと、向かいに座っていたロランが、最近マルティナがハマっている甘い果物を皿ごと差し出した。

「ほら、そんなに頭を使ってると疲れるぞ。これでも食べてちゃんと休め」

「え、いいんですか？」

差し出された果物を見て瞳《ひとみ》を輝かせたマルティナに、ロランは苦笑を浮かべつつ頷く。

「いいぞ」

「ありがとうございます！」

ちょうど食事を終えていたマルティナは、頬を緩ませながら果物を口に運んだ。

「そういえば、カドゥール伯爵領は落ち着きましたか？　騎士団からの報告によると、瘴気溜まりへの対処は問題なく行われているようですが……」

果物片手にシルヴァンへと視線を向けたマルティナは、神妙な面持ちで問いかけた。シルヴァンは一拍おいてから、表情を変えずに頷く。

「領地からは……問題ないと連絡が来ている。そのうち街の再建も始まるだろう」

「そうですか、良かったです」

実際は避難している領民によって周辺の街の治安が少し悪化していたり、近隣の街に住む者たちが自分たちのところも魔物に襲われるのではないかと森から遠い街に引っ越したりと、未《いま》だに混乱は続いていた。

またシルヴァンは現地からの報告全てに目を通し、領民との約束通り伯爵である父親に掛け合って、住民への支援も行っていた。

しかしシルヴァンはマルティナに余計な不安を与えないよう、この事実を伏せたのだろう。安心したように果物を口に運ぶマルティナを見て、シルヴァンは僅《わず》かに口角を上げた。

「とにかく焦らないようにしましょう。騎士団もかなり頑張ってくれているようだし、すぐにリミットが来ることはないはずよ。だからマルティナ、無理しないでちゃんと休むのよ」

心配そうに眉《まゆ》を下げながらそう告げたナディアに、マルティナが頬を緩ませながら頷《うなず》いたところで、全員が夕食を食べ終えて席を立った。

◇◇◇

聖女召喚の復活計画が始動してから約一ヶ月が経過した。この一ヶ月はとにかく皆が一丸となり書物を端から読み漁《あさ》ったが、魔法陣は未だに全く完成が見えていなかった。

マルティナの魔法陣に関する勉強も、最近は遅々として進んでいない。

やはりすでに廃れてしまった技術なので、正確な情報が残っていないことが一番の原因で、さらには世界浄化が行われた一千年前と、現在残っている魔法陣の情報が、同じものであるという保証がないことも勉強する上での障害になっていた。

「マルティナ、聞いても良いか?」

魔法陣の歴史をまとめた本を読んでいたマルティナに声を掛けたのは、眉間《みけん》に皺《しわ》を寄せたラフォレだ。

「はい、何でしょうか」

「瘴気溜《しょうきだ》まりについて書かれていたが、重要な情報はなく棚に入れた書物があっただろう？　野草に関することが書かれたものだ。あれは何というタイトルだったか覚えているか？」

「野草について……『野草の美味《おい》しい食べ方』という書物だと思います。野草の採取日記の部分で魔物が生み出される黒いモヤという記載があったかと」

「それだ！　ありがとう、助かった」

思い出せなかった答えを得られた爽快感《そうかいかん》でラフォレが表情を明るくすると、マルティナは不思議そうに首を傾《かし》げた。

「あの本に何かありましたか？」

「いや、先ほど読んでいた本に、瘴気溜まりの周辺に自生していた植物が書かれていたんだ。役立つかは分からないが、植物に関してもまとめておこうと思ってな」

「確かにそういうちょっとしたことが、突破口になる可能性もありますね。『野草の美味しい食べ方』は書庫ではなく、開架の方に移動されています。ソフィアン様に尋ねれば場所が分かるかと。ちなみに瘴気溜まりに関する記述は七十六ページと、百十一ページです」

マルティナからの情報をラフォレがメモしている間に、ちょうど良いタイミングだと思ったのか、他の歴史研究家の面々もメモを片手にマルティナの下へやってきた。

「マルティナさん、私もいいでしょうか。魔法陣に使われている文字と似た文字が書かれていた古い歴史書を、もう一度確認したいと思ったのですが、タイトルを忘れてしまって……」

「えっと……『岩石地帯で育まれた文明』でしょうか」

少しだけ考える素振りを見せたマルティナが本のタイトルを伝えると、女性は悩みが晴れたようにパァッと顔を明るくした。

「それです！　本当にありがとうございます！」

「いえ、大丈夫ですよ。いつでも聞いてください。次は……」

「あっ、私もいいですか？　申し訳ないのですが、この著者の別の本があれば優先して読みたくて……ご存じでしょうか」

男性が差し出した本の表紙を見たマルティナは、脳内の情報を探るようにして口を開く。

「王宮図書館に三冊、ラフォレ様の研究室に一冊あったはずです。王宮図書館の一冊目は、この書庫から出て右手側にある壁面の本棚の、下から五段目で右から七番目にあるはずです。二冊目はフロアにたくさん並ぶ本棚の――」

本の在処《ありか》をメモした男性は、笑顔でマルティナに感謝を伝えて書庫から出ていった。

マルティナが歴史研究家たちの質問に答え終わり、また本に視線を落としていた頃。王宮で働く者ならば自由に利用できる開架では、ラフォレがソフィアンを捜していた。

カウンターに向かい辺りに視線を巡らせたところで、図書館の入り口である扉がバタンッと勢いよく開く。そこから慌てた様子で入ってきたのは、何らかの書類を手にしたロランだ。

「ロラン、どうしたんだ？」

ロランとラフォレは未だに親しい関係性とは言えないが、以前よりは圧倒的に関わりが増えたこともあり、自然に会話をすることはできるようになっていた。

「ラフォレ様！」

しかし祖父と孫という関係性の会話ではなく、同じ仕事をする仲間としてのものだ。

「先ほど陛下から緊急の連絡があったのですが、早く皆様のお耳に入れなければならないことがございます……！」

「分かった。早く書庫に入れ。私はソフィアン様を呼びにいく」

「ありがとうございます！」

それからすぐに書庫へと全員が集まり、ロランが陛下からの書状を手にして、その内容を読み上げた。

「他国へ情報提供を求めていた件ですが、立て続けに二つの隣国から返答があったようです。それによると——隣国にも魔物が生み出される黒いモヤが、発生しているとのことでした！」

（隣国にも⁉　これは、恐れていた事態がすでに発生しているのかもしれない）

ロランが一息に告げたその言葉は皆にも衝撃を与え、しばらく書庫内には沈黙が流れた。それを破ったのは、珍しく厳しい表情を浮かべたソフィアンだ。

「この情報が示すところは、瘴気溜まりが世界中に発生している可能性が高いということだね。つまり……今は暗黒時代の始まりかもしれない」

ソフィアンのその言葉は静かな書庫に響き渡り、皆の心をざらりと撫《な》でた。

（やっぱりそうだよね……）

暗黒時代は人類が滅亡しかけた時代だ。そしてその時代を終わらせることができたのは、聖女召喚の魔法陣を誰かが生み出したから。

したがって、ここに集まる皆の肩に人類の存亡が掛かっていると言える。

「責任重大ですね……」

マルティナが厳しい表情で呟《つぶや》いた言葉に、皆が頷いた。

「どれほどの猶予があるのか。このひと月で未だ大きな進展はないというのに」

「――これは我が国だけで進行する計画ではないね」

ラフォレの言葉を引き継ぐ形で、ソフィアンが顔を上げそう宣言した。何かを決意したような表情は、王族としての風格を感じさせる。

「それは、他国もこの計画に巻き込むということでしょうか？」

「その通りだよ。他国も瘴気溜まりの脅威に晒《さら》されてる以上、同じ方向を向いて協力し合えるはずだ。ただ情報提供を求めるだけでは提示してくれない貴重な情報も、共に生存のために協力し合うのならば、出し惜しみをすることは少ないだろう。我が国にあるもの以上の貴重な文献が他国に残っていれば、行き詰まっているこの計画も一気に進むかもしれない」

（さすがソフィアン様……！　それによって他国にある貴重な書物が手に入れば、何とか魔法陣の復活まで手が届くかもしれない）

暗い雰囲気が漂っていた書庫に、少しの明るさが戻った。

「確かにその可能性は大いにあるでしょう。過去の聖女召喚がどこで行われたのかも、我が国の書物では分かりません。これは歴史研究の観点から見ると、遠い他国の歴史を探っているようなのです」

歴史研究の第一人者であるラフォレの言葉が後押しとなり、聖女召喚の復活計画は開始一ヶ月で、その形態を大きく変えることになった。

◇◇◇

他国にも瘴気溜まりが発生しているという情報が、ラクサリア王国に集まり始めてから約二ヶ月後。多数の国が参加する会議としては異例の早さで準備が進められ、本日ラクサリア王国の王宮にて、瘴気溜まり対策会議が開かれていた。

場所がラクサリア王国に決まったのは、真っ先に黒いモヤが瘴気溜まりであること、そして聖女召喚という技術の存在に辿《たど》り着《つ》いたからだ。

今回の会議にはラクサリア王国に隣接する国だけでなく、隣国を越えた先にある遠い国も多く参加している。大陸会議と呼ぶに相応《ふさわ》しい大規模なものだ。

「皆様、本日は我が国の王宮にお集まりいただき、誠にありがとうございます。ではさっそくですが、会議の本題に入らせていただきます」

王宮内で最も豪華なパーティー会場にテーブルを並べ、各国の代表者が数名ずつ椅子に腰掛けている。ラクサリア王国の代表は召集国ということで国王が真ん中に座り、その左右にソフィアンとマルティナだ。

進行役は聖女召喚計画のメンバーで外交官でもあるソフィアンが務め、マルティナはもちろんその知識量を買われてこの場にいるが、それだけではなく記録係も兼ねている。

ちなみに今回の会議は多くの国に通訳が同行し、基準となる言語は開催国であるラクサリア王国で使われているリール語だ。リール語はこの大陸で使用している国が最も多い言語のため、国際的な会議ではよく基準言語として指定される。

「すでにご存知だと思いますが、現在この世界は瘴気溜まりという脅威に晒されています。この会議が計画されてから今日までの約二ヶ月で、瘴気溜まりの数は何倍にも増え、もはや押さえ込むのは厳しい現状となっているでしょう。そこで我らは聖女召喚という、過去の人類を救った技術の復活を目指します！」

ソフィアンの力強い言葉に、そこかしこの国から称賛するような声が上がった。しかしいくつかの国の代表者は、訝《いぶか》しげな表情でソフィアンを見つめている。

そんな国のうちの一人が、静かに立ち上がり口を開いた。

「聖女召喚というのは本当にあるのか？　ただの作り話ではないのだろうか」

「様々な書物に記述があることから、信憑性《しんぴょうせい》は高いと思います」

「……では万が一本当にそのようなものがあるとして、召喚に成功したらどうなるのだ？　どの国から助けてもらう？　この世界を一気に助けられるのか？　そもそも聖女とはどんな力を持っているんだ？」

次々と投げられた疑問にソフィアンは明確な答えを持っておらず、当たり障りのない言葉でここは乗り切ろうと笑みを浮かべたその時、立ち上がっていた男性の隣に腰掛けていた別の国の女性が優雅に口を開いた。

「あら、貴国ではまだ何の情報も得られていないのね？　我が国の研究班は聖女の能力に関する情報を得ているわよ？」

「……それは本当か？」

「ええ、このような場所で嘘を言うはずがないじゃない」

女性の言葉にほとんどの国の人間は、驚きの表情を浮かべている。ソフィアンも内心では驚きつつ、それを表には出さないようにして笑みを浮かべた。

「その情報を公開していただけますか？」

「どうしようかしらね〜。公開することで我が国にメリットはあるのかしら」

「これは皆様にご提案となりますが、提供した情報の量と質、それから魔法陣の復活への貢献度などを数字で表し、数字が大きい国から順に浄化をしていただくというのはいかがでしょうか。——聖女の能力が一瞬で世界を浄化できるものであるならば、違うものを考えますが」

ソフィアンのその言葉に少しだけ考え込んだ女性は、にこりと本心が読めない笑みを浮かべると、先ほどは明かさなかった情報を口にした。

「聖女の能力は、瘴気溜まりを一瞬にして消滅させられるものらしいわ。しかしそれは、瘴気溜まりに触れている場合に発動できるもの。したがって全ての瘴気溜まりを消滅してもらうには、聖女に世界中を巡ってもらうしかないわね。――この情報が高い貢献度として判断されることを期待しているわ」

女性のその言葉により、少し斜に構えて会議に参加していた者たちも、姿勢を正して自国から持ち込んだ情報に目を向け始めた。

「公開ありがとうございます。とても重要な情報であると思いますので、適切な貢献度を計上させていただきます。では後ほど、聖女がどのように世界中を巡るのかについても話し合いを行いましょう」

ソフィアンのその言葉に発言をした女性は背もたれに身を預け、立ち上がっていた男性が悔しそうに椅子に腰掛けたところで、次はまた別の国の代表が立ち上がった。

それから瘴気溜まり対策会議は、何日にも及び続けられた。

いくつもの国が貴重な書物を提示したり、王家に伝わる伝説という形の情報を公開したり、ラクサリア王国内だけで調べていたら到底知り得なかった情報が、次から次へと発表される。

そんな毎日に、マルティナの瞳《ひとみ》は日に日に輝きを増していった。最初は大人しく座っていただけのマルティナが、二日目には少し意見を発するようになり、三日目には発表された情報に質問を重ねるようになり、ついに四日目にはテーブルに大きく半分ほどが完成している魔法陣を広げ始めた。

「皆様、とてもたくさんの有意義な情報をありがとうございます！　皆様のおかげで半分ほどしか分からなかった魔法陣が、かなり完成に近づきそうです。ソフィアン様、私が今までの情報を統括して書き加えてもいいでしょうか！」

マルティナのその言葉に、ソフィアンは苦笑を浮かべつつ会議室に集まる皆に視線を向けた。

「皆様、マルティナのことはしっかりと紹介していませんでしたが、マルティナは規格外の記憶力を有しています。そうですね……マルティナ、二日目の会議で提供された歴史書を覚えている？」

「もちろんです」

「ではその歴史書の三十一ページを最初から読み上げてくれ。歴史書を持っている方は、内容の確認をお願いいたします」

「分かりました。――であるからして、大山の麓《ふもと》にひっそりと暮らしていた人類は、人類の叡智《えいち》を後世に残すため、書物を石箱に収納した。隙間を埋めるためには、防腐効果のある植物を――」

それからマルティナが全くつかえることなく一ページを丸々読み上げると、全員の視線が歴史書を確認していた若い男に向かった。その男が信じられないような表情で頷《うなず》くと、今度は全員の視線がマルティナに向かう。

「このように規格外の記憶力を有しております。したがってマルティナは、今日までの会議で公開された情報を全て記憶しているため、マルティナに魔法陣の復元という重大な役目を任せてもよろしいでしょうか」

信じられない能力を示された後でこの提案に反対できる者はいなく、皆からの了承を得られたところで、マルティナは嬉々《きき》として魔法陣を描き始めた。

「まずは歴史書に載っていた、そのまま描き加えられる部分を描いていきます。そのあとはそれぞれの情報から推測できるものを、そして最後は魔法陣の描き方から推測させていただきます」

ラクサリア王国からの要望として、会議には瘴気溜《しょうきだ》まりや聖女召喚に関する情報の他に、魔法陣に関する情報の提供も求めていたのだ。したがって現在のマルティナは、簡単なものなら一から魔法陣を描けるほどに知識を蓄えている。

マルティナが魔法陣を描いていく様子を、誰もがじっと眺めていた。会議室には沈黙が流れ、マルティナのペンを動かす音だけが響き渡る。

そうして時間が過ぎること一時間ほど――マルティナのペンがピタッと止まった。

「……今までの情報だと、これが限界ですね。召喚に必要な座標を決める部分と、魔力を変換させる部分の一部がまだ抜けています」

「あの、それなら我が国の情報が使えるかもしれません」

それからはマルティナが不足している情報を提示し、それを持っている国が情報を公開するという方法で、魔法陣の復元が進んだ。そしてそんな日々が二日ほど過ぎ……九割ほど復元が進んだところで、マルティナのペンも、情報を公開する声も止まった。

「マルティナ、あと一割ほどの復元はできそうかな？」

進行役であるソフィアンの問いかけに、マルティナは真剣な表情で魔法陣を見つめつつ、ゆっくりと頷いた。

「あとは今まで皆様に公開していただいた情報を今一度精査し、魔法陣の構築に関する知識を組み合わせれば……何とかいけるかもしれません。ただ、やってみなければ分かりません」

「分かった。ではマルティナ、任せても良いかい？」

信頼の籠《こも》ったソフィアンの眼差しを、マルティナはしっかりと見つめ返し頷いた。

「お任せください」

「では頼んだよ。――それでは皆様、連日の会議お疲れ様でした。ここで数日は休息日とします。また数日後にこの部屋で会議を開きますので、日程が決まり次第通達いたします。それまではゆっくりと各部屋でお休みください」

そうして連日に及んだ会議は一度終了となり、各国の代表たちは初日よりも晴れやかな笑顔で会場を後にした。


会議終了から一時間後、片付けや掃除をする使用人が数人いるだけとなった会場に、マルティナはまだ魔法陣に向き合い残っていた。かなり集中しているため、周りの様子が目に入っていない。

「マルティナ、やっぱりここにいたか」

会場に入ってきたロランがマルティナを見つけて呆《あき》れた声音で声を掛けると、やっとマルティナの視線が上がる。

「帰ってこないから心配で迎えに来たわよ」

「本日の会場の片付けは私とロランが担当だ。早く場所を空けてくれなくては困る」

ナディアとシルヴァンにも声を掛けられ、マルティナは自然と頬を緩めながら体に入っていた力を抜いた。

(皆と会うと、なんだか安心するな)

「すみません。あと少しだと思ったら熱中しすぎてしまって。ナディア、迎えに来てくれてありがとう」

「別に良いのよ。わたくしの今日の仕事は終わったもの」

「……あれ、もうそんな時間?」

「そうよ。それは明日にすれば良いんじゃないかしら」

その提案に少しだけ悩んだマルティナは、首を横に振って魔法陣の一部を指差した。

「ここだけあと少しだから、もう少し頑張りたいかも」

「それなら場所だけは移動しろ。王宮図書館でやった方が落ち着くだろ」

「確かに……そうですね。そうします」

ロランの提案に素直に頷いたマルティナは、魔法陣が描かれた大きな紙を折らないよう丁寧に丸めると、両腕で抱え持った。

「あっ、そういえば明日から数日は会議が休みになりました。もう聞きましたか?」

顔を上げたマルティナが三人に問いかけると、ロランが頷き口を開く。

「ああ、さっきソフィアン様が連絡してくださった」

「そうなのですね。良かったです」

「それよりも後はマルティナ次第だって聞いたが、大丈夫なのか？」

「そうですね……何とかなるとは思うのですが、まだ不安要素もあります」

（少し情報が足りない気がするんだよね……私の気のせいならいいけど）

眉《まゆ》を下げたマルティナの表情を見て、シルヴァンがふんっと鼻を鳴らしながらマルティナを近くから見下ろした。

「自分だけが凄《すご》いだなんて思わないことだな。マルティナにできなくても、他の者にはできることもある。お前は記憶することに関しては確かに天才だが、閃《ひらめ》きや新しい気づきについてはもっと優れたやつもいる」

一見するとマルティナのことを下げるような言葉だが、シルヴァンと付き合いの長い皆にはこの言葉がマルティナを励まそうと、そして少しでもプレッシャーを減らそうと思って発された言葉だと分かり、頬を緩めた。

「はい。難しければ皆さんを頼らせていただきます。では私、王宮図書館に行きますね」

「マルティナ、わたくしも行くわ。終わったら寮に戻って、一緒に夕食を食べましょう？」

「うん！　ではロランさんとシルヴァンさん、また後で」

そうして会場を出たマルティナとナディアは、王宮図書館へ二人で向かった。しかし途中で会議に参加している他国の人間が、廊下で右往左往しているのを発見する。

「ナディア、あの人迷ってるんじゃない？」

「そうかもしれないわね。あの服装は……ガザル王国の方かしら。わたくしが声を掛けてくるわ。

マルティナは荷物を持っているし、先に王宮図書館へ向かってちょうだい。わたくしも後から追いかけるから」

「分かった。じゃあ対処をお願いね」

「ええ、任せておいて」

マルティナとナディアが軽く挨拶《あいさつ》をして、ナディアは迷っている様子の男性の下へ、そしてマルティナは王宮図書館に向かった。

日が沈み始めた時間帯の廊下は場所によっては薄暗く、何だか不気味な雰囲気が漂っていた。

◇◇◇

少しだけ時は遡《さかのぼ》り、マルティナがまだ会場で魔法陣を穴が空くほど見つめていた頃。

ガザル王国の代表団に割り当てられた客室で、ガザル王国第三王子であるアディティア・ガザルは、二人の付き人である男たちと共に何かを企《たくら》むような笑みを浮かべていた。

「お前たち、作戦を決行するなら今だ」

「そうですね。今マルティナを攫《さら》えば、殿下が聖女を独占できます」

付き人のその言葉にガザルは楽しそうに口端を上げると、興奮を抑えきれないのか拳《こぶし》をキツく握りしめた。

「これで、これで俺が国王になる道も開けるぞ……！　今まで俺を見下してきたやつらの絶望する顔が楽しみだ！」

「殿下、我らのことは……」

「お前たちのような忠臣は、もちろん国の中枢まで昇格させよう。俺の側近でもいいな」

「ありがとうございます……！」

「聖女を握っていれば、どの国もガザル王国に手は出せまい。ふははは、ふはははは、この大陸が俺のものになったようなものではないか！」

ガザルはソファーから立ち上がると、悪意に顔を歪《ゆが》めながら高笑いを続けた。

# 第九章　マルティナの危機と闇魔法

ナディアと別れたマルティナは、早く魔法陣の復元を再開したく、足早に王宮図書館へと向かっていた。マルティナの頭の中にはすでに数多《あまた》の情報が広げられていて、その中から使えそうな情報が組み合わされていく。

「魔法陣の法則では……」

たまにぶつぶつ呟《つぶや》きながらも足は動かし続けていたマルティナが、曲がり角に差し掛かったその瞬間——突然後ろからガタイの良い男に口を塞《ふさ》がれ、体を押さえつけられた。

マルティナの口元を塞がれた布には、何かしらの薬品が染み込ませてあったのか、口を押さえられて数秒後に、マルティナはくたりと力なく意識を失ってしまう。

そんなマルティナを確認した男はすぐにマルティナを抱え上げ、持ってきていた大きなマントでマルティナと自身を覆い隠した。そして足早に廊下を進み、近くの倉庫に体を滑り込ませる。

「来たかっ」

ガザルの付き人である男がマルティナを連れて中に入ると、倉庫の中で待機していたガザルは小声で歓喜の声を上げた。

「マルティナを攫うことには成功しました。しかしマルティナが同僚らしき女性と共にいたため、引き離してから攫う計画となりました。よってここで少し待機となります」

「分かった。あいつが戻ってきたらすぐにこんな国からは脱出だ」

「はい。転移魔法陣を準備しておきましょう」

それから十分後には、ナディアを引き付けていたもう一人の付き人も倉庫にやってきて、ガザル王国からの代表団である三人は――マルティナと共に、王宮から姿を消した。

◇　◇　◇

ガザル王国の男を客室がある場所まで案内してから王宮図書館に向かったナディアは、図書館の中に入り、マルティナがいつもの定位置にいないことに気づいた。

「ここにいないということは、今日は書庫かしら」

ナディアも今回の計画の一員として書庫には自由な出入りが許可されているので、躊躇《ためら》いなく書庫に続く扉を開ける。しかし書庫の中には……マルティナの姿はなかった。

いるのはラフォレなど歴史研究家の面々のみだ。

「ラフォレ様、マルティナがこちらに来ませんでしたでしょうか」

「いや、来てないな」

「そうですか……ありがとうございます」

(どういうことかしら。何か忘れ物でもして、会場に戻った?)

そう考えたナディアはまた引き返し、今度は会場に戻った。しかし会場の中には、未《いま》だ片付けを進めるロランとシルヴァン、そして使用人が数名しかいない。

「あれ、ナディアどうしたんだ？　マルティナと一緒に図書館に行くんじゃなかったのか？」

戻ってきたナディアに気づいたロランが声を掛けると、ナディアが困惑の面持ちで口を開く。

「それが……途中でガザル王国の方が道に迷われていて、わたくしはその方を案内してから追いかけたのよ。だけど王宮図書館にマルティナはいなくて、こっちに戻ったのかと思ったけれど、いないみたいね」

「ああ、マルティナは戻ってきてないぞ」

「では寮かしら。あるいは第二王子殿下かランバート様のところに向かったのかもしれないわね。もう少し捜してみるわ」

ナディアがそう言って会場を出ていくのを見送ったロランは、少しだけ悩む様子を見せながら会場を見回し、意を決した様子でシルヴァンに声を掛けた。

「シルヴァン、あと少しだからここを任せてもいいか？　ちょっとマルティナのことが気になるんだ」

「確かに……マルティナは突然いなくなるようなことはしないからな。ここは任せておけ」

「ありがとな」

シルヴァンも心配しているのか眉間《みけん》に皺《しわ》を寄せながら残りの仕事を引き受け、ロランは急いで会場を出て近くのあまり使われていない応接室に入った。

(これはできれば使いたくないんだが、今回は何だか胸騒ぎがする)

そんなことを考えながら静かに瞳《ひとみ》を閉じたロランが、ゆっくりと深呼吸をすると――ロランの体から黒い煙が立ち上った。

それは瘴気溜《しょうきだ》まりのような嫌な黒ではなく、とても惹《ひ》きつけられる綺麗《きれい》な漆黒だ。

「探査」

ロランがそう呟いた瞬間、漆黒の煙がブワッと凄い勢いで薄く円状に広がった。

これは探査と呼ばれる、闇属性の魔法だ。

記憶している魔力の形を持つ者がどこにいるのかを調べられるというもので、人は誰しも、魔法を使えない者でも僅《わず》かな魔力を有しているため、原理上は魔法使いでない者を捜すことも可能である。

しかしかなりの実力者でも有効範囲は半径数キロの円状が精一杯で、さらにはよほどしっかりと魔力の形を覚えていなければ探査はできない。

「暗い場所にいてくれると捜しやすいんだが……っ」

ロランはそこまで遠くに行っているはずがないと考え、王宮内を重点的に捜した。しかしどこにもマルティナの魔力が見当たらない。

「もっと遠くなのか……?」

減っていく魔力に焦りながらも範囲を最大に引き伸ばして探査を行うと、範囲に入るギリギリの場所に、捜している魔力の形が映った。

「森の、中？　なぜこんな所に……」

（もしかして、誰かに攫われた？）

それが分かったところで、魔力を温存するために探査を切ったロランは、眉間に皺を寄せて今後どう動くのが正解かを考え込む。

闇魔法は忌み嫌われる属性のため、今では闇属性を持って生まれたら、それを隠して生きていくことがほとんどだ。ロランもそんな例に漏れず、両親と実家の一部の使用人以外に属性を明かしたことはない。

「闇属性だって明かしたら絶対に大騒ぎになる。そしたら、マルティナを助けに行くまで時間が掛かるだろうな……」

そう呟いたロランは、決意を固めた表情で顔を上げると、拳を握りしめて応接室を勢いよく飛び出した。

（俺が一人で助けに行った方が早い。上への報告は、マルティナがどこにもいないことを確認したナディアがしてくれるはずだ。それなら俺は、今すぐ助けに向かった方がいい）

ロランは全力で王宮の官吏専用出口に向かい、日が暮れ始めている街に飛び出した。しかし闇属性のロランにとって、暗闇は障害にならない。魔法を使えば昼間よりも夜の方が、よく周囲が確認できるのだ。そして魔法で影を操ることで、常人には成し得ないほどの速度で森に向かうこともできる。

「マルティナ、無事でいろよ」

願いを込めてそう呟いたロランは、暗い路地を駆けていった。

◇◇◇

ロランが王宮を後にした頃、ナディアはどこにもマルティナがいないことに焦りを感じ始めていた。

(こんなに捜してもいないなんてことがあるのかしら。もう時間も遅くなってきたし、絶対におかしいわ)

ナディアは他人の知恵を借りるため、また会議が行われていた会場に戻った。するとちょうど片付けを終えて、会場の鍵《かぎ》を閉めているシルヴァンと遭遇する。

「シルヴァン、まだマルティナが見つからないのよ。思い当たるところは全て捜したの」

「それは本当か？　少し前にはロランも捜索に向かったが……」

「そうなのね……でもどこにもマルティナはいないわ。ロランも見なかったから、思い当たる場所以上に捜索の範囲を広げているのかも。……シルヴァン、マルティナの身に何かあったなんてことはないわよね」

ナディアがそう呟いた瞬間、突然ナディアの頭の中に、ある出来事が思い出された。そう、マルティナがいなくなる直前に王宮内を彷徨《さまよ》っていた、ガザル王国の代表者だ。

「確かあの人、なんだか落ち着かないような挙動をしていたのよね……」

「なんの話だ？」

突然なんの脈絡もなく呟かれたナディアの言葉にシルヴァンが怪訝《けげん》な表情で問いかけると、ナディアは最悪な想像に顔色を悪くしながら口を開く。

「実は――」

それからナディアが少し怪しかったガザル王国の男について説明すると、シルヴァンは厳しい表情をより険しくして口を開いた。

「ナディア、今すぐにガザル王国の客室に向かった方が良い。もしかしたら……マルティナは攫《さら》われたかもしれないぞ。あいつは今や聖女召喚の鍵を握る重要人物だ。狙われる理由は十分にある」

シルヴァンのその言葉に息を呑《の》んだナディアは動揺を隠せない様子で頷《うなず》き、慌てて踵《きびす》を返した。

しかしそんなナディアの手を、シルヴァンが掴《つか》んで止める。

「私も共に行こう。鍵を返すのは後でも構わない」

「……ありがとう。助かるわ」

自分が動揺していることを自覚していたナディアは、シルヴァンの提案をありがたく受け入れた。

二人で他国の代表団の客室がある方に向かいながら、シルヴァンは少しぶっきらぼうに口を開く。

「まだ魔法陣は完成していないし、すぐに直接的な危害を加えられることはないはずだ」

ナディアの動揺や心配を和らげようと発されたその言葉に、ナディアは頬を緩めた。

「あなた、本当に変わったわね」

「……何のことだか」

「絶対にマルティナを助けましょう」

「当たり前だ。あいつは……同期だからな」

仲間や友人という言葉は恥ずかしかったのか、同期という言葉を使ったシルヴァンに、ナディアはいつもの調子を少し取り戻したように微笑《ほほえ》みながら頷いた。

ガザル王国の代表団に割り振られた客室に到着した二人は、緊急の連絡事項があるという名目で扉をノックした。しかし中からは、なんの反応もない。

「突然の訪問、大変失礼いたします。此度《こたび》の会議の担当を務めております、ラクサリア王国の官吏であるシルヴァンと申します。扉を開けていただくことはできますでしょうか」

ノックだけでなく声を掛けてみるが、それでも反応はなかった。そこで二人は近くで警備をしていた騎士に声を掛け、ガザル王国の代表者たちの行方《ゆくえ》を聞く。

「すみません。ガザル王国の代表団の皆様が、どちらにおられるのか分かりますか？」

「確か……少し散歩をすると出ていかれたかと。まだ戻ってきておりません」

「そうですか。ありがとうございます」

騎士の言葉に顔を見合わせたナディアとシルヴァンは、他国の者たちに自由な出入りが許可されている中庭に向かった。しかしそこにもガザル王国の者たちはいない。

それから他の場所も全て巡ったが、どこにも姿は見当たらず、さらには他の国の者たちも彼らの姿を見ていないとのことだった。

「ナディア、まずは部屋の予備鍵を借りてきて、客室の中を確認しよう。反応がなくてどこにも姿が見えないとなれば、中で体調を崩している可能性もあるからと許可されるはずだ」

「……そうね。わたくしが行ってくるわ」

「ああ、頼む。私はもう一度だけ中庭を捜してから客室に戻っている」

それから二人は一時的に別行動をして、約十分後に客室の前に再度集合した。

「中庭は……」

「やはり姿は見えなかった。予備の鍵は？」

「借りられたわ」

「……では、入るぞ」

鍵はシルヴァンが受け取り、二人は緊張の面持ちでガチャリと鍵を開けた。そしてドアノブに手をかけて扉を開くと――そこには、誰もいなかった。

「失礼いたします。どなたかいらっしゃいませんか？」

ナディアのその呼びかけに答える者はいない。風呂《ふろ》や手洗い、さらには寝室や従者用の控え室など全てを確認したが、どこにも人の気配はなかった。

「……誰もいないわね」

「ああ、明らかにおかしいな。ガザル王国の代表団が、マルティナが消えたことと関わっているのかは別として、何かが起こっているのは確実だ」

「ただこの現状だけで、ガザル王国の代表団がマルティナを攫ったと断定はできない……わよね」

冷静になったナディアがそう呟《つぶや》くと、シルヴァンがゆっくりと頷いた。

「ああ、マルティナと同じ事件に巻き込まれた可能性もある。さらには俺たちにはあり得ないと分かるが、客観的にはマルティナがガザル王国の面々を攫ったという可能性さえ残るだろう」

「そうね。とりあえず他にも姿を消した人たちがいないか、すぐに確認をしなければいけないわ」

「そうだな。しかしどこにいるのか……王宮から出るのはそう簡単ではないはずだ。まだ王宮内にいるとすれば、あまり人の出入りがない場所だろうか」

そこまで話し合いをしたところで、二人はこの事態は自分たちだけの手には負えないと判断し、上に緊急事態として報告をすることに決めた。

「とにかく政務部に行こう。まだ部長はいるはずだ。部長なら内務大臣を通して宰相様まで一気に報告を上げられるだろう」

「分かったわ」

二人はマルティナの無事を祈りながら、今度は政務部に向かって足を動かした。

◇◇◇

ナディアとシルヴァンの報告は、内容が他国をも巻き込む緊急事態だったため、二人の報告から数十分で宰相のところまで事態が伝えられた。すると混乱を避けるために詳細は広く明かされなかったが、すぐに騎士団が動かされ、まずは他の代表団が王宮内にいるか確認される。

それによって他の国には問題がないことが判明し、今回の事態はガザル王国とマルティナだけの失踪《しっそう》ということが明らかになった。

後はこの失踪がどういう意図で起こったものなのか、そしてガザル王国の代表団三名とマルティナはどこにいるのか、それだけが問題だ。

「あまり声を大きくしては言えんが、ガザル王国の代表団がマルティナを攫ったに違いない！」

執務室内で、国王は怒りを露《あらわ》にしながら拳《こぶし》を握りしめた。そんな国王の言葉に同意するよう頷いたのは、招集された宰相と軍務大臣だ。

「……ほぼその予想で間違いないでしょう。マルティナにガザル王国の代表団を攫うような動機はありませんが、ガザル王国側にはあります」

「ガザル王国は有益な情報を全く示せていませんでしたので、マルティナを攫い聖女を独占しようと考えても不思議ではありません」

軍務大臣と宰相の言葉に頷いた国王は、眉間《みけん》に皺《しわ》を寄せた厳しい表情で、テーブルに置かれた王宮内の詳細な地図を見つめた。

「しかし分からないのは、どうやって王宮を出たのかだ。警備も多数配置され、誰にも見つからずに王宮を出ることは不可能だろう」

「はい。そこは軍務大臣を拝命している私が、責任を持って断言いたします。したがって考えられるとすれば、使用人用の入り口などですが……その場所をガザル王国の代表団が知る機会はないでしょうし、やはり考えづらいかと」

そこで執務室内には沈黙が流れ、国王が怒りの表情をそのままに口を開いた。

「とにかく騎士を動員し、王宮内をくまなく捜すんだ。それから万が一も考え、外門にも騎士を配置しよう。ガザル王国の者たちがマルティナを攫ったと判明すれば、容赦はしない。世界を救う希望ということもあるが、マルティナは我が国の大切な官吏だ。手を出されて黙っているわけにはいかない」

国王のその宣言に宰相と軍務大臣も瞳《ひとみ》に強い光を湛《たた》え、三人は顔を見合わせ頷き合った。

◇　◇　◇

ガザル王国の代表団が王都近くの森の中に準備をしていた馬車の荷台で、マルティナは手足を縛られ横に寝かせられていた。攫われた時に嗅《か》がされた薬品の影響か、未《いま》だに意識を失っている。

「おいっ、早く馬車を動かせ！」

「しょ、少々お待ちください！　水と食料は手配しておいたのですが、少し足りなかったようで、馬が食事をしないと動けないらしく……」

「使えないやつだな！　早くしろ！」

付き人である男の失態に、ガザルは怒りに顔を赤く染めている。そんなガザルがイラつきをぶつけるように馬車を蹴《け》り飛ばしたことで、音と振動によりマルティナの意識が僅《わず》かに浮上した。

瞼《まぶた》が小さく震えるように動き、ゆっくりと開いていく。しかし馬車の外にいる三人はまだ気づいていないようだ。

「……ここ、どこ？」

マルティナは掠《かす》れた小さな声でそう呟くと、目だけを動かし周囲の状況を確認した。さらに聞こえてくる会話などから、自分の置かれた状況を正確に理解していく。

（この声はガザル王国の代表団だ。確か意識を失う前に誰かに襲われて、今いるのは馬車らしきものの中。手足は縛られ、お世辞にもいい待遇とは言えない。これは……ガザル王国に攫われた？）

その結論に達したところで、マルティナはどうにかして逃げ出そうと思考をフル回転させた。まずは物音を立てないように馬車の中を見回して、今いる場所の詳細を把握する。

馬車の中はかなり暗かったが、ずっと瞳を閉じていたマルティナは幸いにも暗闇に目が慣れていて、馬車の窓から差し込む月明かりとガザルたちが使う小型ランタンの僅かに届く光だけで、何とか馬車内の様子を確認することができた。

（簡素な作りの箱馬車かな。ただ椅子とかが設置されてないから、人が乗るためというよりも荷馬車みたいだ。脱出するなら誘拐犯とは反対側のあの窓からだけど……）

そこまで考えてから、手足を縛られている縄を解《ほど》こうと力を入れた。しかし縄はびくともせず、体力が削られるだけだ。後ろ手に縛られているので、歯で噛《か》み切《き》ることもできない。

（どうしよう……これは無理だ。私の力じゃ解けないよ。それに万が一解けたとしても、私に誘拐犯から逃げ切れる体力があるとは思えない。……甘く見積もっても、すぐに捕まる気がする）

悪い想像しかできず、マルティナの瞳には涙が滲《にじ》んだ。

（これから私は、どうなるんだろう。ガザル王国の代表団の目的は聖女召喚の魔法陣だろうから、すぐに殺されたりすることはないはずだけど……魔法陣が完成したら分からないよね。それに魔法陣の完成を拒否したり、または完成させられなかったりしたら……完成するまで酷《ひど》い扱いを受けそうだ）

青白い顔色でそこまでを考えたマルティナは、冷え切った指先同士を擦り合わせるようにして、少しでも不安から気を紛らわそうとした。

しかし、頭では悪い想像を止められない。

（ガザル王国に連れていかれたら、もうここに戻ってこられる可能性は低いよね……。ということは家族にも官吏になってから知り合った皆にも、もう会えないということになる。そんなの、そんなの嫌だよ……）

瞳から大粒の涙が溢《こぼ》れ落ちたその時、突然馬車が壊れるような衝撃音と共に、大きく揺れた。

「うわっ……っ、ちょっ」

手足が縛られているマルティナは受け身も取れずに転がり、壁に激突してしまう。ぶつけた額の痛さに呻《うめ》いていると……馬車の扉が開き、マルティナは力強い腕ですぐに助け出された。

「マルティナ、大丈夫か⁉」

「ロラン、さん？」

「無事で良かった……助けに来たぞ」

その言葉を聞いた瞬間に、マルティナの瞳から今度は安堵《あんど》の涙が溢《あふ》れる。

「ありがとう、ございます……！」

大きな怪我《けが》などがないかをざっと確かめたロランは、マルティナを安心させるようにいつも通りの笑みを浮かべると、マルティナを馬車にもたれかけるように地面に座らせた。そしてキッと睨《にら》むようにして、ガザル王国の三人に視線を向ける。

持ち運び用の小型ランタンで照らされた三人の表情は、恐怖や怒りに引き攣《つ》っていた。

「お、お前……っ、俺たちの馬車を壊しやがって！」

「先に俺らの仲間を攫《さら》ったのはお前らだろうが」

「はっ、一人で何ができるってんだ！　お前たち、早くあいつからマルティナを奪い返せ！」

「はっ、はい……っ！」

ガザルの言葉に慌てて従った付き人の男二人は、一歩を踏み出そうとしたが……二人はそれに失敗してその場に留《とど》まった。

「なんだお前ら、怖がってるのか⁉」

「違いますっ。何かに足を掴《つか》まれていて！」

「——もしかしてお前、闇属性か？　しかも影まで操れるとか、相当な実力者だな」

一人の付き人が発したその言葉に、この場にいた誰もが表情を驚愕《きょうがく》のものに変える。中でも一番の衝撃を受けていたのはマルティナだ。

（ロランさんが闇属性だったなんて……）

「そうだ。だからお前らじゃ俺には勝てねぇよ」

ロランがそう言った瞬間に影が自在に動き、付き人二人とガザルを近くの木に拘束した。

「……っ」

「くそっ……！」

敵が戦闘不能になったところで、ロランはどんな顔をすれば良いのか分からないような、困った表情でマルティナを振り返る。

「……とりあえず、縄を解くな」

「ありがとうございます」

二人の間には沈黙が流れ、マルティナの手足を縛る縄が解かれ立ち上がったところで、ロランが首の後ろに手を当てて自嘲《じちょう》の笑みを浮かべた。

「今まで隠してて悪かった。闇魔法を使うやつが近くにいたなんて、気持ち悪いだろ。ごめんな」

それだけを伝えてマルティナから視線を逸《そ》らしたロランに、マルティナは慌てて声を掛けた。

「そんなこと全く思ってません！　ただ驚いたというか、書物からの僅かな知識しかなかった闇魔法を初めて見て少し興奮していたというか、ただそれだけで……」

いかにもマルティナらしいその言葉にロランは呆気《あっけ》に取られ、少ししてから吹き出した。

「お、お前……っ、やっぱりマルティナだなっ」

「……それは褒めてますか？」

「ああ、褒めてる褒めてる」

笑いすぎて目尻《めじり》に滲んだ涙を指先で拭《ぬぐ》ったロランは、嬉《うれ》しそうに頬を緩めるとマルティナの頭を軽く撫《な》でた。

「ありがとな」

そこでマルティナもやっと助かったことを実感し、頬を緩める。しかし気が緩んだことで改めて先ほどまでの恐怖を思い出し、少し手を震わせた。

(ロランさんがいて、助けてもらえて、本当に良かった。怖かった……)

「こちらこそ助けてくださって、本当にありがとうございました」

「それは当然だろ。仲間が攫われたんだからな。初めて闇属性で良かったと思ったぞ」

悲しげに微笑《ほほえ》んだロランの表情を見て、マルティナは眉《まゆ》を下げて口を開く。

「……闇属性は希少属性で強くて有用なのに、なぜ嫌われているのでしょうか」

「それはまあ、使える能力の内容じゃないか？　今回俺が使ったのだって……」

そこで言葉を切ったロランは、少しだけ躊躇《ためら》いながらも小さく口を開いた。

「今回マルティナの居場所を探るために、マルティナの魔力の形を捜させてもらった。つまり……そのだな、元々何か非常事態が発生したら役に立つと思って、マルティナの魔力を記憶させてもらってた。勝手にごめんな。実は前にも一回だけ、使ったことがあって……」

ロランのその言葉に首を傾《かし》げたマルティナは、何かに思い至ったような表情で口を開いた。

「もしかして、外務部に行く時間が早まった時ですか？」

「そうだ、よく分かったな」

「いえ、なんで居場所が分かったんだろうと不思議に思っていたんです。ロランさん凄《すご》いなって。

やっと納得できました」

そう言って笑うマルティナに、ロランは躊躇いつつ問いかける。

「気持ち悪いとか、思わないか？」

「思わないです。だって魔力の形を覚えたのって、私を心配してくださったからですよね。今回は命を助けていただいたも同然ですし、前回も仕事に遅れなかったので助かりました。改めて、本当にありがとうございます」

マルティナのその言葉に、ロランは安心したように大きく息を吐き出した。

「はぁ……そうか、そう言ってもらえて良かった」

「そもそも闇属性だから悪いということではなく、それをストーカーとか犯罪に使った人が悪いんです。火や水魔法だって、使う人次第で人を傷つける魔法になります。要するに、全ては扱う人次第なんですよ」

闇魔法が迫害されている現状に不満を滲ませ告げられたマルティナの言葉に、ロランは嬉しそうに頬を緩めた。

「確かに、そうかもしれないな」

ロランの柔らかい表情を見てマルティナも頬を緩めると、周囲をぐるりと見回してから首を傾げる。

「そういえば、ここはどこなのでしょうか」

「王都から少し離れた森の中だぞ。歩いて数十分ぐらいだな」

「それなら帰るのはそこまで大変じゃないですね。この人たちを連れて王宮に戻りましょう」

（もっと遠くに連れていかれてなくて良かった）

「ああ、皆が心配しているはずだ。特にナディアは、マルティナを捜していたぞ」

「そういえば、ナディアと別れてすぐに攫われたんでした……早く帰りましょう」

そう言ったマルティナがガザル王国の三人に視線を向けると、三人はマルティナを睨みつける。

するとその様子を見ていたロランが冷たい表情を浮かべ、三人を拘束する影に少し力を入れた。

それによって三人は顔を苦痛に歪《ゆが》める。

「とりあえず、こいつらは馬に括《くく》り付けて外門まで運ぼう。そして兵士に騎士へと連絡してもらうか」

「確かにそれが一番ですね。ロランさんの闇魔法は……公にするしかないですよね。今までずっと隠されてきたのに、私のせいで明かすことになってしまってすみません」

「それは気にしなくていい。俺は魔法を使ったことを後悔してないからな。ただ今まで通り仕事を続けられるかどうかは、ちょっと分からないな」

国全体として犯罪者が持つ属性という認識になってしまっている闇属性を明かした者が、国の官吏として働き続けられるかどうかは誰にも分からない。とりあえず、前例がないことは事実だ。

「もしロランさんが官吏を辞めなければならないことになったら、私が精一杯抗議します。そんなのおかしいですよ」

「ははっ、ありがとな。じゃあ戻ろう。全ては戻ってからの話だ」

「そうですね。……あっ！　魔法陣を描いた紙は馬車にありましたか⁉　確かあれを持ってる時に攫われたので、一緒にあるはず……」

慌てたマルティナが壊れかけである馬車の中を確認すると、中には奇跡的に折れ曲ったりせず、無事な紙が端にあった。

「良かったぁ」

「じゃあマルティナはそれを持て。俺は三人を括り付けた馬を誘導する」

「分かりました」

それからロランが影を操り三人を馬上に乗せたところで、二人は王都の外門に向かって歩みを進めた。

数分進んだところで、マルティナがふと何かに思い至ったような表情で顔を上げた。

「そういえば混乱して考えていませんでしたが、私はどうやってこの場所まで運ばれたのでしょうか。王宮から脱出するのって、相当難易度が高いと思うのですが」

「そうだ、俺も不思議に思ってたんだ。マルティナがいないことに気づいて魔法を使った時には、もう街の外にいた」

二人が顔を見合わせてからガザル王国の三人に視線を向けると、第三王子であるアディティア・ガザルが二人を見下すように口を開いた。

「お前らなんかに教えてやるわけねぇだろ！」

「――そうか」

ロランが影を操って、ガザルの腕をぐいっと普通なら曲がらない方向に引っ張る。

「痛っ、ちょっ、や、やめろ！　おい！」

「いや、お前が自分の立場を分かってないようだったからな」

「……くそっ、くそくそくそがっ！」

それから何度か同じようなやり取りを繰り返し、ガザルは転移魔法陣のことを吐いた。

「うちの宝物庫の奥から、偶然発見したんだ。くそっ、それを使えば俺が世界の天下を取れたはずなのに……！」

「使用可能な魔法陣が実在してるんですか⁉」

ガザルの嘆きなど全く耳に入っていないマルティナは、魔法陣の情報に飛びついた。

（現役で稼働している魔法陣を見ることができたら、一気にたくさんの情報が得られるかもしれない。これで聖女召喚の魔法陣が完成する可能性が、より高まる！）

「見せてください！　実物はどこにあるんですか？」

前のめりで問いかけたマルティナの言葉に、ガザルはこの期に及んでまだ自分の立場を理解していないのか、口を噤《つぐ》んで顔を背けた。

しかしすぐにロランが影による拘束を強めたことで、一瞬にして叫んだ。

「やめろ！　転移魔法陣はそいつの内ポケットの中だ！」

その言葉を受けてロランが付き人の内ポケットを探ると、小さく折り畳まれた布が出てきた。絶対に破らないよう丁寧に広げると、緻密《ちみつ》な魔法陣が露《あらわ》になる。

「……凄い」

（本物の魔法陣だ！）

マルティナは一瞬だけ驚きの表情を浮かべると、すぐに瞳《ひとみ》を輝かせて魔法陣に見入った。

「この転移魔法陣は、対になっている魔法陣の間を一瞬で移動できるのですか？」

魔法陣に関して勉強した甲斐《かい》があり、何となくこの魔法陣の意味が分かったマルティナに、ガザルは諦《あきら》めるように項垂《うなだ》れると小さな声を発した。

「……そうだ」

「でもそれなら、もう一つの魔法陣はガザル王国にしておけば良かったのでは？」

「……距離に制限があるんだ」

「無条件ってわけでもないんですね。他にも制限はありますか？」

「……回数にも制限があると、転移魔法陣と共に保管されていた本には書かれていた」

それからもマルティナはガザルに質問を重ねつつ魔法陣をじっと見つめ、しばらくしてから僅《わず》かに眉間《みけん》に皺《しわ》を寄せ、ポツリと呟《つぶや》いた。

「この魔法陣のおかげで、足りなかった最後の情報が得られたかもしれません。そして多分、足りてなかったのは——闇属性です」

「闇属性、なのか？」

マルティナが呟いた言葉に瞳を見開いたロランは、信じられない様子で口を開いた。

「はい。転移や召喚など別の場所と繋《つな》がりを作るような魔法は、闇属性の魔力によって実現できる探査のような魔法が必要みたいです。さらに今思い出しましたが、聖女召喚の魔法陣には聖女と対になる要素が必要だとありました。もしかしたらそれも、闇属性の可能性があります。聖女が持つ魔法属性は、瘴気溜《しょうきだ》まりを消滅させられることを考えると光属性に近いものだと思います。したがって、光と対になるものは闇です」

「そうなのか……いや、でもそもそも魔法陣って、属性が関係ないんじゃなかったか？」

「それは魔法陣に込める魔力の属性は、なんでも問題ないという意味です。魔法陣はごく少量の魔力を流し込むと、後は自然魔力と呼ばれる空気中にあるエネルギーを使用して発動するんですが、その自然魔力を各種属性に変換するような仕組みになっているんです。その変換を、闇属性に変換させる必要があるということですね」

聖女召喚の魔法陣を完成させる突破口が見えたことで、マルティナは興奮から少し早口だ。そんなマルティナをじっと見つめながら、ロランは感慨深いような、僅かな嬉しさが滲《にじ》んでいるような声音でポツリと呟く。

「……闇属性も役立つってことだな」

少し頼りないその声音を聞いたマルティナは、顔を上げて力強く頷《うなず》いた。

「はい。やっぱり闇属性が冷遇されている現状は、おかしいと思います」

その言葉にふっと表情を緩めたロランはいつも通りの表情に戻り、マルティナの頭をぐしゃっと軽く撫でると歩く足を早めた。

「よしっ、早く戻るぞ」

それからしばらく森を歩き、マルティナとロラン、そして捕えられているガザル王国の代表団三名は、問題なく王都の外門に辿《たど》り着《つ》いた。

夜になり門は閉められているため、小さな通用口をノックする。

基本的には夜の街への出入りは禁止されているのだが、大きな罰則などはなく、兵士に頼めば通用口を開けてもらえるのが暗黙の了解だ。

「すみません。通用口を開けてもらえますか？」

ロランが声を掛けると中から兵士の応えがあり、すぐに通用口の鍵《かぎ》は開かれた。そして扉が開いた先には夜勤である兵士が数名おり、さらに現在は兵士だけでなく、国王の指示によって配備された騎士も数名待機していた。

「あれ、騎士さんたちがいますね」

「……っ、マルティナさん‼」

扉から中を覗《のぞ》き込んだマルティナの顔を見て、騎士たちは衝撃に瞳を見開き、慌てて通用口から外に駆け出てきた。

「お怪我《けが》はありませんか……！」

「だ、大丈夫です。ロランさんが助けてくれたので」

騎士の勢いに少し体を反らしながらマルティナがロランを示すと、騎士たちの視界に馬に乗せられたガザル王国の三人も入ったらしい。途端に厳しい表情になり、マルティナに視線を戻す。

「詳しいお話をお聞かせください」

それからマルティナとロランが知っている限りの経緯を説明すると、騎士の一人が報告のため王宮に向かった。マルティナたちには、馬車の迎えを手配するようだ。

「ロランさん、騎士さんたち驚いてましたね」

騎士たちが忙しく動き回る様子を眺めながらマルティナが声を掛けると、ロランはボーッと騎士たちに視線を向けたまま口を開いた。

「そうだな。……ただ思いの外、露骨に嫌悪されなくて驚いてる」

「やっぱり怖がったり気味悪がる一番の理由は、知らないことが原因なのではないでしょうか。魔法について詳しい方々にとっては、珍しい以上の驚きはないのかもしれません」

「そうなのかもしれないな……」

「そういえば、ロランさんってずっと闇属性を隠してきたんですよね？　どこで魔法を習ったのですか？」

マルティナがふと思いついたように疑問を口にすると、ロランは昔を思い出すような表情で目を細めた。

「俺の両親……ラフォレ子爵夫妻は俺が闇魔法を何かの拍子に発動させて、属性がバレることを恐れてたんだ。だからどこから持ってきたのか、魔法の習得に関する教本や闇属性の使い方に関する指南書をたくさん与えられてな。それを読んで一人で勉強してたら、いつの間にか結構使いこなせるようになっていた」

少し暗い雰囲気で発されたロランの言葉を聞いたマルティナは何も言葉を発さず、ロランは重い話をしすぎたかと反省し、無理やりいつもの笑みを浮かべてマルティナに視線を向けた。

するとそんなロランが目にしたのは……瞳を輝かせて、上がってしまう口角を無理に下げようとして変な顔になっているマルティナだった。

「……マルティナ？」

「あっ、す、すみません……ロランさんの辛《つら》い過去のお話だったのに」

頬を両手で押さえて深呼吸をするマルティナを見て、ロランは一つの可能性に思い至ったのか、スッと目を細めてマルティナを正面から見据える。

「もしかして、闇属性の使い方に関する本を読んだことがないのか？」

ロランの的確な言葉に、マルティナは隠すのは早々に諦め、輝く瞳を真っ直ぐロランに向けた。

「ないです……！　なので読んでみたいと、思ってしまって」

マルティナの素直な言葉を聞いて大きく溜息《ためいき》をついたロランは、段々と頬を緩めて自然な笑みを浮かべると、声を上げて笑い出した。

「ははっ、お前は……っ、本当にブレないな。本はまだラフォレ子爵家の屋敷にあるはずだ」

「それを見せていただくことは……」

「もう俺の属性もバレたし、いいんじゃないか？　今度の休日にでも持ってきてやるよ」

「ありがとうございます！」

マルティナは満面の笑みを浮かべると、ロランにガバッと頭を下げた。そんなマルティナを見て苦笑を浮かべているロランに、もう悲しい雰囲気はない。

それからは二人が約束を交わしてすぐに外門へと馬車が到着し、二人はそれに乗って王宮に戻った。


マルティナとロランが乗った馬車が王宮に到着すると、そこにはナディア、シルヴァン、そしてランバートが迎えに来ていた。

ナディアとシルヴァンは最初にマルティナの不在を報告した者たちということで、マルティナ発見の一報が届いてすぐに情報が届けられた。ランバートも騎士団経由で情報を得て、ここに駆けつけている。

「マルティナ……！　無事で良かったわ！」

馬車から降りたマルティナにまず駆け寄ったのは、瞳を潤ませたナディアだ。

「わたくしがガザル王国の方に騙《だま》されたから、そのせいでマルティナが酷《ひど》いことをされていたらどうしようと、とても不安で……」

マルティナが攫《さら》われたことに間接的に関わってしまったナディアは自分を責めているようで、唇を引き結んで厳しい表情だ。

そんなナディアを見て、マルティナは首を横に振りながらいつも通りの笑みを浮かべた。

「ナディアのせいじゃないよ。ガザル王国の人への対処をお願いしたのは私だし、ナディアは職務を全《まっと》うしただけでしょ？　悪いのはガザル王国の人たちだけだから」

その言葉を聞いたナディアは潤んでいた瞳から涙を溢《あふ》れさせると、マルティナを強く抱きしめた。

「ありがとう。本当に無事で良かったわ。……ロランもマルティナを助けてくれてありがとう。感謝しているわ」

「ああ、助けるのは当然だ」

「しかしロラン、一人で助けに行くのは褒められたものではない。今回は上手《うま》くいったから良かったものの、二人で失踪《しっそう》という事態もあり得たのだ。そうならないように、助けに行く前にせめて仲間である私に連絡を――」

心配していたのかいつになく饒舌《じょうぜつ》なシルヴァンの様子に、ロランとマルティナ、ナディアまでもが笑顔になる。

「すまなかった。次からは気をつける」

ロランのその言葉に恥ずかしくなったのか顔を背けたシルヴァンに続き、今度はランバートが口を開いた。

「ロラン、騎士団からも礼を言う。今回のことは、警備を任されていた王宮内で誘拐事件を起こされてしまった騎士団の落ち度だ。すまなかった」

「いえ、今回のことは仕方がないと思います。転移魔法陣など予測できないですから」

「転移魔法陣……先ほど報告を聞いた時には、本当に驚いた。なぜそのように便利なものまで開発されていたにも拘《かかわ》らず、魔法陣という技術は廃れてしまったのだろうか」

不思議そうに呟いたランバートに、マルティナが内ポケットに仕舞っていた魔法陣を広げながら口を開いた。

「そんなに便利でもないみたいです。これが件《くだん》の魔法陣なのですが……この大きさの魔法陣をしっかりと発動するように狂いなく描くのは相当難しいと思います。そしてたとえ描けたとしても、転移できるのは一対の魔法陣の間だけで、さらに距離も精々街から出られる程度。またガザル王国の人たちが言うには、使用に回数制限があるようです。複数回使用すると、魔法陣が耐えきれずに綻《ほころ》びが生まれるとか」

森からの道中でガザル王国の者たちから聞いた——聞き出した話をすると、ランバートは納得するように何度か頷いた。

「確かに、それはあまり使えるようなものではないな」

「はい。凄《すご》い技術だとは思うのですが……そうだ、この魔法陣はランバート様に預けてもいいでしょうか。証拠品になると思うので」

「そうだな、では私が責任をもって預かろう。——二人とも、明日の午前中には陛下に謁見となったので、今日はしっかりと休んでくれ」

「分かりました」

ランバートのその言葉でこの場は解散となり、マルティナとロランはナディア、シルヴァンと共に官吏の独身寮に帰宅した。

共に廊下を歩く四人の後ろ姿からは、とても親密な空気を感じ取ることができた。

◇◇◇

マルティナとロランが国王への謁見で昨日の詳細を説明し、謁見が終わった後の午後。国王の執務室には、宰相と軍務大臣が招集されていた。

「まずはガザル王国への対応だが、こちらは賠償金の請求や輸出入の停止または制限、さらには入国制限など、各種制裁を課す方向で問題ないか？」

「はい。さらに国際会議の最中に起こったことですから、ガザル王国の罪を他国へ公表いたしましょう」

宰相のその言葉に、国王は頷《うなず》き了承した。

「ではガザル王国については、そのように取り計らってくれ。……そして次の議題だが、闇属性に関して話し合いたいと思っている。現在の我が国では闇属性に対する悪印象が広まり、王家としてもそれを否定してはこなかった。しかしマルティナを助けたのは、闇属性であるロランだ」

国王のその言葉を聞き、まず口を開いたのは軍務大臣だ。

「私は正直、闇属性に対する偏見を持っていました。どこかで悪人が持つものといった印象が、私の中に根付いてしまっていたのです。しかし政務部で真面目に働く官吏が闇属性だったという話を聞き……自分を恥じました」

静かに悔いるように話す軍務大臣に、国王は真剣な表情で同意するように頷いた。

「私も同じだ。しかし闇属性が現在のように嫌われ、疎まれるようになった背景には、確かに過去の闇属性を持つ者たちが犯罪を犯してきたからというのも事実だ」

「そうですね……他の属性でも犯罪者はもちろんいるのですが、闇属性はその力が犯罪に直結しているため、どうしても目立ってしまいます」

国王の言葉に宰相が静かな声音で言葉を続け、執務室には沈黙が流れた。

今までの歴史で何度も闇属性を持つ者が犯してきたストーカーからの誘拐や殺人などは、闇属性だからこそ成り立つ犯罪だ。相手の魔力の形を覚え、同じ街中にいる限りどこに逃げてもすぐに見つかってしまうというのは、皆に恐怖心を与えた。

そしてその恐怖心が犯罪者に対してではなく、闇魔法に対して向けられるようになったのだ。

「闇属性自体が悪いのではなく、それを悪用する人間が悪いのですが、一度根付いてしまった偏見をなくすのは容易ではありません」

「そうだな……今まで闇属性の者が王宮で働いたことはあったか？」

国王の言葉に宰相と軍務大臣はしばらく考え込み、まず口を開いたのは僅《わず》かに眉間《みけん》に皺《しわ》を寄せた宰相だ。

「調べてみなければ確かなことは言えませんが、官吏としてはいなかったかと。今回のように本人が隠している場合は分かりませんが」

「騎士団にも入団した者は、少なくともここ十年はいないはずです」

「確か魔法学校には十年ほど前に一名入学しておりますが、最終的には様々な偏見に晒《さら》されて退学していたかと」

闇属性を持つ者に対する碌《ろく》な経験がなく、ロランへの対応をどうすれば良いのか判断できずに三人は黙り込む。

「今回の官吏が闇属性だというのは、広まってしまっているか？」

「現状ではそれほどではないと思いますが、兵士と騎士が多数目撃しておりますし、ガザル王国の者たちも見ております。またマルティナを助け出した背景を説明する際に、そこは隠せないかと……」

「では闇属性であることは広まるという前提で、今後について考えなければいけないな。さすがにそれを理由に罷免するというのは避けたいが、このまま雇い続ければ混乱は避けられないだろう」

沈痛な面持ちで発せられた国王の言葉に、宰相と軍務大臣は躊躇《ためら》いながらも頷き口を開く。

「今回の官吏をよく知っている者たちは問題ないと思いますが、それ以外の関わりがない部署などからは、様々な苦情が上がる可能性があるかと思われます」

「その者のことを考えても、働き続けることは辛いのではないかと……」

「もし雇い続けるのであれば、この機会に闇属性の地位向上のため国を挙げた計画を進行するぐらいでないと……」

宰相がそんな提案をするが、国王は頷かずに厳しい表情で考え込むだけだ。

それからしばらく執務室内には沈黙が流れ、三人の頭の中ではロランにどうやって穏便に官吏を辞めてもらうか、それとも他人と関わらない部署に移動してもらおうか、そんなことを考えていた時……執務室の扉がノックされた。

「会議中、大変失礼いたします。先ほどラフォレ様から早急に陛下の下へ届けてもらいたいと、書類を預かりまして……どうしてもということでしたので、お声掛けさせていただきました」

宰相補佐である男の言葉に三人は顔を見合わせると、宰相が椅子から立ち上がり執務室の扉を開けた。そして書類だけを受け取り、戻ってくる。

「聖女召喚に関することか？」

ラフォレといえば今回の計画の主要メンバーのため、そんな人物からの緊急連絡ということで三人の間には緊迫した空気が漂った。しかし宰相が封筒から書類を取り出し、そのタイトルを読み上げたところで、その空気が困惑したものに変わる。

「闇属性魔法の重要性について……だそうです」

「どういうことだ？　なぜ歴史研究家のラフォレがそのような書類を……」

「そういえば、此度《こたび》の官吏は本名がロラン・ラフォレでした。もしかすると、ラフォレ様の孫に当たるのでは……それにこの書類、マルティナとの連名になっています」

その書類は急いで作られたことが分かるような、急拵《きゅうごしら》えのものだったが、三人は国にとって重要な人物からの書類ということですぐに目を通した。

するとその書類には、魔法属性と性格が一致するのかどうかについて研究された過去の書物や、闇属性を持つ者が救世主となった過去の事件や出来事に関する書物など、闇属性を擁護するような書物のタイトルが連ねられていた。

さらにはマルティナがつい昨日発見した、聖女召喚の魔法陣には闇属性の魔法が必要不可欠であることも。

「――こんなものを作られては、無下にするわけにはいかんな」

そう呟《つぶや》く国王の表情は、先ほどと違って明るく晴れやかだ。

「そうですね……特に聖女召喚の魔法陣に闇属性が必要不可欠という点は、かなり大きいでしょう。そこを上手く強調することで、一気に闇属性に対する印象を変えられるかもしれません」

「ラフォレ様が協力してくださるのなら、貴族や国民に対して説明する資料にも事欠かないでしょう」

「――分かった。では闇属性に対しては、国を挙げて地位向上に努めることとする。したがってロランはこのまま官吏として雇い、またその立場が脅かされないようしばらくは配慮を続けることにする」

国王が宣言したその言葉に、宰相と軍務大臣は晴れやかな表情で頷いた。

「かしこまりました。国が闇属性を必要としていることを示すためにも、騎士団として闇属性の者を募集しても良いでしょうか。希少属性のため、光属性と同じように属性指定の募集をしても良いかと思います」

「確かにそうだな。ではその方向性で進めてくれ。また魔法学校でも闇属性の者を歓迎し、闇魔法を教えられる教師も雇いたい」

「かしこまりました。ではそちらは私が手配をしておきます」

そうして国の上層部である三人の話し合いによって、長年不遇な立場に甘んじていた闇属性は、一気に日の目を見ることとなった。

闇属性魔法が国のために活用され、闇属性の魔法使いが皆から感謝を伝えられる日も、そう遠くはないだろう。

◇　◇　◇

国王たちによる話し合いが行われた翌日。政務部でいつものように働いていたロランの下に、国王からの書状が届いた。

その書状には今まで通り国のために働いて欲しいこと、また闇属性については国を挙げて地位向上のために動くことが書かれており、ロランはその内容を凝視したまましばらく固まった。

しかし書状の下部に小さく書かれていた、マルティナとラフォレによる書類が大きな後押しとなったという文言に気づくと、ロランは政務部の部長に席を外すと断りを入れ、急いで二人がいるだろう王宮図書館に向けて走った。

図書館の中に入り、勢いのまま書庫の扉を開けると……中にはいつも通りの面々がいて、書物と向き合っていた。

「はぁ、はぁ、はぁ、」

「ロランさん、そんなに急いでどうしたんですか？」

「マルティナ！　この書類って……」

「あっ、陛下からの書状が届いたんですね！」

マルティナは書状の中身をさっと確認すると、安心したように頬を緩めた。

「良かったです。今まで通りロランさんは私の上司ですね。これからもよろしくお願いします。書類は私がロランさんのことを心配していたら、ラフォレ様がすぐに作ってくださって」

その言葉にロランがラフォレに視線を向けると、ラフォレはいつも通りの表情で、しかし目元を少しだけ緩めてロランに視線を向けた。

「……家族らしいことはしてこなかったが、私はロランの祖父だからな。孫の危機には動くものだろう？」

ラフォレの言葉に唇をグッと引き結んで瞳《ひとみ》に力を入れたロランは、丁寧に頭を下げてから、いつもはあまり目を合わせないようにしていたラフォレの瞳を、しっかりと見返した。

「……お祖父《じい》様、ありがとうございます」

久しぶりに家族として名を呼んでもらえたラフォレは、嬉《うれ》しそうに笑みを浮かべると立ち上がりロランの頭を撫《な》でる。

「当たり前のことをしただけだ」

それからラフォレが席に戻ったところで、ロランはマルティナに視線を戻した。

「マルティナも本当にありがとな。助かった」

「いえ、私もロランさん直属の部下ですから当然ですよ。闇属性の地位向上を目指すとはいえ、しばらくは大変でしょうから、何かあれば私に言ってくださいね」

やる気十分で拳《こぶし》を握りしめているマルティナに、ロランは優しい笑みを浮かべ、マルティナをどこか眩《まぶ》しそうに見つめながら口を開いた。

「頼りにしてるぞ」

「はいっ」

# 第十章　聖女召喚

　マルティナの誘拐騒動があってから約一週間後。会議が行われていた部屋には、また他国の代表者が全員集まっていた。

　今回は会議のためのテーブルや椅子は全て片付けられ、部屋の真ん中には大きな魔法陣が設置されている。巨大な白い紙に描かれた魔法陣は、完成した聖女召喚の魔法陣だ。

「お集まりいただきありがとうございます。皆様からの情報提供のおかげで、こうして無事に魔法陣の復元に成功いたしました」

　引き続き司会進行役を務めるソフィアンの言葉に、部屋の中には拍手の音が響き渡った。

「すでに皆様もご存知の通り、最終的にはガザル王国の代表団が隠し持っていた転移魔法陣が参考になっています。復元を担当したマルティナによると、これで聖女召喚が成功する可能性が高いようです」

　その言葉の後にソフィアンが優雅な微笑《ほほえ》みを湛《たた》えてマルティナに視線を向けると、マルティナが一歩前に出た。

「私の見立てでは、魔法陣は八割ほどの確率で異界から聖女を召喚するものになっております。ただ聖女を指定する部分の文言が、各文献からのものをそのまま当てはめているだけですので、その文言自体が間違っていた場合、何か別のものが召喚される可能性があります」

別のものが召喚されるという言葉を聞いた途端、それまで前のめりで魔法陣を覗《のぞ》き込んでいた代表者たちが、ほぼ同時に体を後ろに引いた。

「また魔法陣は正確に描く必要があるようで、今回の魔法陣は私が描いたのですが……歪《ゆが》んでいたりズレていたりした場合、発動しない可能性もあるようです。その場合はまた描き直しとなりますが、申し訳ございません」

マルティナは自信なさげにそう言っているが、部屋の中にいるほとんどの者は、描写ミスによる魔法陣の不発は心配していないというような表情だ。

なぜならそれほど目の前に設置された魔法陣が、精緻《せいち》で歪みのないものだから。

マルティナの記憶力はもちろん人並外れた実力だが、記憶したものを表現する方向でも、やはり桁外《けたはず》れの実力を有している。

サラサラと正確な地図を描けることもそうだが、魔法陣のような精緻な描写力が必要とされるものにも、マルティナの能力は発揮されるらしい。

「ではさっそくですが、魔法陣の発動を試みたいと思います。魔法陣は基本的に大気中の自然魔力を用いて発動されますが、最初のきっかけは人が魔力を込めなければなりません。その役目は、我が国の軍務大臣を務める、ノルディーヌ・ティエルスランが務めることになりました」

ソフィアンのその言葉に、完全に武装した軍務大臣が一歩前に出た。

「皆様に危険が及ぶかもしれませんので、部屋の壁際までお下がりください」

それから皆が配置を整え、魔法陣の周囲に立つのは軍務大臣ただ一人になった。その軍務大臣もすぐ逃げられるよう、心構えをしている。

ソフィアンの隣に立っているマルティナがソフィアンに対して、そして軍務大臣に対して頷《うなず》いてみせ、ソフィアンが最後の掛け声を発した。

「では軍務大臣、よろしく頼むよ」

「はっ」

軍務大臣が気合いを入れるように声を発し、片膝《かたひざ》をついて魔法陣にそっと触れた。そして魔力を流し込むと――

魔法陣は、途端にピカッと強い光を放つ。

その光はどんどん強く広がっていき、大きなホール全体に広がり始めたところで、軍務大臣も皆と同じように後ろに下がった。

全員が固唾《かたず》を呑《の》んで見守る中、強い光が今度は魔法陣の中心にギュッと集められるように圧縮していき――最後には、その光が霧散した。

そして魔法陣の中心に現れたのは、驚愕《きょうがく》の表情でへたり込む一人の女性だ。

膝上の短いスカートに、しっかりとした分厚い生地のジャケットを羽織っている、季節感が不思議な格好をした女性は、パチパチと何度も瞬《まばた》きを繰り返し瞳を擦《こす》った。

「えっと……ここどこ？　夢？」

静まり返ったホール全体に女性の言葉が響き渡った瞬間、その場にいた全員が歓声を上げた。

「聖女だ！」

「本当に召喚できたのか……!?」

「今喋《しゃべ》ったのは、確実にリール語だった！」

聖女召喚の魔法陣には聖女と言葉が通じるようにするため、言語を設定する箇所があったのだ。そこをリール語に設定していたため、それがしっかりと機能しているということは、聖女である可能性が高いと皆は判断した。

「皆様、落ち着いてください！　マルティナ、一緒に行こう」

ソフィアンの言葉にマルティナが頷き、二人は召喚した女性が聖女であることを確認するため、共に一歩を踏み出した。

暗黒時代を迎えようとしていた人類が、希望の光を手にした瞬間だった。

# 番外編　政務部の同期会

聖女召喚の魔法陣復活計画が始動してから少し経《た》った頃。マルティナは街中にある、こぢんまりとしたレストランに来ていた。

同じ丸テーブルにいるのは、ナディアとシルヴァンの二人だ。

「政務部の同期で食事会をするというのは、百歩譲ってありだとしても、なぜこのような庶民向けの店なのだ……！」

周囲の客や店員に聞こえないよう告げたシルヴァンの言葉に、ナディアはこともなげに言った。

「あら、場所はわたくしに一任すると言ったでしょう？」

「……確かに言った、言ったがな、普通はもう少し格式高い店だと思うだろう？」

「そのようなお店では、マルティナが緊張してしまって楽しめないもの。この程度の小さくて、そこそこ活気があるお店が一番だわ。それにこのお店、貴族家の使用人たちの間で人気なのよ？　貴族家の食事を食べ慣れている使用人に人気なのだから、味は期待できるというものでしょう？」

ナディアのその言葉にシルヴァンはぐぬぬ……と呻《うめ》くが反論の言葉は出てこず、その代わりにマルティナが口を開いた。

「ナディア、配慮してくれてありがとう」

（貴族がよく行くようなお店になんて行っても、緊張して味わうどころじゃなかっただろうから、ナディアには本当に感謝だね）

「良いのよ。皆が楽しいのが一番だもの。ほら、シルヴァン。何か選びなさい」

そう言ってメニューを差し出すナディアに、シルヴァンはまだ不満そうにしながらも素直にメニューを受け取った。

以前のシルヴァンなら、確実にこのような店では食事などできないと早々に店を出ていただろうから、この場に留《とど》まっているだけでかなりの進歩だ。

「どの料理が美味《おい》しいのかな」

マルティナがうきうきとメニューを端から見ていくと、ナディアが椅子を少し動かしてマルティナのメニューを共に覗き込む。

「事前のリサーチによると、こちらのチーズサラダと鶏肉の煮込みが美味しいらしいわ」

「そうなんだ。じゃあその二つは頼もうか。あっ、皆でたくさん頼んで取り分けるのでいい？」

家族皆で食事に出かけた時のようにマルティナが自然と提案すると、シルヴァンは貴族社会ではあり得ない提案に衝撃を受けて固まり、その間にナディアが笑顔で頷いた。

「もちろんよ。その方が色々な種類のお料理を食べられるものね」

この国では貴族と平民の垣根をなくしていこうと取り組んではいるものの、やはり貴族社会と平民社会では文化の違いも多くあり、その溝はまだあまり埋まっていない。

したがってナディアにとってもマルティナの提案は新鮮なものなのだが、シルヴァンとの反応の違いは頭の柔軟さだ。ナディアは貴族社会をあまり好きではないからか、積極的に平民の文化を学ぼうとしている。

シルヴァンは……この二人と共に時間を過ごしていることで、半強制的に平民社会の文化を学ぶことになっている。

「シルヴァンさんは何を食べたいですか？」

「……ステーキにしよう」

マルティナの問いかけに、シルヴァンは素直に答えた。もう突っ込みに疲れたとも言う。

そしてその言葉に続き、今度はナディアが口を開いた。

「ガーリックトーストも頼みましょうか。それから……あっ、二人ともワインは飲むかしら。このお店はワインの品揃えが豊富で、飲み放題もあるのよ。飲み放題は一定の金額を支払うと、決められた時間内ならば好きなだけ飲んで良いという仕組みね」

ナディアがシルヴァンのために詳しく説明すると、もはや面倒になっているシルヴァンは深く考えずに頷いた。マルティナもワインはたくさん飲めるわけではないが嫌いでもないので、二人に倣って注文することにする。

ちなみにこの国ではアルコールを飲める年齢は明確に定まっていなく、特にワインであれば年齢が二桁《ふたけた》になると少しずつ飲み始める者が多い。特に貴族社会ではワインが飲めなければ社交ができないので、子供の頃から体を慣らす。

決めたメニューを店員に注文すると、さっそく飲み放題のワイン用のグラスが運ばれてきた。

「失礼いたします。こちらのグラスに入る分であれば、一度にいくら注いでいただいても構いません。ワインはあちらの壁面に並んでいるものは、どれもお飲みいただけますので、お楽しみくださ い」

そう言って店員が示した壁面には、棚に所狭しとワイン樽《だる》が並べられていた。樽には注ぎ口が付いていて、セルフで注ぐスタイルだ。

「ではワインを選びに行きましょう」

「なっ……自分で注ぎに行くのか⁉」

「はい。あっ、私が注いできましょうか?」

シルヴァンは食事中に席を立つことに抵抗があるのかもしれないと思い至ったマルティナがそんな提案をしたが、シルヴァンは頭痛がする時のように眉間《みけん》に皺《しわ》を寄せると、「必要ない」と言って席を立った。

(なんだかんだシルヴァンさんも付き合ってくれるから、優しいよね)

そう思ったマルティナがナディアに視線を向けると、ナディアもシルヴァンに微笑ましげな笑みを向けている。子供が初めてお使いに行くのを見守るような二人の視線に気づいたシルヴァンは、グッと眉間の皺を深くして二人に告げた。

「早く行くぞ」

ワインは全部で三十種類以上あり、樽にはワインの銘柄と説明が書かれた紙が貼られていた。マルティナはその紙を端から順に読んでいく。

（本じゃなくてこういう情報を読むのも楽しいよね……！）

ワインを選ぶマルティナの瞳《ひとみ》は輝いていて、傍《はた》から見たらワイン愛好家のようだ。しかしナディアとシルヴァンはマルティナの心の内を知っている。

「マルティナ、全部確認する気か？」

「もちろんです！」

シルヴァンの問いかけに何の迷いもなくマルティナが頷いたのを見て、シルヴァンは呆《あき》れた表情を、そしてナディアは苦笑を浮かべた。

「ではわたくしたちは先に席に戻っているわね」

「うん。私もすぐ戻るよ」

それからじっくりとワインの情報確認を楽しんだマルティナは、最終的に一番飲みやすいと書かれていたワインをグラスに注ぎ、席に戻った。

「やっと戻ったか。それは……北の方のワインか？」

「え、何で分かったのですか？」

「寒い地域のワインは色に少し特徴があるからな」

そう言ったシルヴァンに、ナディアも感心の面持ちを浮かべる。

「一目見て分かるのは凄《すご》いわね。わたくしには分からないわ」

「……ふんっ、これぐらいは貴族の嗜《たしな》みだ」

顔を背けたシルヴァンの耳は、僅《わず》かに赤く染まっている。それに気づいた二人は頬を緩めた。

「さすがシルヴァンさんですね。ちなみにシルヴァンさんは何のワインを選ばれたんですか？」

「私はボルジュ子爵領のワインを選んだ。スッと爽《さわ》やかな飲み口で食前に良い」

「へぇ～、飲むタイミングでもワインを変えるのですね」

三人がそんな話をしていると、料理が運ばれてきた。まずはサラダと取り分け用の皿にトング、カトラリーは籠《かご》に入ったものがテーブルに置かれる。

置かれた籠の中から戸惑いながらもシルヴァンは自分のカトラリーを確保し、マルティナはトングを手に取った。

「では取り分けますね。嫌いなものがあれば言ってください」

「私は大丈夫だ」

「わたくしもよ」

「分かりました。……シルヴァンさん、ワインいけますね」

最初のワインがすでになくなりそうなシルヴァンに、マルティナは瞳を見開く。

「そうか？　このぐらいは普通だと思うが」

「それは普通の基準が高いわよ。カドゥール家はアルコールに強いのね。わたくしは子供の頃から体を慣らしたけれど、ゆっくり飲んで三杯が限界だもの」

「私なんてこのグラスにいっぱい注いだら、一杯を飲みきれません」

二人の言葉に、シルヴァンは意外そうな顔をした。

「そうなのか……心得ておこう」

「はい。どうぞ、これでいいですか？」

サラダを取り分け終えたマルティナが二人にお皿を手渡し、食事が開始となった。粉チーズがたっぷりと掛かったサラダを口に運ぶと、三人は驚きに瞳を見開く。

「美味しいですね！」

「本当ね。さすが評判なだけあるわ」

「……確かに悪くない味だ」

シルヴァンの悪くないはかなりの高評価だ。

「貴族向けでないお店も良いでしょう？」

ニコッと綺麗《きれい》な笑みを浮かべながらそう言ったナディアに、シルヴァンは素直に認めたくないのか躊躇《ためら》いながらも、曖昧《あいまい》に頷《うなず》いてみせる。

「……まあ、悪くはない」

またその言葉を使ったシルヴァンに、マルティナも笑みを浮かべた。

「シルヴァンさんってチーズが好きですか？」

「そうだな、割と好んでいる。ワインに合うからな」

「やっぱりそうなんですね。独身寮の食堂でも、よくチーズを食べられてるなと思ってたんです。私はあんまり詳しくないんですけど、おすすめはありますか？」

何気なく問いかけたマルティナの言葉に、シルヴァンは顎《あご》に手を当てて考え込んだ。

「そうだな……マルティナは煮込み料理が好きだろう？　それに合わせるならば、癖のないチーズが良い。またワインをあまり飲まないならば、フルーティーなチーズなんかデザートに良いのではないか？　本を読みながら食べるとなると、手が汚れないものが……」

そこまで言葉を紡いだところで、シルヴァンはマルティナとナディアにニコニコと微笑《ほほえ》ましく見られていることに気づき、口を噤《つぐ》んだ。

「シルヴァンさん、そんなに私のこと把握してくれてるんですね」

「べ、別に……そういうわけではない。これはあれだ、同僚との仲を円滑にすることで業務が上手《うま》く回るということを実感したからで、別にマルティナだから把握しているというわけではなく……」

つらつらと言い訳を述べるとシルヴァンは突然立ち上がり、「ワインを選びに行く」と言って席を立った。

そんなシルヴァンを見送った二人は、顔を見合わせて笑い合う。

「なんだか最近、シルヴァンさんが可愛《かわい》く見えるんだけど変かな」

「いえ、わたくしもよ。最初の頃を考えると少し釈然としないけれど、懐かなかった動物が懐いてくれたような心境ね」

「あっ、それ分かるかも。威嚇してたのに、さりげなく近づいてきて無意識に尻尾《しっぽ》振ってるみたいな……」

「ふふっ、的を射てるわね。シルヴァンは犬と猫どっちかしら」

「うーん、凄く悩むけど……仲良くしたいのに素直になりきれない感じが猫かな」

「確かにそうね。あら、猫だと思ったらもっと可愛く思えてくるわ」

「分かる！」

二人がそこまで話をしたところで、テーブルに影ができた。二人が恐る恐る振り返ると……そこにはワイングラスを手に、怒りを滲《にじ》ませたシルヴァンがいた。

「お、おほほ……は、早かったわね」

「シ、シルヴァンさん、あっ、あの、次のワインは、何に……」

「二人とも、覚えておけよ……？」

二人の言葉は無視してそう言ったシルヴァンは、無言で椅子に腰掛けた。

それからシルヴァンの好きなチーズ盛り合わせを頼んだり、飲み放題に入ってない高いワインを頼んだりと二人が機嫌を取ったことで、三人は穏やかな——というわけでもないが、いつも通りの空気感で食事を進めていた。

ガーリックトーストや鶏肉の煮込みなども全て美味しく、三人は適度な満腹感で幸せを感じている。

「最後にデザートでも頼む？　ケーキもいくつかあるみたい」

「良いわね。少し苦めのものが食べたいわ」

「私は甘くてクリームたっぷりのやつかな」

「……フルーツタルトを頼む」

三人はそれぞれ好きなケーキと、お茶も飲もうと紅茶も一緒に頼んだ。そしてデザートを待ちながら、この場で話をしても問題ない仕事の雑談などをしていると……突然、店の中に突風が吹き抜

けた。

「きゃあっ」

入り口近くに座っていたお客は、風によって倒れたワイングラスに悲鳴を上げる。

「大丈夫ですか！　お怪我《けが》は……!?」

店員がすぐに駆け寄り、怪我人は誰もいないことを確認してから片付けを始めた。

突風が吹き抜けた理由は、ちょうど外で強い風が吹いた時に、正面の扉と裏口が偶然に開かれたことによる、不運の結果だったようだ。

しかし被害はワイングラス一つだけで済んだので、不幸中の幸いだと店員がいつも通りの穏やかな笑顔に戻ったところで、別の店員がワイン樽が置かれている棚の近くで悲痛な叫び声を上げた。

「さ、最悪だ……さっきの風で、ワインの銘柄が書かれてた紙が全部剥《は》がれてる！」

その言葉に、店内にいる全員がワイン樽に視線を向けた。貼られていたはずの紙は全て床に散らばっていて、どの樽に貼られていたのかは全く分からない状況だ。

「おい、これって樽に名前は書かれてないよな……？」

「書かれてない。……飲んで確認するしかないが、この種類を全て判別できるかどうか」

「せめて大体の名前が分かって、正誤確認をするだけなら何とかなるかもしれないが……」

そんな会話をしていた店員たちは、顔を見合わせてから店内にいるお客に向けて声を掛けた。

「申し訳ございません。皆様、どのワインがどの樽なのかを覚えていらっしゃらないでしょうか。お恥ずかしいことに、定期的に変わるワインの種類は昨日変更したばかりでして、我々でも全てを把握していなく……」

その言葉に数人のお客が、自分が好んで飲んでいたワインの場所を伝えた。

「一番左上の樽だぜ。覚えやすいから覚えてたんだ」

「私のは一番下の右から二番目よ」

いくつかは順調に判明するが、人の記憶というのは曖昧で、二番目だったのか三番目だったのか詳しくは覚えていない者も多い。

結局ワインの中身が判明したのは三つだけだ。

「仕方がないから、後で飲んで照らし合わせてくしかないか……俺たちで分からなかったら、専門家に金を払って来てもらうしかないか」

「そうだな……」

店員たちの顔が暗くなったところで、一人の少女が立ち上がった。

そしてよく通る声で告げる。

「あの、ワインの銘柄なら全部覚えてます」

その少女とは、もちろんマルティナだ。

ナディアは少し緊張しているマルティナを励ますように笑みを浮かべ、シルヴァンは当たり前だというように周囲を気にせずワインを飲んでいた。

「全部覚えてるというのは……」

「言葉通り、ワインの銘柄と置かれていた場所は全て記憶しているので、飛んでしまった紙を元に戻せます」

（ワインの情報を読むのが楽しくて、全部読んでいて良かった）

「そ、それは本当ですか⁉」

「いや、嬢ちゃん常連でもないだろ？　さすがにそれは無理じゃ……」

お客として席に座っている男性がそう告げたことで、店内にあり得ないという空気が漂う。

（私がただ紙を元に戻しただけだと、それが合ってるのか皆さんは不安に思うよね）

「では右上からワインの銘柄と、書かれていた説明を言いますので、合っていたら貼ってもらえますか？」

「わ、分かりました……」

店員たちが困惑しながらも飛んでしまった紙を集めて手に持ったところで、マルティナはゆっくりと口を開いた。

「一番上の一番右端の樽《たる》は、ルーシュワイン。ルーシュという品種の葡萄《ぶどう》が特産品なことから、ルーシュ地方と呼ばれる二つの子爵家領地に跨《また》がる地域で作られているワインで、一番の特徴はその芳醇《ほうじゅん》な香り。かなり味が濃く人によっては渋みを感じるが、その重さが癖になるワイン」

マルティナの言葉を聞いた店員の男性は、驚きに瞳《ひとみ》を見開いた。

「す、凄《すご》いですね……」

「合ってんのか？」

「凄いわね」

「ルーシュワインが好きなんじゃないか？」

「では次はその左隣のワインです。銘柄は――」

それからもマルティナが当たり前のようにワインの銘柄と説明を告げていったことで、最初は半信半疑だった者たちもすぐにマルティナの異質さを感じ取り、店内には静かでどこか張り詰めた空気が流れた。

最後のワインの説明を口にして紙が貼られたところで、マルティナは笑みを浮かべる。

「これで問題ないはずです。災難でしたね」

そう言って何事もなかったかのように席に着いたマルティナに――盛大なツッコミが店内中から浴びせられた。

「いや嬢ちゃん！　なに当たり前だみたいな顔して座ってるんだ！」

「あなた、相当凄いことしてるわよ？　分かってる？」

「どんな記憶力してるんだよ！」

「信じられない。目の前で起きてたことなのに、信じられない」

最近は周囲の皆がマルティナの記憶力に慣れてきていたので、久しぶりに驚かれるという体験をして、マルティナは懐かしい気持ちになった。

「私の記憶力はちょっと普通じゃないみたいなんです」

「そんな軽く反応することじゃないだろ！　おいっ、連れのお前らも何か言ってやれよ！」

話を振られたナディアは、苦笑を浮かべつつ口を開く。

「この子はもっと凄いことをするから、慣れちゃったのよね」

「こいつに関しては普通に当てはめるだけ無駄だ」

シルヴァンもそう言ったことで、店内にいる皆は先ほどまで見ていた光景を呑《の》み込めないが、無理やり呑み込むことにしたらしい。全員酔いが醒《さ》めたのか、まだグラスに残っていたワインに口を付ける。

そうこうしていると、店員の男性がマルティナたちのテーブルにやってきた。

「本当に助かりました……！　これでお礼になるか分かりませんが、本日は時間制限なしで、お好きなだけワインを飲まれてください。それから先ほど頼まれていたデザートは、サービスとさせていただきます」

「いいんですか？」

「もちろんです！」

「ありがとうございます」

サービスを受けて嬉《うれ》しそうに頬を緩めたマルティナに、ナディアも笑みを浮かべる。

「もっと能力を誇っても良いのに、凄いことなんてしてないとでも言うように自然体なのが、マルティナの良いところよね」

ナディアのその言葉が聞こえたシルヴァンは、ふんっと不満げにマルティナから視線を外す。

「謙遜《けんそん》は過ぎれば嫌味だ」

「でもマルティナのは別に謙遜じゃないのよ。あなたも分かるでしょう？」

「……まあな。だからこそ、憎めない」

そう呟《つぶや》いたシルヴァンの表情は、僅《わず》かに緩んでいた。

二人がそんな会話をしている間に店員の男性と話をしていたマルティナは、嬉しそうな笑顔を二人に向ける。

「ナディア、シルヴァンさん、二人もワインを時間制限なく飲んでいいらしいですよ！」

その言葉を聞いたシルヴァンは、口角を上げて席を立った。

「ほう、その言葉を後悔させてやろう。この店のワインを全制覇するぞ」

そう言ってワイン棚に向かうシルヴァンの背中を見つめつつ、マルティナが口を開く。

「シルヴァンさん、楽しそうだね」

その言葉を聞いて、ナディアは笑みを深めた。

「そうね。さて、わたくしもせっかくだからワインをもう少し飲もうかしら。マルティナはどうするの？」

「……せっかくのサービスだし、あと一口だけ気になってたワインを飲もうかな」

「では行きましょう」

それからの三人はワインにデザートにとさらに食事会を楽しみ、店を出た時には全員が柔らかい笑みを浮かべていた。

# あとがき

この度は『図書館の天才少女』をお手に取ってくださり、本当にありがとうございました！

私は著者の、蒼井美紗《あおいみさ》と申します。

このお話はカクヨムというウェブ小説投稿サイトで開催されていた、『「賢いヒロイン」中編コンテスト』で優秀賞をいただいた作品です。

中編コンテストなので受賞時は三万文字弱（マルティナが初めて瘴気溜《しょうきだ》まりを見て、王宮に戻って報告するところまでです）しかなかったのですが、書籍化するにあたり、たくさん続きを書かせていただきました。

特殊能力を持ちながらも、それをひけらかさず、純粋に本が大好きで皆の役に立つために奔走できるマルティナの物語は、書いていてとても楽しかったです！

実は私もマルティナと同じく、幼少期から本が大好きでした。いや、本というよりも物語と言った方が良いかもしれません。

幼少期から様々な小説、漫画、アニメに触れていて、特に小学生の頃はテストで百点を取ったご褒美をもらえるとなったら、迷うことなく本屋に直行していました。誕生日プレゼントでも本を買ってもらっていた記憶があります（笑）。

そんな物語好きは今も続いているので、マルティナには親近感が湧いています！

さらにマルティナの脇を固めるキャラクターたちもとても気に入っていて、どのキャラクターが一番かと書こうとしたのですが……正直、選ぶのがとても難しかったです。ナディアもシルヴァンも、さらにロランも、他の皆もとても良いキャラだと思っています（笑）。

ぜひ皆様のお好きなキャラクターを教えていただけたら嬉《うれ》しいです！


書籍が完成するまでに、本当にたくさんの方のご助力をいただきました。感謝してもしきれません。皆様、本当にありがとうございました。

特に担当編集様には、足を向けて寝られないなと思っております。物語がより良くなるご助言をたくさんしてくださり、毎回目から鱗《うろこ》というか、凄《すご》くよくなりそう……！　と興奮していました。おかげでとても良い作品になったのではないかと思います。さらに素敵すぎるイラストを描いてくださった緋原《ひはら》ヨウ様にも、本当に感謝しております！　マルティナも他のキャラクターも、私の脳内にあったイメージ通りで、イラストを拝見させていただくたびに、嬉しくてしばらくニマニマと見つめていました。

最後になりますが、こちらの作品……コミカライズ企画進行中です！　皆様に漫画版も楽しんでいただけること、そしてまたお会いできることを願っております！

二〇二四年一月　蒼井美紗

お便りはこちらまで

〒102－8177
カドカワBOOKS編集部　気付
蒼井美紗（様）宛
緋原ヨウ（様）宛

カドカワBOOKS

---

# 図書館《としよかん》の天才少女《てんさいしようじよ》
## ～本好《ほんず》きの新人官吏《しんじんかんり》は膨大《ぼうだい》な知識《ちしき》で国《くに》を救《すく》います！～

2024年 4 月10日　初版発行
2024年 5 月10日　再版発行

著者／蒼井美紗《あおいみさ》

発行者／山下直久

発行／株式会社KADOKAWA

〒102-8177
東京都千代田区富士見2-13-3
電話／0570-002-301（ナビダイヤル）

編集／カドカワBOOKS編集部

印刷所／暁印刷

製本所／本間製本


Printed in Japan
ISBN 978-4-04-075390-4 C0093

# 新文芸宣言

かつて「知」と「美」は特権階級の所有物でした。

15世紀、グーテンベルクが発明した活版印刷技術は、特権階級から「知」と「美」を解放し、ルネサンスや宗教改革を導きました。市民革命や産業革命も、大衆に「知」と「美」が広まらなければ起こりえませんでした。人間は、本を読むことにより、自由と平等を獲得していったのです。

21世紀、インターネット技術により、第二の「知」と「美」の解放が起こりました。一部の選ばれた才能を持つ者だけが文章や絵、映像を発表できる時代は終わり、誰もがネット上で自己表現を出来る時代がやってきました。

UGC（ユーザージェネレイテッドコンテンツ）の波は、今世界を席巻しています。UGCから生まれた小説は、一般大衆からの批評を取り込みながら内容を充実させて行きます。受け手と送り手の情報の交換によって、UGCは量的な評価を獲得し、爆発的にその数を増やしているのです。

こうしたUGCから生まれた小説群を、私たちは「新文芸」と名付けました。

新文芸は、インターネットによる新しい「知」と「美」の形です。

2015年10月10日
井上伸一郎

手作りパンにつられた
精霊と契約したら、
聖女になったんですが!?

辺境開拓のための
契約結婚……
ですよね？あれ!?

重版続々！
シリーズ好評発売中！
奇跡に詠唱は要らない――
気弱で臆病だけど最強な魔女の物語、書籍で新生！
B's-LOG COMIC
ほかにて
コミカライズ連載中!
コミックス
好評発売中！
作画：桟とび
サイレント・ウィッチ
沈黙の魔女の隠しごと
依空まつり　イラスト／藤実なんな
無詠唱魔術を使える世界唯一の魔術師〈沈黙の魔女〉モニカは、超がつく人見知り!?　人前で喋りたくないというだけで無詠唱を使う引きこもり天才魔女、正体を隠して第二王子に迫る悪をこっそり裁く極秘任務に挑む！
カドカワBOOKS